步步生蓮

卷十三

蓮紅水綠

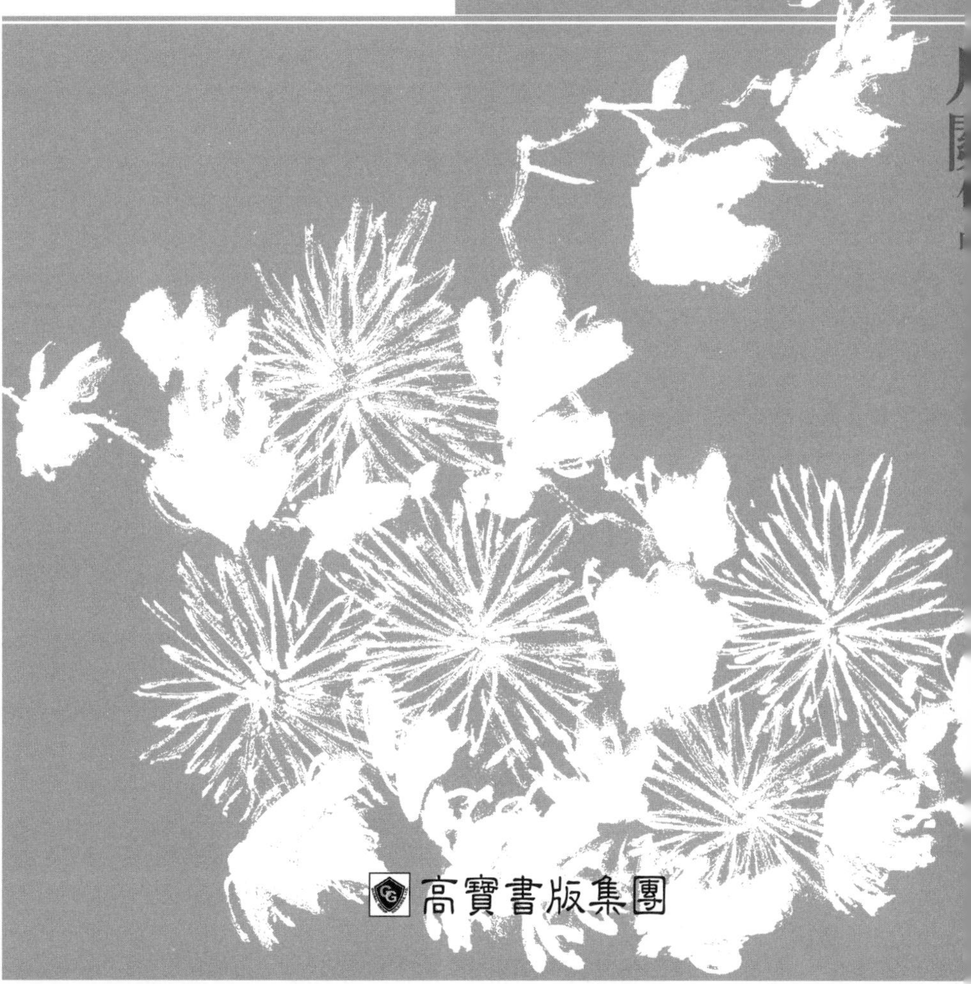

高寶書版集團

戲非戲 DN136

步步生蓮
卷十三：蓮紅水綠

作　　者：月　關
責任編輯：李國祥
執行編輯：顏少鵬
出 版 者：英屬維京群島商高寶國際有限公司台灣分公司
　　　　　Global Group Holdings, Ltd.
地　　址：台北市內湖區洲子街88號3樓
網　　址：gobooks.com.tw
電　　話：（02）27992788
E-mail：readers@gobooks.com.tw（讀者服務部）
　　　　pr@gobooks.com.tw（公關諮詢部）
電　　傳：出版部（02）27990909　行銷部（02）27993088
郵政劃撥：19394552
戶　　名：英屬維京群島商高寶國際有限公司台灣分公司
發　　行：希代多媒體書版股份有限公司發行/Printed in Taiwan
初版日期：2010 年 12 月

國家圖書館出版品預行編目資料

步步生蓮. 卷十三, 蓮紅水綠 / 月關著. -- 初版
. -- 臺北市 : 高寶國際出版 : 希代多媒體
發行, 2010.11
面；　公分. -- (戲非戲 ; DN136)

ISBN 978-986-185-539-4(平裝)

857.7　　　　　　99023479

目次

三百三四　蘆嶺來客

永慶公主換穿了一身普通官宦人家小姐打扮，興沖沖地正要出宮去，一個小內侍捧著個包裹趕了來：「殿下，這是魏王殿下託鴻臚寺楊少卿給您捎來的禮物。」

永慶公主詫異地道：「大哥給我的禮物？怎麼反要託了旁人送來？」

那內侍道：「聽說，是魏王殿下買回來擱在了楊少卿的船上，今兒才整理出來，楊少卿本待歸還魏王殿下，官家說不必繞那麼個大圈子，直接命奴婢給您送來了。」

永慶公主蹦蹦跳跳地趕過來，好奇地問道：「是什麼東西？」

「是幾斤淮南特產糟白魚。」

永慶公主眼珠滴溜溜一轉，臉上便露出一副似笑非笑的表情：「這個傢伙倒是狡猾，哼！不過嘛……倒也還知趣。」

她就著那小內侍的手，打開包裹，撕了一塊魚肉，用兩根手指拈著，一邊津津有味地吃著，一邊揮手道：「拿去，叫我宮裡的人收好了。」

趙匡胤如今有三個女兒，「杯酒釋兵權」之後，為了讓那些交出兵權的將領們放心，趙匡胤和他們結了親家，他寡居的妹妹被他嫁給了大將高懷德，長女和次女分別嫁給了石守信和王審琦的兒子，同時又讓自己的三弟趙光美娶了張令鐸的女兒，廣結姻緣，以安其心。

今天永慶公主就是出宮去王審琦府上看望二姐的，因為她的二姐上個月剛剛生下第二個女兒，小外甥女白白胖胖十分可愛，很得永慶的喜歡，同時，這也是她難得能出宮的機會，上一次去扮望剛剛生產的姐姐，她就趁機扮作一個少年公子，去千金一笑樓看了一場《白狐》，看得她哭天抹淚的，今日去探望姐姐，正可藉機會再去開封街頭走走。

永慶公主沒有擺出公主儀仗，只乘一頂小轎，帶了八個侍衛、兩個丫鬟，俱都喬裝打扮成普通家將模樣，到了二姐府上探望一番，看看天色漸晚，便告辭離開，趁著還有些時間，於開封街頭遊玩。

永慶捲著轎簾，伏在窗口，興致勃勃地看著市井間風光，一個推車挑擔的小經紀，一個揑泥人的民間藝人，一個街頭打把式賣藝的武夫，對她來說，都是難得一見的風景。

忽然，她看見旁邊有輛車子漸漸趕上來與她並肩而行，一個眉眼清秀、斯斯文文的青袍公子坐在車把式旁邊，肩頭站著一隻羽毛豔麗的鸚鵡，正在顧盼左右。那位青袍公子卻斜倚在車頭，懶洋洋地打著瞌睡。

永慶一見，頓時露出歡喜的笑容，她趴在窗口，向那鸚鵡勾了勾手指，那隻鸚鵡歪過頭來睇著她，永慶公主越看越喜歡，趕緊在口袋裡胡亂掏摸一陣，可惜剛換的衣裳，身上沒帶什麼零食，永慶公主眼珠一轉，便握起拳頭假裝吃著什麼，然後把拳頭遞向鸚鵡，那隻鸚鵡果然上當，歪著頭看她半晌，到底禁不住食物的誘惑，忽然展翅飛翔，伸喙一啄，永慶公主已飛快地縮回了手。

如是者幾次，那隻鸚鵡火了，忽然張嘴罵道：「妳這饢糠的夯貨！」

永慶一呆，沒想到這鸚鵡居然說話說的這麼清晰，而且還是罵人的話，永慶公主又好氣又好笑，不禁嗔道：「你這扁毛畜牲，再敢亂罵，本公……本姑娘拔光你的毛。」

那鸚鵡揮舞著翅膀，直著嗓子回罵：「妳這打脊餓不死凍不殺的爛乞丐、沒信行不成才的破落戶、天不蓋地不載該剮的賊……」

永慶公主大怒，喝道：「閉上你的鳥嘴！」

那鸚鵡學舌，振振有詞地罵道：「閉上妳的鳥嘴，干妳鳥事？妳這鳥人，放妳的鳥屁，惹少爺我一肚子鳥氣……」

「嗯？這跟誰罵上了？」那個打盹的青袍公子晃了下身子，被一人一鳥的對罵聲吵醒了，他定睛一看，對面車中是個姿容俏麗的少女，兩眼頓時一亮，立即對那展翅飛在半空中與永慶公主對罵的鸚鵡喝道：「過來！」

那隻鸚鵡應聲飛來，落在他的掌心，青袍公子屈指便彈，在牠腦袋上彈一下便罵一句：「賊廝鳥，你這該死的扁毛畜牲，盡放鳥屁，這位小姐也是你罵得？無端惹少爺我一肚子鳥氣……」

他彈一下，那鸚鵡便縮一下頭，永慶公主見了又不捨起來，欲待出口相勸時，那公子已教訓了說髒話的鸚鵡，罵道：「滾開。」那隻鸚鵡馬上乖乖飛起，在車頂盤旋不敢落下，嘴裡還不斷地叫著：「我不敢了，我不敢了……」

一隻扁毛畜牲，竟可以被人調教得如此通人性，把個永慶公主看得又驚又奇。青袍公子向她歉意地笑道：「小娘子，這隻扁毛畜牲不懂事，得罪了小娘子，小生代牠賠禮則個。」

永慶公主哼了一聲道：「得了得了，聽你說話，滿口汙言穢語，畜牲懂什麼？還不都是跟你學的？」

那青袍公子訕訕一笑：「恕罪，恕罪，小生以後注意便是。」說著那馬車已加快了速度，從她旁邊趕過去。

這個青袍公子正是葉家車行的少東家葉之璇，這些日子他苦心經營自己家中的車行和幫助祕密組織「飛羽」訓練鷹隼信鴿，往日的輕浮放浪之氣漸漸褪去，開始變得穩重些了，他的變化，最高興的當然是葉老掌櫃。他是楊浩草創時的班底，葉家的生意和住處又都在西北折藩的勢力範圍下，算是可以籠絡的人，蘆嶺州方面經過一次次考驗歷練，開始把他視作自己人，也放心把一些比較重要的事交給他去做了。

葉大少爺此番進京，是專門探望楊浩的，他的馬車直奔楊浩住處，後面永慶公主忍不住吩咐車夫追了上來，她真是喜歡極了那隻通人性的鸚鵡，可是堂堂一國公主，讓她向百姓討要東西，她真的是拉不下臉來，直到那車走得遠了，她才焦急起來，詢問了左右身上帶的有錢，便追上來想把鸚鵡買下。

葉之璇趕到楊浩府前，立即叫人拍打房門，那隻鸚鵡這才落下來，重又站在他的肩膀上。這隻鸚鵡是葉之璇閒來無事調教出來解悶的，跟在他身邊學了一堆的罵人話，也虧這位小公主不諳世事，居然喜歡了這個鳥人調教出來的這個鳥畜牲。

楊浩此時剛從鴻臚寺回來，他換了一身尋常衣裳，仍是捏著手印，一路練著吐納功夫到了家門口，一見門口停著輛馬車，有人正在拍打房門，心裡頓時一緊，只道是唐家上門搶人來了，趕緊走快幾步，揚聲問道：「什麼人？」

葉之璇一回頭，兩人視線一碰，同時大喜，二人趕到一塊，剛剛寒暄幾句，又一輛車在七、八個大漢拱衛下趕來，車上一個少女嬌叫道：「喂，公……咦？」

楊浩一回頭，不由大吃一驚，失聲叫道：「公……啊！」他突然省悟過來，不可當街喚出公主名號，所以立刻閉嘴。

葉之璇納罕地道：「公姨公啊？大人，這是開封府見面打招呼的禮儀嗎？」他肩頭那隻鸚鵡尖著嗓子叫道：「公姨公啊，公姨公啊。」

「閉上你的鳥嘴！」葉之璇扭頭吼了一聲，那鸚鵡又叫道：「閉上你的……」葉大少趕緊捏住牠的鳥嘴，向楊浩和永慶公主嘿嘿一笑。

見那鳥主人是楊浩的客人，永慶心中大定，忙裝作不相識的模樣道：「這位公子，本姑娘很喜歡你這隻鸚鵡，想出錢把牠買下來，不知道公子出價幾何？」

葉家財大氣粗，養隻鳥就圖個玩樂，葉大少哪裡會靠牠賺錢，一聽要買下這隻鸚鵡，便把眼一翻，說道：「姑娘，我這隻鸚鵡是不賣的……」

「對對對，不賣的、不賣的，送卻沒有關係……」楊浩趕緊接口，一伸手，掐住那鳥脖子便把牠塞進永慶公主懷裡：「這隻鸚鵡現在歸姑娘所有了，姑娘如果沒有旁的事，這就請回吧。」

永慶公主大喜，見葉大少還有點不情願的樣子，示威似地向他一翹下巴，向楊浩盈盈一笑：「謝啦！」抱著鸚鵡寶貝似地上了車。

「大人，你……認識這位姑娘？」

「認識，當然認識，奇怪，她怎麼會上街呢？」楊浩看著公主的車漸漸遠去，這才鬆了口氣，扭頭一看葉之璇，急忙又問：「蘆嶺州那邊可是有什麼要緊事情？」

葉之璇笑道：「大人放心，張繼祖是個老狐狸，咱們給足了他面子，他便也不來找咱們的麻煩，蘆嶺州那邊一切都好。葉某此番前來，只是生意所至，順道來看看大人。」

其實葉之璇自然是負有使命而來，只是倉促間卻不便說起，這時門子已打開了大門，兩人一邊往裡邊走，楊浩一邊問道：「對了，我正要讓壁宿與『飛羽』聯繫，向蘆嶺州問一件事情，你從蘆嶺州來，你可知道其中原由嗎？」

葉大少問道：「不知大人要問何事？」

楊浩左右一看，放低了聲音道：「李興為什麼去了吐蕃？」

葉大少的神色馬上也變得機警起來，他壓低嗓音回答道：「屬下本來想先行歇宿，容後再與大人促膝詳談，既然大人已知道了李興的事……不知大人府上可有僻靜隱祕的所在？屬下一一稟告便是。」

三百三五　一隻鳥兒

楊浩聽了葉大少的話，便把他引到了一個僻靜的偏院。

如今楊家後院裡，唐焰焰和吳娃兒各住一個院落，差派了丫鬟侍候著，因為楊家人丁少，所以還空置著幾處小院，二人隨意擇了一處僻靜的，掌了燈，沏了茶，屏退了左右，這才坐下長談。

吳娃兒聽說他回來了，本欲出來相迎，聽說有客來訪，官人帶他去密談，情知必有要事，不敢出面打擾，便又悄悄返回了內宅。

房間裡，楊浩先問及蘆嶺州如今情形，葉大少笑道：「大人儘管放心，蘆嶺州如今一切安好。夏州與吐蕃之戰越來越是激烈，根本顧不上咱們了。張繼祖只盼著熬過了任期調任他處，只要咱們不給他惹麻煩，凡事他都裝聾作啞，如今蘆嶺州治下一切安然，工商農牧，皆有發展，木老部中三千鐵騎亦牧亦兵，發展得更形強大。咱們不但經營各種有大利的草原物產，李興研製的武器，私下販賣於諸羌和回紇、吐蕃，更是積蓄了大量的錢財。」

楊浩眉頭一皺，說道：「販賣武器於諸羌、回紇、吐蕃？不怕養虎為患，終難控制？」

葉大少略一猶豫道：「李興所製武器，但凡賣於他們的，不管劍矛弓弩，俱都是生產出來的下品，並非一等一的武器，要和咱們比武器精良，他們是辦不到的。如今整個西北野心最大的是夏州，能夠牽制它的吐蕃、回紇和諸羌部落實力太差，如果不能提供些援助，吐蕃已然一敗塗地了，如何能讓夏州泥足深陷，脫身不得呢？

「是以，木老與幾位大人商量一番，才下此決定。木老這麼做，也是在可以控制的範圍內去做的，而且，這些下品的武器，不管是生產和維修，這些部族都很難做到，來源始終控制在咱們手裡，隨時可以掐斷。」

楊浩微微搖頭，嘆道：「儘管如此，義父實在有些自討苦吃，以我設計，挑起吐蕃與夏州之間的戰火，就算吐蕃如今已然落敗，夏州必也元氣大傷，三兩年內是不敢輕啟戰端，對蘆嶺州動武的，這段時間，蘆嶺州和党項七氏得以發展，足以與其對峙，擁有自保之力，義父這麼做，何苦來哉？」

葉大少道：「屬下正要說，這次來，除了探望大人，屬下還帶來了木老的意思，希望大人能夠回去蘆嶺州。」

楊浩搖頭苦笑道：「官家還指著扣我為人質，控制蘆嶺州所屬呢！他豈肯放我走？」

葉大少道：「正是這個原因，所以大人更要回去。木老說，如果大人決意回去，他會為大人想辦法。」

楊浩目光一閃，問道：「義父有什麼好辦法？」

葉大少道：「方法多得很，比如與折家、楊家合作，與諸羌合作，在西北製造事端，造成不可收拾的局面，唯有讓大人你返回西北主持大局方有解決的可能，那樣的話，大人在已大大減弱趙官家戒心的情況下，未必不能成行。又比如偷偷潛回，不管哪一種，只要能讓大人返回蘆嶺州，就算大功告成。」

楊浩夷然道：「第一個法子還靠點譜，其他的……偷偷返回？朝廷難道不會發覺？蘆嶺州仍承認是宋國屬地吧？我回去了，難道能與朝廷撕破臉面把張繼祖趕走？」

葉大少微笑道：「屬下來，只是帶來了木老的意思，如果大人點頭，那也不是馬上就走的，還需等待一個機會。」

「什麼機會？」

「南北吐蕃與夏州戰亂不休，党項七氏皆按兵不動，告之本族貧苦勢弱，不肯資以兵馬錢財，夏州羈縻於戰事，不僅外敵樹立無數，拓跋氏貴族們利益受損，也對李氏的跋扈開始不滿了。我蘆嶺州如今看來雖非任何一方的威脅，但是木老和大人您，可是有著夏州李氏正統的身分的。

「回紇、吐蕃，是吃不下羌人的，如今均以我們為倚仗，對折氏和楊氏來說，拓跋氏如果換了大人您做主人，自然也比李光睿更受歡迎。再有党項七氏和橫山諸羌的擁護，其實大人你夏州之主的位置已招手可期。如果拓跋氏內的各位酋長貴族有心認大人您為主，則迅速占領夏州取而代之，甚至不需大動干戈。

「大人，朝廷看重的不是一個人，而是一股勢力，西北諸藩與諸族之間早已達成一種互相牽制的局面，別看朝廷現在不肯放你，那是因為朝廷自信能夠控制蘆嶺州。如果西北糜爛，大人您坐鎮夏州，成了西北之主，朝廷只有順水推舟，加封承認的選擇，沒有與你為敵的道理的。」

楊浩目光一凝，說道：「這番話，你說不出來，義父同樣說不出來，是誰教你的？」

葉大少摸摸鼻子，乾笑道：「這是木老、林老、柯大人等人商量出來的辦法，木老說，朝廷對西北只是利用，誰做那裡的主人，對朝廷來說並不重要，咱們只要能迅速控制夏州，朝廷就沒有相助夏州李氏與咱們為難的道理，結果只能是效仿李彝殷殺弟逐姪，搶先霸占夏州之後，朝廷予以承認安撫的先例，對大人你也加官晉爵，承認你的定難軍節度使身分。如果大人你同意，蘆嶺州那邊就可以放手準備了，少則一年，多則三載，大事可期！」

楊浩默然不語，他這才意識到，他挑起吐蕃與夏州之戰，苦心經營蘆嶺州，招賢納士，暗中培植自己的武力，本是為了讓蘆嶺州立足，讓那幾萬他親手帶出來的漢國百姓和義父近萬的族人有個歸宿，但這只是個一廂情願的想法。

蘆嶺州站住腳了，而且正如葉大少所言，擁有著外部內部這麼多優勢，原本聚集到他身邊的這些人，也形成了一個共同的利益體，他們想謀取更大的利益了，而自己，就是他們之間的黏合劑，是他們達成目的的領袖。

可是，他的人有一統西夏的野心，他有做西夏之主的志向嗎？這個過程，將有多少腥風血雨？他如今錦衣玉食、生活無憂，很快就可以假死脫身，攜雙美隱居避世，遊賞天下風光，何必去做這樣的事？到那時，他不可避免地就會重走西夏的路，為了生存，在北國契丹與中原趙宋之間游離，成為一方大軍閥，何苦來哉？

想到這裡，楊浩心中忽地一動，如果我能取夏州而代之，然後拱手奉與宋國呢？

他馬上否定了自己的這個想法，原本歷史上的夏州李氏，後來並非沒有走過這條路，問題是，當你是這個利益團體的代表時，所有的人都對你忠心耿耿，當你背棄了擁護自己的利益團體時，他們一樣會拋棄你，那時他們自會再選出一位西夏之主，為了他們的榮華富貴而戰。

更何況，如果真讓趙宋得到了西夏之地會怎麼樣？那時的宋會不會澈底改變它的國策，全心致力於擴張和戰爭？人心易變，蘆嶺州可以因為地位的穩固和勢力的增強而滋生野心，宋國就不會嗎？那時的宋還會有三百年的太平富裕和輝煌文化嗎？還會有天水一朝，人智之活動，與文化之多方面，前之漢唐，後之元明，均有所不逮，華夏民族之文化，歷數千載之演進，造極於趙宋之世嗎？

如果那時的宋變成了另一個大漢，趙氏官家變成了另一個漢武帝，以無數百姓破家滅門為代價去不斷地擴張，擴張到蒙元帝國那樣的版圖又能如何？它的子民光榮了嗎？幸福過嗎？當它終究踏上任何一個帝國最後都必然崩潰滅亡的歸宿時，帝王將相的無比輝煌，除了做後人談資，供一些後人誇誇其談之外，於當時的百姓們又哪有半點益處？我能控制那個皇帝的野心，讓他有序擴張、兩者兼顧，而不是成為一個窮兵黷武的鐵血暴君嗎？

隨著閱歷的增長和對這個時代的了解，楊浩不再是一個徒有熱血的毛頭小子，他看問題漸漸變得更透澈、更冷靜，更直指本質。他不希望出現那樣一個面目全非的宋朝，他不願放棄現在的計畫，去成立一方勢力代表打打殺殺。

沉吟半晌，看看葉大少殷切的目光，楊浩說道：「此事內中利害，我還沒有想得透澈，你一路跋涉，十分辛苦，先安頓下來，等我有了定奪再說。」

楊浩心想：「這事也不必明白拒絕了他們，否則難保他們不另圖他計，甚至給我來一齣『黃袍加身』，那時候，我做也得做，不做也得做，只能按照他們給我規劃的道路去走了。等我假死脫身之後，他們失去了我，這分剛剛萌生的野心自然也就消失了。

楊浩帶著葉之璇出去，把他和他的從人安頓下來，回到自己住處，立即與娃娃商量：「娃兒，妳已知道我要假死遁去的消息了，現如今我官居鴻臚少卿，出使離京的機會大增，這一次去江淮，妳和焰焰暗中相隨，其實朝野俱已風聞，這倒是歪打正著，有了這個先例，下一次得著機會離京時，我帶妳們同行也不會有人疑心了。」

娃兒欣然點頭，楊浩又道：「可是咱們一走，這房產和千金一笑樓裡不便抽走的資產怎麼辦呢？有些人該怎麼安頓呢？」

娃娃目光一閃，遲疑道：「官人，你是說……」

楊浩直截了當地道：「我是說妙妙，是我把她從朵兒身邊要來的，現如今她們兩人之間又生了芥蒂，咱們一走她怎麼辦？而且她對我一向忠心耿耿，以我性情，妳知道我是放不下的，我打算認她做個義妹，咱們一走，這房產、資產盡可歸她所有，她有了倚靠，我也好放心離開，妳看怎樣？」

娃娃嘴角一勾，露出一副似笑非笑的神情：「大人，義兄義妹的，哪有權利繼承咱家的財產？虧你還是朝廷的官，連朝廷的律法都不明白。除非……你先行寫下『遺囑』，指明由她繼承。」

楊浩搖頭道：「豈有此理，我好端端地立什麼『遺囑』？難道我早知道要帶著妳們一齊離京，然後一齊出事？這不是明擺著告訴全天下，老子逃了嗎？」

娃娃掩口而笑：「那就不成了。」

她眼珠轉了轉，又道：「不過……卻也不是全無辦法，奴家看妙妙那丫頭對大人你傾心得很，不如大人在離京之前納了她為妾，這樣財產落入她的名下，便順理成章了。」

楊浩瞪她一眼，嗔道：「妳也不是不知道我的性情，如果她真成了我的女人，妳以為我狠心丟下她，就此心安理得地離開？」

娃娃若無其事地道：「那便不要真的納她為妾，只要一個名分，圓房之期拖到回京之後，這一來還有一樁好處，官人『猝然出事』的話，就更加不會惹人生疑了。」

楊浩愕然道：「那不是害了人家？」

妙妙原是朵兒的心腹，娃娃對她可沒有什麼姐妹感情，無所謂地道：「怎麼就是害了她？天下有哪個女人只要一個名分，就能得到偌大一筆財產的？恐怕她歡喜還來不及呢！她若守不得，改嫁就是了，官家的妹子都能改嫁，你道她會為你守節終生嗎？那時有了鉅額家產，她若要嫁人，反比現在更有把握找個良善人家。」

楊浩躊躇半刻，說道：「似乎是個辦法，我再好好想想。對了，焰焰呢？打從回來還沒見著她，聽說妳們今兒上街去了，我有些放心不下，唐家迄今全無動靜，也不知道唐家是個什麼打算，可莫要著了他們的道。」

娃娃笑道：「官人放心吧，唐家是個體面的人家，幹不出當街擄人的事來，何況我們上街時也帶有護衛。回京這幾日，官人過於忙碌，你道我們不心疼嗎？今日上街買了些菜回來，焰焰說要親手做幾道美味給你吃呢。」

楊浩奇道：「她做菜？她成嗎？」

娃娃抿嘴笑道：「看你這官人當的，你道她真是個衣來伸手、飯來張口，什麼都不會做的女子嗎？再說，這一路上，她還用心向我學過烹飪之道，做出的菜肴，想必味道是不差的。」

說到這兒，她捣著肚子說道：「只是……怎麼這麼久還沒做好？我這肚子早就餓得咕咕叫了。」

楊浩搔頭一笑，說道：「我可不抱多大希望，妳且等著，我去她院中看看。」

素手調湯羹，含羞侍郎君，想起來就教人感動啊……

楊浩走在路上，臉上不禁露出感動的笑意，她們……想要的應該也不會是一個整日奔波忙碌的曠世英雄，而是一個對她們噓寒問暖、呵護備至的貼心郎君而已吧？就算為了不辜負這美人情意，我也要堅持自己的主意。

一路想著，進了唐焰焰所住的院落，院落中自有廚房，房門關著，裡邊叮噹作響，楊浩走過去便一把推開了房門，「嘩啦」一下，裡邊便飛出幾隻雀兒，撲楞楞地逃開了去，須臾工夫就飛過了院牆。

「哎呀哎呀，誰叫你進來的？也不說一聲，如今竟放跑了雀兒，我這菜可就少了一道了。」

唐焰焰頰上沾著麵粉，揮著雙手跑來，她打開籠子掏雀兒，一不小心把雀兒放了出來，正關緊了房門獨自捉雀，忙得一頭汗，結果楊浩一來，那幾隻籠中鳥便逃之夭夭了。

楊浩先是愣了愣，看清她的模樣後，嘴角便微微地翹起來，他把迎面抱來的焰焰擁進懷中，在她頰上親暱地吻了一記，微笑道：「做不了那盤菜，吃我這盤菜，我會更喜歡的。」

唐焰焰不明所以，瞪他一眼道：「你兩手空空，有買菜回來嗎？哼！這道雀羹可是極重要的一道菜，本來我就怕做不好，教娃兒笑話，現在可好，一條鳥毛都看不到了，是你放跑了我的鳥，你還我鳥來。」

楊浩真是愛極了她這副嬌俏模樣，不禁豁然大笑道：「好好好，跑走了妳幾隻小鳥，官人賠妳一隻大鳥就是。」

「咦？你還真的買了菜回來了？大鳥在哪兒？」唐焰焰傻兮兮地問道。

楊浩便露出一副賊兮兮的笑容道：「大鳥在此，娘子，妳可莫要尖叫，聲張起來，那可不美了。」

「喊，儘管放鳥過來，什麼惡鳥會讓我唐焰焰害……啊！」一見楊浩動作，唐焰焰尖叫一聲轉過身去，搗住了臉道：「你個沒正經的，出去，出去，人家才不要看。」

楊浩心中情熱，不覺自後走去，輕輕擁住她的香肩，在她耳邊柔聲道：「焰焰肯為我下廚房，哪怕只燒出一塊焦炭來，為夫也會吃得香甜的。」

唐焰焰被他在耳邊說話，細癢癢的汗毛都豎了起來，隨即就覺臀後給個硬邦邦的東西抵住，不由心中一跳，身子都酥軟下來，幾乎站立不住。楊浩抱緊了她，嘴脣啜了啜她的耳垂，便向後頸吻去，同時抬起一條腿來，用腳把房門悄悄地關上了……

當此時也，大宋禁宮內，趙匡胤擰眉凸目，兩眼望空，正在大喝：「豈有此理，妳從哪兒買來這隻鳥？滿口汙言穢語，真是有失體統。」

一隻鸚鵡盤旋殿中，毫不示弱地回罵：「閉上你的鳥嘴，干你鳥事？你這鳥人，放你的鳥屁，惹少爺我一肚子鳥氣……」

永慶公主笑得打跌，趙匡胤跳起腳道：「來人，來人，給朕射死這隻欺君的賤鳥。」

「蓬蓬蓬。」一隊禁軍應聲入殿，張弓搭箭一通亂射，那隻鸚鵡藉著承塵、殿柱、屏風等物躲來躲去，口中仍是回罵不休：「賤鳥，你這饢糠的夯貨，打脊餓不死凍不殺的爛乞丐、沒信行不成才的破落戶、天不蓋地不載該剮的賊……」

「把箭給我！」趙匡胤連朕也不稱了，奪過一把弓來望空便射，大殿頂上到處插得都是羽箭，那鳥兒在承塵之間鑽來鑽去，洋洋得意地罵：「賤鳥，賤鳥，你這饢糠的夯貨……」

「真是氣死鳥了！不是……」趙匡胤氣得口不擇言，一旁的禁軍侍衛們聽了，不禁笑成了掩口葫蘆，趙匡胤氣咻咻地道：「真是氣死朕了，氣死朕了，妳從哪兒弄來這隻賤鳥……」

永慶公主忙扮乖乖女，怯怯地道：「女兒今日出宮探望二姐，路遇鴻臚少卿楊浩，這隻鳥……是他送我的。」

「這個鳥人要幹什麼？要幹什麼？賊廝鳥，惹老子一肚子鳥氣……」趙老大連皇帝的體統也不顧了，拿出當年一條盤龍棍闖蕩天下的兵痞派頭，破口大罵起來。

三百三六　臣知錯，臣悔改……

看樣子，焰焰是真準備做幾道大餐的，案上已經擺了切盤裝好的十幾道菜肴，山珍海味，水陸八珍，還有一桶冰塊，想是用來冰鎮魚膾的，各種菜肴就待下鍋了，焰焰一邊準備著，一邊在等他回來。

出入婢從如雲的唐家大小姐，肯耐心地為他做這些事，楊浩心中對她的愛意真是越來越濃，他的舌尖輕輕吻上了焰焰的臉頰。

「唔……」

焰焰扭動著嬌軀以示抗議，「頰上沾了醬油……」楊浩如此解釋著。

「呀，不要……好羞……」衣襟被解開了，胸圍被扯下，一對玉碗倒扣般的椒乳活潑地彈了出來，頂端兩粒瑪瑙，焰焰羞不可抑，雙手倒撐著案板，緊閉雙眼仰起頭來，嬌軀輕輕顫抖著。

「不要動啊，我不小心沾上了糖汁……」焰焰只覺胸前一涼，然後就是一條溫熱的舌頭舔上去，一時如同踩在棉花堆上，身子軟了，頭也暈了，迷迷糊糊的，幾乎就要站立不住。

「啊！」焰焰驚跳一下，忽然覺得有塊冰冰的東西在自己臀部碰了一下，楊浩的手伸在她的裙內，手指拈了一粒冰塊，在她幼滑細嫩的肌膚上輕輕滑動，所過之處，換來的是焰焰顫慄般的呻吟：「不……不要……」

那張小嘴很快被吻住了，纏綿半晌，焰焰的身子溫度不斷上升，灶下的爐火燃燒著，鍋中一汪沸水翻滾著熱氣，紅紅的灶火映著焰焰美玉般的肌膚，透出桃花般的緋紅。

「不……不要……不要在這裡……」

焰焰用兩條豐腴結實的大腿夾住了楊浩蠢動的手指，趴在他的肩頭，嬌喘吁吁地叫。隨即她的身子就落入一雙有力的臂彎，微微一睜眼，入目的是楊浩一雙灼熱的眼睛：「好，那我便與娘子回房去……」

開了廚房的門，楊浩像作賊似的，抱著衣衫半裎、羞遮面孔的焰焰，輕手快腳地進了她的房間，將她輕輕擱在床上。

焰焰摀著臉，手指縫裡露出的臉蛋火紅一片，身子不依地輕輕扭動：「不要……水都開了，正要下鍋，人家……要被下人們笑的……還要做菜……」

楊浩不知她胡言亂語些什麼，聽她一說，先按捺了欲火，說道：「妳等著，我去熄了火……」

楊浩轉身欲走，忽然覺得衣角被什麼東西勾住，扭頭一看，只見焰焰用一根小指輕輕地勾住他的衣角，羞澀酡紅的小臉偏向一邊，閉著眼不敢看他，但是手指勾得緊緊的，很有力。

楊浩的脣角不禁翹了起來，輕輕臥回她的身旁，柔柔低聲道：「管它什麼灶火，管它什麼大餐，官人……先吃了焰焰這盤菜，可好？」

焰焰扭了下身子，似乎是無聲的抗議，只是不知道她反對的是楊浩要「吃掉」自己，還是反對他把自己比作了一盤菜……

焰焰的髮髻被楊浩打散了，如雲的秀髮披散下來，焰焰輕輕睜開眼睛，從秀髮間瞟著楊浩，星眸如絲。

女人，都願在自己喜歡的男人面前，把自己打扮得盡善盡美，穿著得體美麗的衣裳，戴著增添麗色的首飾，但是唯有一樣，她們永遠不需要去過分的整理，只要保持清爽柔滑就好，那就是她的秀髮。

燈光柔柔的，灑得一床都是蜜意。頭髮亂亂的，帶一絲嫵媚、一絲朦朧、一絲慵懶、一絲奔放，還有一絲不設防的迷茫……

她的髮髻盤起時，展現的是女人的高貴與矜持，髮髻打散時，演繹的是性感與嫵媚，上得廳堂，入得閨房，那風情萬種、那理不清的秀髮，只會令男人越理心越亂。楊浩的心已經亂了……

焰焰的小臉粉撲撲的，白皙的臉蛋上就像打上了一層胭紅，紅豔豔的惹人憐愛。

「這火腿真香呀……」楊浩解去了焰焰的襦裙，大手貼著柔軟輕薄的褻褲，輕撫著她修長渾圓的大腿，發出由衷的讚美，換來的是嬌嗔的一拍。

楊浩想給她一個難忘的初夜，不想她過度的緊張，繼續撩撥著她：「我家焰焰不是最大膽、最潑辣的嗎？怎麼現在怯怯的，膽子這麼小？官人放走了妳的小雀，還妳一隻大鳥，不好嗎？」

焰焰咬著脣，連脣邊幾綹秀髮都噙在嘴裡，迷離的眸光痴痴地望著她的男人，帶著一絲甜蜜微笑，不說話。

「官人喜歡焰焰的憨、焰焰的傻、焰焰的情長痴心，還喜歡焰焰的潑辣大膽，好媳婦，現在怎麼變得羞怯怯的了，怕了自家官人了？」楊浩一邊揶揄，一隻大手環住她的纖腰，另一隻大手已罩住了一隻飽滿白皙的乳球：「官人要送妳一隻大鳥呢，要不要呀？敢不敢要？」

焰焰輕啐一口，漸漸大膽起來：「誰怕你啊……」

「那妳要不要？」

「……」

「要不要？」

「……」

楊浩啜她的耳垂，誘惑地問：「要……不要？」

「要！」焰焰突然說了一句，隨即一把環住了楊浩的脖子，把自己羞紅的俏臉埋進了他的懷裡，在他微敞的胸口報復似地噬了一口。

楊浩心中一蕩，不覺俯壓下去，把那溫香暖玉抱了滿懷……

＊　＊　＊

「哈哈哈……」

趙匡胤丟下弓，雙手扠腰仰天大笑起來。

仔細想想，他自己也覺得好笑，堂堂一國帝王，胸懷天下之主，今兒這是怎麼了，跟一隻扁毛畜牲較的什麼勁？

他氣性來得快，去得也快，一旦想通了，只覺得好笑：「算了算了，由牠去吧。」

趙匡胤看看那隻好端端地站在盡是羽箭的承塵邊上的大尾巴鸚鵡，無奈地笑笑：「都下去吧，這隻賤鳥，由牠去吧。」

旁邊一個牙校道：「官家，這隻鳥欺君，怎可饒恕了牠？小臣已令人去取捕網了，一定能捉住牠。」

「捉住了又怎麼樣？」趙匡胤眼睛一瞪：「拔光牠的毛，把牠變成白條雞？朕堂堂一國皇帝，跟個畜牲這般較勁，傳出去教人笑話。」

他抬頭看看那隻好像罵累了，正在歇息的鸚鵡，讚道：「你看，朕不罵牠，牠就不罵朕，其實還是頗具人性的，呃……這一段就不要寫進『起居錄』了吧？」

得到肯定的回答後，趙匡胤呵呵地笑起來：「罷了罷了，這殿堂明日再收拾吧，永慶，好好管教妳這隻鳥，要是牠再犯，哼！」

永慶還沒答話，承塵上邊便傳來唯妙唯肖的一聲：「哼！」

趙匡胤一抬頭，指著房梁上罵道：「你這隻小……哼！」

他剛想罵出聲來，忽地想到這隻無賴鸚鵡的臭毛病，到了嘴邊的「畜牲」兩字硬生生地吞了回去：「起駕起駕，去福寧殿睡下。」

「起駕起駕，起駕起駕……」那隻鸚鵡蹦蹦跳跳地叫道，一下子又把趙匡胤逗樂了。

當他邁出殿門的時候，就聽殿中永慶公主叫道：「你閉嘴！」

「你閉嘴。」

「你……我……你再不聽話，不給你飯吃，我有好吃的，臭鳥，你下不下來？」

「臭鳥，你下不下來？」

趙匡胤苦笑一聲：「這隻鳥……楊浩啊楊浩……你們笑什麼笑？都給朕滾得遠遠的……」

＊　＊　＊

一番抵死纏綿，先苦後甜的焰焰漸漸嘗到了情愛的銷魂滋味。當房中風雨稍歇之後，焰焰無力地側俯在榻上，背抵著楊浩結實的胸膛，楊浩兩條結實的手臂穿過她的腋下，兩隻大手握住了她胸前那對飽滿。她能清晰地聽到一陣「怦怦」的心跳聲，卻分不清是自己的，還是楊浩的。

楊浩忽然發覺擁有一副強健的體魄和修練雙修功法所具備的強大能力似乎也不是什麼好事，一場酣暢淋漓的恩愛之後，本該體軟似綿、心滿意足，可他……似乎不管是生理上還是心理上，都還遠遠沒有滿足。

但是焰焰初承破瓜之痛，楊浩見她軟綿綿地伏在榻上，額頭汗津津的，卻不想需索無度。他只是輕輕愛撫著焰焰的身子，貼著光潔幼滑的肌膚，未嘗不是一種快意。

漸漸平穩了呼吸，恢復了些體力的焰焰懶洋洋地哼唧了一聲，用腳指輕輕夾住楊浩的腳趾，然後又鬆開，這細小的挑逗動作，讓意猶未盡的楊浩又興致勃勃起來，「啊……」焰焰不由一顫，頭一下子揚了起來，一隻小手也探到了身後，緊緊抓住了楊浩的大手。

楊浩輕笑：「小丫頭，不成了？」

他在焰焰肩上啄吻了一下，停止了蠢動，靜了片刻，他道：「自上次說與妳三哥知道後，唐家一直沒有什麼動靜，不知道他在打什麼主意？」

焰焰慵聲道：「還能打什麼主意？我看他是沒了主意。這爛攤子，他只好自己去收拾，攀附權貴之心，三哥是有的，但是事已至此的話，他卻只能站過來維護我了，可是他搞出這檔子事來，如今……如今……啊！你不要動……如今他除了裝聾作啞，還有更好的辦法嗎……」

「但願如此……」

楊浩抱緊了她身子，在她身邊輕聲道：「焰焰，初次相逢於普濟寺時，我若不是逃得快，就被妳一劍穿心了。那時，妳想不到，我也想不到，我們會有今時今日。以前，枉負了妳太多情意，如今官人卻是越來越喜歡妳了，等我們找到合適的機會，我們就一走了之，只是……不知道妳會不會適應避世隱居的生活？」

「有什麼不適應的呢？」焰焰與他耳鬢廝磨著，呢喃道：「咱們尋一處山水秀麗之處，換一個身分而已，你不做官，一樣會有許多事情可做。我不做唐家大小姐，同樣可以過得快活。」

焰焰握緊了他的手，柔聲道：「奶奶說，姑姑小時候和我一樣調皮，可是她嫁給了程將軍之後，還不是一樣相夫教子，守在家門？女人，這就是歸宿，官人，不要怕會委屈了我……」

「官人？妳終於叫我官人啦？」

楊浩大喜，焰焰大羞，輕啐道：「傻子，我……我們都這樣了，人家不喚你官人，又喚你什麼？」

「嘿嘿，在人前嘛，妳可以喚我官人，閨房之中嘛，叫一聲大鳥，我也不怪妳的。」

「啐，大吹法螺，自吹自擂。」

「呵呵，不大嗎？那怎麼某人碰一下都渾身哆嗦，好像承受不住的樣子，現在還抓著我的手，怕得要死，生怕我再碰她一下？」

「才怪呢……本姑娘會怕你？嘁！」

「咦？好大口氣，那為夫真來了？」

「來就來，儘管……儘管放鳥過來，本姑娘接著……」唐焰焰說著，忍不住嗤的一聲笑。

*　　*　　*

「什麼味道？」

梅開二度之後，焰焰終於見識到了楊浩的厲害，難怪與娃娃同榻而眠，枕畔私語時，偶爾講及羞人之事，娃娃也是一副心有餘悸的表情，他……他真的是太恐怖了，焰焰偎在他懷裡，注意到他似乎意猶未盡，趕緊找個話題分散他的注意力。

「當然是妳身上的香味……」楊浩也知道她絕對再經不起殺伐，便順應著她的話題聊開，雙手不再愛撫挑逗她的身子。

「去你的。」焰焰白了他一眼：「你還真當我是盤菜了呀，明明是菜香……」

「菜香？」楊浩一呆，忽然失聲道：「壞了，莫不是沒人看顧，灶火燒出來了？」他趕緊披衣下地，就要闖出去看看，拉開門一瞧，杏兒紅著臉站在廊下，眼神瞅著地面，向他福身一禮，小聲說道：「夫人正在燒菜，老爺與大夫人若是腹飢時，咱們再開飯不遲，現在嘛，老爺儘管歇息……」

「呃？啊……」楊浩只在身上罩了一條袍子，裡邊什麼都沒穿，風一吹，兩條大腿在袍下空空蕩蕩，弄得他尷尬無比，趕緊答應一聲，又掩上了房門。

「嘩啦。」楊浩又拉開了房門：「杏兒，那個……呃……」

「啊？」杏兒退了一步，向他報以詢問的眼神。

「麻煩妳打桶熱水來，呃……老爺我要沐浴更衣。」

「奴婢遵命。」杏兒想笑又不敢笑的樣子，轉身匆匆去了。

「可是起火了嗎?」焰焰在榻上微微支起身子問道。

隔著一扇紗罩的屏風,焰焰的嬌軀曲線跌宕,有若一幅朦朧優美的山水畫。

楊浩笑道:「妳家官人專管滅火的,誰敢冒煙起火?咱們再歇一會兒,然後進膳休息……」

＊　＊　＊

次日早朝,楊浩揣著擬好的對扣留吐蕃六谷蕃部族人和漢人工匠李興的處理意見的條陳上朝見駕,趙光義和趙普兩個人暗中緊鑼密鼓,表面上卻異常平靜,所以這幾日朝會上都沒有太過重要的大事。

官家身體強健,一向精力充沛,雖天天早起,坐在御座上卻如虎踞龍蟠,威風凜凜,不過今日……趙普暗暗數著,已經第三個哈欠了:朝中近來有什麼大事需要官家夙夜不寐地處理?沒有啊……牽掛閩南戰事所以難眠?閩南捷報頻傳,官家有什麼不放心的?不可能……

趙光義也在悄悄觀察皇兄:皇兄昨夜與哪位愛妃纏綿太久?不對,皇兄嬪妃有限,很久沒有納妃入宮了,既無新人,突然之間哪來如此興致,歡娛不知節度。不成,回頭得向張德鈞打聽一下,看看皇兄是不是有什麼心事。

兩個人一門心思地揣摩皇上,沒注意站班在列的楊浩已經打了五個哈欠了,趙匡胤居高臨下，可是看得清楚，一瞧楊浩，他不禁就想起了昨夜之事，立即便瞪住了楊浩。

一個官員剛剛將所司事宜稟報完畢，另一個按品秩稟奏的官員剛剛出班，趙匡胤卻把手一指：「楊浩。」

那個官員一看，趕緊又退回班去，楊浩忙不迭地出班作揖：「陛下，臣已擬好對吐蕃的回書，尚請陛下御覽用印。」

說著從袖中取出信來，小內侍趕過來接了過去，趙匡胤擺擺手，說道：「這個不急，楊浩啊……」

「臣在，不知陛下還有什麼吩咐？」

趙匡胤打個哈欠，搖頭道：「楊浩啊，你現在的官也不小了，身為朝廷大臣，應該知道檢點，啊……有些事啊，不要不知輕重，朕……都不知該怎麼說你……」

趙普和趙光義穩穩站在班中，都豎起了耳朵，想從中尋些蛛絲馬跡，奈何官家這番話沒頭沒腦的，實在無從揣測。楊浩聽的也是一頭霧水，訥訥地道：「陛下是說……」

趙匡胤還真有點不好開口，不管楊浩是出於諂媚巴結的目的也好，還是自己那個淘氣的女兒向他索要，一隻鳥也算不得什麼貴重的禮物，這是私事，實無必要在朝堂上教訓他，可是那隻賤鳥昨夜在宮裡鬧出不小的動靜，擾得他休息不好也罷了，可這宮禁並不太嚴，難免傳入民間惹人笑話，仔細想想，還是讓他注意一點，以後不要如此荒唐才是。你真要送也不是不成，就不能送一隻知書達禮的鳥嗎？

想到這裡，趙匡胤咳嗽一聲，端起架子道：「楊浩啊，你那隻鳥……昨夜可是……咳咳……折騰得太厲害啦……」

楊浩一聽，心裡先是一驚：「我與焰焰閨房情話，他怎麼知道了？莫非趙匡胤這皇城司，也和朱元璋的錦衣衛一般無孔不入？壞了，他會不會聽到我與焰焰商量假死脫身的事？不會，應該不會，如果聽到了，他就不會用這種語氣對我說話了，更不可能這樣指出來……」

仔細回想一下，當時與焰焰親熱，聲音確實不小，不過恩愛之後耳鬢廝磨，悄聲商議時，聲音不會被人聽到，楊浩的心便安穩下來。

趙匡胤見他臉白一陣，紅一陣的，只道他有些羞愧，便放緩了語氣，又道：「這樣不好，很不好，你是朝廷的官員，應該知道輕重，這一次嘛……朕就不為已甚了，下不為例，啊？」

「下不為例？」楊浩又氣又羞，又是著惱：「你皇帝管天管地，我們兩口子怎麼親熱你都管？你這閒心操的，你就是我親爹，這事也輪不到你來指手畫腳啊，真是吃飽了撐著沒事幹……」

楊浩一梗脖子，抗聲答道：「陛下，臣以為，閨房之樂，有甚於畫眉者。」

「閨房之樂有甚於畫眉者？這什麼亂七八糟的，這個大棒槌又開始亂引用了。」趙匡胤又好氣又笑，他正想開口再說，楊浩又道：「臣以為，陛下關注的，應該是社稷蒼生，天下黎民，這種事，不該是一國之君過問的事情！」

趙匡胤氣樂了：「這隻傻鳥，這還真是什麼人養什麼鳥……」他挺起了胸膛，大聲道：「那好，那朕就不以一國之君的身分和你楊少卿說話，而以永慶父親的身分，和你楊浩講話。」

「發生什麼事了？」滿朝文武的耳朵都豎了起來，就像排好隊的一隻隻兔子，聚精會神地捕捉著兩人話語間透出的八卦。

「永慶公主？」楊浩也呆住了：「關永慶公主什麼事？」

趙匡胤拿出老子的嘴臉，教訓道：「你送給永慶的那隻賤鳥，旁的不會說，就會說些汙言穢語，聽著實在令人著惱。你是朝廷的官員，平素也該注意一下自己的言行，莫要什麼粗話都講，你看看，連你身邊的鸚鵡都學會了，朕叫你檢點一些，有什麼不妥？」

「啊？」楊浩呆若木雞。

趙匡胤沒好氣地問道：「你啊什麼啊？」

「啊……臣以為，陛下說的很對！」楊浩深深彎下腰去，高舉比別人大一號的笏板遮著自己的臉，擦了一把額頭汗水道：「臣受教，臣知錯，臣……悔改……」

三百三七　身在高處

楊浩和葉之璇酒酣意洽地登上百味居，扶欄遠眺，絲竹之聲從樓下隱隱地傳上來，裊裊如仙樂綸音。

這幢樓是「千金一笑樓」最高的一幢建築，比樊樓還高一丈，其形如塔，八面玲瓏，一層層樓簷均飾以銅鈴，風一吹，鈴聲清越。最高一層只是一個方圓數丈的天臺，四周圍欄只及腰部，縱目一望，開封盛景歷歷在目。

只見汴河之上帆檣如林，隨著運河水脈源源不絕地出入開封府；大相國寺裡人頭攢動、熙熙攘攘，隔著這麼遠似乎也能感覺到它的熱鬧與繁華；開封府衙門莊嚴肅穆、靜靜地矗立在那兒；大內皇宮金壁輝煌，雖然規模不大，卻也盡顯皇家氣派。遠近美景無限，居高臨下，秋風徐來，衣袂飄飛，使人如同凌駕於雲中。

「大人，我到開封已經幾天了，承蒙大人款待，每日裡美酒佳肴、雜藝歌舞，看著倒不嫌膩。不過……木老、林老他們的話，不知道大人你到底是個什麼想法，大夥都在等著呢，你是不是也該對之璇交個底呀？」

楊浩不答，笑望著開封美景，吁一口濁息，迎著獵獵秋風，微微敞開胸懷，扶欄說道：「葉少，自高處望去，這風景如何？」

葉之璇走到他身邊，楊浩指點道：「你看，那汴河如一條玉帶，迤邐綿延，大相國寺飛簷斗角，何等狀觀。你看那邊，一片花木疏朗處，就是我的宅院了，呵呵，美不美？」

「美，很美，其美堪可入畫。呃……大人吶，木老、林老他們正在等著……」

「是啊，很美啊。」

楊浩打斷了他，喟然一嘆道：「葉少啊，我就搞不懂，我們明明身在美景當中，為什麼還要爬得滿頭大汗，跑到這樓頂天臺上來，只為了去欣賞一下自己方才所在之處是如何優美呢？」

葉之璇翻了翻白眼，無奈地道：「大人莫不是醉了？不是大人你非要硬扯著在下登樓望景的嗎？在下根本不想上來啊……」

楊浩笑道：「葉少啊，高處有高處的好，你來看看，我這樓下的林木是按著九宮方位栽植的，比我宅子那邊還要美上十分，你身在其中時，可是看不出它的美妙的，你來仔細瞧瞧。」

楊浩興沖沖地說著，一把抓住葉之璇的手臂，一下子把半個身子都探出了樓去。高高樓巔，往下一望，令人頭暈目眩，葉之璇嚇得魂飛魄散，雙手緊緊扣住石欄，尖叫道：「快回去，快回去，在下懼高啊，大人你……你快放手，咱們剛喝了酒，這要是站立不住一跤下去，那可是粉身碎骨，風景就算再美，都摔成一攤肉泥了還欣賞個屁呀？」

楊浩哈哈大笑，把小臉發白的葉之璇扯了回來：「正所謂無限風光在險峰，不在其上，如何體味其中的美妙呢？可惜啦，你的膽子太小……」

葉之璇站穩了身子，雙手仍是牢牢扣住石欄，生怕楊浩興致大發，再和他玩要命的遊戲：「大人吶，這與膽子大小可沒關係，只是實在犯不著，在下還沒娶妻生子呢，可不想糊里糊塗地就見了閻王……」

楊浩嘿嘿一笑，說道：「你來開封也有幾天了，這就準備打點行裝返回西北吧，我給義父和林老他們準備了些禮物，你給我捎回去，告訴義父一聲，讓他保重身體。我很掛念他們，可是身不由己，無法脫身去看他們吶……」

葉之璇大喜：「今天就回去嗎？好啊好啊，可是……你到底是個什麼意思，總得先跟我說個明白啊。」

楊浩微笑道：「你回去把咱們幾日來相處種種，說與義父和林老他們聽，他們會明白的。」

葉之璇大惑不解地道：「啊？你說什麼了？他們能明白什麼？」

楊浩攏了攏衣衫，嘆道：「剛上來時只覺心神一暢，這才片刻工夫，就覺得罡風凜冽了，唉！高處不勝寒吶，這兒風大，咱們還是下去吧。」

葉之璇疑惑地看看楊浩的背影，扭頭再看看自樓上望去有些令人目眩的景致，只覺秋風真是越來越涼，酒後腳步虛浮，有種站立不住的感覺，忙也隨在他後面向樓下走去……

＊　＊　＊

張德鈞一回宮，趙匡胤立即問道：「官倉的糧食儲備的怎樣了？」

「回官家，奴婢剛剛去看過，汴河上糧食源源不絕，仍在不斷運來。如今官倉裡的糧儲已足夠撐到明年河運重開了。依官家吩咐，今後汴梁城至少要有三至五年的存糧，所以如今還在不斷地輸運糧草。

「至於坊市間，果然如楊少卿所說，初一開始，朝廷敞開了售賣米糧，百姓瘋狂搶購，官倉方面還真有些吃不消，可是三日之後，官倉糧食眼看告罄，百姓心安下來，便不再大量購買了，那些運糧至京的糧紳們也吃不消，這時才想把糧食賣給百姓。

「可也奇了，他們越是如此，百姓們反而越不想買糧，結果糧價一壓再壓，還是賣不出去，最後只好以比市價低了四成的價格賣給官倉，嘿嘿，他們手中的糧還真是不少，官倉不但一下子又充實了，而且府庫前些時日高價購糧的虧空也彌補回來了。」

趙匡胤哈哈大笑：「好，這般奸商，就該以這般手段整治他們。唔……河運乃京師命脈之所在，經此一事，尤顯重要啊。朕要讓工部做好準備，明年開始，分段修築永久性的堰壩水閘，以保障漕運更加穩定、快速。」

趙匡胤說得興起，不禁讚道：「楊浩此人，還是有些真本事的，他在鴻臚寺，似乎有些糟蹋了人才。唔……唐國使節到了什麼地方了？等他們進了汴梁，讓楊浩去主持接待吧，等這件事了了，朕想給他換個衙門。」

「依官家吩咐，現在漕運上唯有糧船可以一路暢通無阻，其他船隻俱要讓路，就是唐國的使節也不得破例，他們的行程實不算快，估算一下腳程呢，唐國的使節現在應該剛剛過了泗州，距到京還有些時日呢，這事不著急。」

趙匡胤不以為然地點頭道：「不錯，唐國使節來，能有什麼大事？讓他們隨在糧船後面慢慢地蹭吧。」

張德鈞陪笑道：「官家說的是。」

他目光微微一閃，又以一副不經意的口吻說道：「現在各地官府也都知道官家甚為重視糧運，很少有人敢刁難糧船、搶道搶行的。今兒奴婢奉旨去查看漕運和糧儲時，就在碼頭上見到幾個吳越之地來的商人，正在抱怨說糧船阻路，行程太慢，他們攜帶了幾罈送與當朝趙相公的海產，可是沿途的河道官員們也不肯予以他們方便，讓他們先行。」

「民以食為天，國以民為本，手中有糧才能心中不慌啊，哈哈，河道官員能分得出輕重緩急，能不循私枉法就好。唔……嗯？」

趙匡胤笑聲忽然一斂，沉吟片刻道：「你說……有吳越之地來的商賈，給趙普捎了幾罈海鮮嗎？」

張德鈞畢恭畢敬地道：「是，那幾個商賈是這麼說的，奴婢也不知道他們是不是自抬身價的虛恫之言。」

「喔……」趙匡胤站起身來，在殿中來回踱了幾步，忽然駐足說道：「如今秋高氣爽，正合適出門走走。去，取套便服，喚侍衛們也更換了便衣，隨朕出宮逛逛。」

張德鈞躬身道：「是，不知官家今兒是要去禁軍馬軍西大營還是步軍東大營？」

「今兒不出城，朕……去趙普府上走走。」

＊　＊　＊

趙普現在住的這幢宅子其實相當不錯，只是比起正在修建的新宅子來，格局小了些。

趙普在東京開封和西京洛陽都有自己的宅院，他起造的宅子，門面都是很普通的，看起來和開封城裡中等人家的門戶差不多，一國宰相，如此普通的住宅，似乎太儉樸了些。可是趙普家的宅子真的那般樸素嗎？

院牆，是一戶宅院耗資最少的地方，趙普家的宅院看起來很普通，可是築這牆的時候，那可是用麻摻在泥漿裡築成的，光是買麻就用了一千二百貫錢，再加上基磚、頂瓦，每一樣看來普通的東西都有大講究，趙家只是築個院牆，總耗資就在五千貫上下，足足五千兩白花花的銀子吶，誰家建個院子能有這樣的大手筆？

他住的七進七出的這處院落，是越往後越繁華，第一進院落和普通人家沒什麼不同，等到了最後一進院落，那豪華氣派已是直追王侯了，真可謂是漸入佳境。宰相府邸，有資格去到第三進院落的客人也不多，所以到過趙家的人，都稱讚趙相公兩袖清風，勤儉持家。

而趙匡胤是時常出宮的，趙普家他也常來，以他的身分，趙家只有大開中門，迎進後宅款待，所以趙家到底是個什麼樣子，趙匡胤卻是心知肚明的。

他第一次到趙家，看到前門的模樣時，也是大吃一驚，到了第三進院落時，這才覺得像個宰相人家，等他到了第五進院落時，臉上的表情就古怪起來，待到了最後一進院落，趙匡胤便哈哈大笑起來，指著臊得滿面通紅的趙普說道：「你這老兒，終是不純。」

趙普滿腹懊悔，生怕趙匡胤因此對他有所不滿，對此事一直耿耿於懷。後來有一次和趙匡胤聊起前朝的一些臣子時，提到了後晉宰相桑維翰，桑維翰才學能力是有的，只是極為貪財，趙普趁機說道：「桑維翰此人才學是有的，但是太過貪財，他做宰相時收受賄賂無數。對這樣的人，就算他還活著，相信官家也絕不會用他。」

趙匡胤不以為然地道：「身為帝王者，冠冕前有旒玉綴串，用以蔽目也；側有黈纊充耳，用以塞聽也，蓋因水至清則無魚，人至察則無徒。既然要用他的長處，就得容忍他的短處。桑維翰一個窮措大罷了，能有多大胃口？朕若想用他，還怕他貪財嗎？便賜他十萬貫錢又如何？足以塞滿他那幢破房子了。」

趙普聽了這話，曉得了官家的心意，這才安下心來，從那以後，他在趙匡胤面前也不裝了，反倒後悔當初因為顧忌太多，宅基地選的太小了，那時就想著再蓋一幢大宅子，卻是直到近來才開始著手。

趙匡胤輕車簡從到了趙普的府上，把守的家丁見是官家到了，忙不迭要入內通報，趙匡胤微笑道：「不必了，頭前帶路，朕自去探望趙卿。」

中堂內，趙普坐在椅上，摩挲著袖中的密信，望著堂下的十罈海產正在沉吟不語。吳越王錢俶送禮的人已經走了，他們帶來了吳越王錢俶的一封信和十罈海產。那海產，千里迢迢自吳越運來，又是出自吳越王錢俶之手，自然不可能真是什麼海產，趙普揣測的是這封信要說些什麼。

吳越王錢俶已經不是第一次給他送禮了，每次送禮也都是書信問候一番，並沒有明確的要求。到了吳越王錢俶和趙普這個層次的人，彼此交往，不需要為了一個明確的目的、更不會是為了一次明確的目的而臨時抱佛腳。吳越王錢俶每次送來厚禮，趙普都笑納了，在宋國對吳越的政策上，趙普在官家面前、在朝廷上，態度只要有所傾向，總會產生巨大作用予以回報的。

可是這一次，趙普不得不慎重了。如今閩南那邊捷報頻傳，漢國覆亡在即，漢國一亡，大宋的勢力就把唐國和吳越包圍了起來，除了一面大海，三面都在宋國的虎視眈眈之下，唐國和吳越為之震動可想而知，面對如此險惡的形勢，他們一定會寢食不安的。

唐國的使節如今已經在路上，唐國遣使來是要覲見官家的，而吳越……他們又一次遣使私自來見自己，在這種微妙時刻送禮，恐怕就不是往日只讓他關照關照那麼簡單了。他們會提什麼要求？送了那麼多次禮，這一次是要討還利息了嗎？

趙普有些苦惱地嘆了口氣，官家對唐國的態度是很明確的，但是對吳越這個武力上毫無威脅，而且對宋一直表示恭順的吳越國到底是個什麼想法，他卻一直沒有表露過明確的態度。所以他這個宰相也有些拿捏不準。

漢國一旦到手，朝廷毫無疑問會繼續執行先南後北、一掃天下的國策，那時對吳越會怎麼處置呢？趙普不明官家心意，對吳越王此時送上的厚禮就不免有些猶豫。

遲疑半晌，他才自袖中緩緩抽出信來，剛欲打開一看，就聽院中老管家傅秋高喝一聲：「哎呀，官家到了，趙家老僕傅秋，見過官家。」

「官家來了？」趙普臉色倏然一變，他迅速把信揣回袖中，剛一抬頭，就見趙匡胤笑容可掬地走了進來……

三百三八　再解危機

「妙妙，基本就是這樣，手上能拿得出來的現款，盡快都給我湊出來。還有，我在『千金一笑樓』的份額，也要拆細了出售出去。記著，不許售賣與朵兒，否則她一家獨大，恐怕……」

「小姐……對老爺沒有惡意的，她只是……」妙妙嚅嚅地替柳朵兒解釋。

「我知道。」

楊浩一笑：「我不是對她有什麼成見，事實上她也拿不出那麼多錢，妳若售賣與她，最終還是給別人做了嫁衣裳。『女兒國』不要動，我在其他各樓的份額，都可拆細了售賣與開封士紳，越多人成為一笑樓的東家，一笑樓的地位越是穩固。」

林妙妙急道：「可是……老爺，如今一笑樓財源滾滾、日進斗金，為什麼要抽撤這樣多的資金呢？老爺如果想賺更多的錢，完全可以擴張一笑樓，以一笑樓如今的名氣，那可是事半功倍的。老爺要把錢投到運河生意上，賺的未必比一笑樓多，風險還很大。要把老爺在一笑樓中現在所占的份額出售，那更是吃了大虧呀。」

「呵呵，妳不懂的……」

楊浩無法向她言明自己的打算，只好說道：「我是這樣想的，一笑樓此時的聲名如日中天，但是畢竟經營比較單一，把所有的雞蛋都放在一個籃子裡，一不小心，那就全打爛了，急流勇退，撤出一部分資金來，才是萬全之策。

「反觀漕運，卻是永遠都需要它的存在，如今漕運四傑與我的關係非常好，上一次南巡，又結識了許多河運官員，有了這些門路，我把錢投到運河生意上，目前來看，賺的不比一笑樓多，將來卻一定會遠遠超過它。

「況且，我大宋馬上就要打下漢國，漢國一到手，唐國和吳越則唾手可得，那時候，我宋國就有了萬里海疆，如果出海和番人做生意，更是十倍百倍之利。呵呵，一個千金一笑樓，是不可能讓我富可敵國的，而做這些生意，妳試想想三五七年之後是什麼光景？十年、二十年之後又是什麼光景？」

「再者說，薛大良是我的好兄弟，我一直希望能與他共創一番事業。千金一笑樓的生意，他不懂，也插不上手，而漕運航行卻是他正拿手的，趁著這個機會，我們兄弟倆聯手，未來大宋的河運、海運，還不是我們的囊中之物？」

妙妙聽得悠然神往，許久許久，才向楊浩投以傾慕的一眼，欣然說道：「奴家明白了，老爺志向高遠，胸襟氣魄遠非妙妙所能及，奴家這就回去安排，盡量在最短的時間內，以最小的損失，籌措最大數目的錢款交予大人。」

「嗯，」楊浩微笑著看著她，突然問道：「朵兒……這段時間沒有再為難妳吧？」

妙妙垂下頭去，低聲道：「老爺似乎對小姐頗有成見，小姐……真的沒有難為我，以前……以前也沒有的……」

「呵呵，妙妙，妳是做過她的侍婢，但是現在已經不是了。她給予妳的，並不是因為她想給妳而給妳，僅僅是因為她需要一個幫手，而妳具備這樣的資質，所以談不上什麼恩情，這只是一種交換。實際上妳也幫過她許多忙，為她做過許多事了，妳並不欠她什麼，不需要甘受她的欺負，嗯？」

「是，奴家曉得了。」妙妙嚅嚅地道：「反正……反正有事時老爺會給妙妙撐腰的，妙妙不怕。」

楊浩欲言又止，半晌方搖頭道：「這不是有沒有人給妳撐腰的事，而是……我希望妳見了任何人都不要覺得自己低人一等，連對人家大聲說話的勇氣都不敢，妳……不弱於任何人，妳要學會大膽地對人說不，懂嗎？」

妙妙紅了臉，低低應了聲「是」。

楊浩這才道：「嗯，妳回去吧，要注意好好休息和飲食，這些天胖了一些，不過比起原來還是瘦了許多，要注意保養好自己的身子。」

「奴家去了，老爺也要保重身體！」妙妙深深地瞟了他一眼，翩然起身離去……

唐焰焰自屏風後面閃了出來，輕盈地到了楊浩身邊坐下，俯在他的膝上，頭枕著他的大腿，望著妙妙離去的方向，若有所思地道：「娃娃出的主意……我怎麼總覺得是個餿主意呢，妙妙……似乎對你很依戀，我感覺得出來。」

「呵呵……」楊浩輕撫著她柔順的長髮，說道：「妳看得出來，難道我就看不出來？不過……對某人有些朦朧的喜歡，不代表就一定愛上了他。這世上，哪有那麼多的一見鍾情？妳初見我時，愛上過我嗎？」

唐焰焰笑了，抓住他的手，作勢噬了下他的手指，輕哼道：「我呀……當時你是跑的快，我又不便追，要不然，哼哼，你現在不死也要癱在床上一輩子要人照顧了。」

「好狠的丫頭！」楊浩在她翹臀上輕拍了一記，惹來焰焰的一聲嬌吟。

「我知道她有些喜歡我。」楊浩唇邊露出一絲微笑，依稀記起了他與妙妙的初次相逢……

樓上探出半邊身子，卻是一個少年女子，清淡的臉兒未施妝粉，清雅嫵媚，她一手撐著窗子，一頭及腰的長髮如一疋烏黑發亮的緞子垂了下來，末端還掛著些晶瑩的水珠：「哎喲，真是對不住，奴家錯手失落了窗子撐桿，公子切莫見怪。」

「公子，奴家在這裡！」

那少女蹦蹦跳跳地向「如雪坊」門口跑來，穿一件綠色窄袖短襦，外罩緊身半臂衣，一條緊束纖腰的嫩黃窄裙，那一頭秀髮仍是溼潤油亮，只簡單地綰了，隨著她的奔跑在削肩上活潑地跳動著。短襦的上衣繫了個蝴蝶結，尖領內小小的緋色裹胸襯著一對初初發育的細緻乳丘，精緻纖美的鎖骨一覽無遺，粉胸半掩凝晴雪，盡得薄、透、露的大唐遺韻。

「所以，臨行前，我送一場富貴與她，我能送她的，只有這麼多了。我知道她有些喜歡我，不過……我『死』了，日子還要過。那個活潑的丫頭，現在已經成熟多了，削瘦的肩膀，扛得起事情了。就是妳，還不是有著許多的改變？她總會自己長大的，每個人都會長大的……」

妙妙臨起身那深深的一瞥，與他腦海中另一雙飽含孺慕之情的眸子漸漸重疊起來。楊浩不期然地想起了塵封中記憶深處的另一個人……

「楊浩大叔，等狗兒跟師傅爺爺學了一身大本領，就回來找大叔，跟在大叔身邊做事可好？」

「好啊，大叔求之不得呢。」

「可是……狗兒才九歲，還要好多年呢。」

「也沒多久啊，塞外許多人十二、三歲就能上陣殺敵呢，咱們漢兒比他們差在哪裡了？有老仙長這樣的大宗師調教，狗兒將來一定會變得如狼似虎。」

「要如狼似虎啊？又兇又醜的，好難看。」

「哈哈，說的是，狗兒藝成下山來見大叔時，應該穿一件杏黃道袍，背一口寶劍，衣繡北斗，大袖飄飄，扮一個仙風道骨、年輕俊俏的小道童，呵呵……」

妙妙會長大的，狗兒也會長大的，這世上沒有誰離了誰便活不下去的道理，我莫名其妙地來到這世上，造成了一些改變和偏差，隨著我莫名其妙地「死去」，想必……一切又會重歸它本來的軌跡吧……

「狗兒啊，大叔是等不到你藝成下山了。不過……大叔很高興，哪怕這世界沒有因為我而改變什麼，但是至少我改變了你的人生和命運……」楊浩沒有想及更深一層，因為他而改變了命運的何止是一個馬燚，霸州、廣原、蘆嶺州、乃至羌人，還有開封、泗洲……所到之處，或多或少的都會改變了一些人的命運，而這些被他改變了命運的人，又會改變更多人的命運，這世界已不可避免地偏離了歷史本來的方向。

他更沒有去想，因為他的出現，被他改變了命運的人，有些走向了幸福，有些走向了不幸，並不是人人都像狗兒那般幸運的，比如……泗州那位知府千金鄧秀兒。

鄧秀兒咬著牙，正在樹下一遍遍地練著劍法，她那本來只是提筆撫琴的手臂已經練得腫痛了，只一舉起就像針扎似地痛楚，可是從未吃過這種痛苦的她，仍是咬緊牙關，向空氣中無形的敵人一劍劍刺下去。

「秀兒，歇息一下吧。」

「姑姑。」鄧秀兒收劍，扭頭見姑姑正負手站在出雲觀三清大殿階前，便拭著額頭汗水向她走過去。

「秀兒，妳應該注意休息，這樣一味地苦練，恐怕欲速反不達。」

「姑姑，我已過了習武的最佳年齡，又不是學武的上佳根骨，那就唯有以勤補拙了，姑姑不用擔心，秀兒撐得住的。」

「妳這孩子……唉……」出雲觀主輕輕嘆息一聲，搖了搖頭，轉身走進大殿。

鄧秀兒從階下提起水罈，注滿一個粗陶大碗，端起便咕咚咚地喝起來，全無往昔那副大家閨秀、知府千金的斯文模樣，一大碗清冽甘甜的泉水喝完，稍作休息，她提著劍走到院中站定，輕叱一聲，又練起了手眼身法步的配合。

劍走輕靈，如行雲流水，忌在一個住字，她身隨劍走，矯若遊龍，滿院遊走，劍風颯颯。忽然，她手持長劍，腳下倒踩七星，一個疾退閃避的跑位，身形半旋，雙腿交叉盤蹲於地，掌中劍隨著後揚的手臂斜斜向上刺去，假想目標正是敵人的咽喉。

不想這時正有一人自院門外跑進來，身法奇快，那人身子較矮，鄧秀兒這一劍本是刺向假想敵的咽喉，這時卻變成了直刺那人胸口，鄧秀兒大驚失色，卻已收手不及。

就見那人杏黃色的身影攸然一閃，竟然險之又險地避開了這必殺的一劍，鄧秀兒劍勢用盡，還不及收劍，那人影又鬼魅般趨進，鄧秀兒只覺腕上一麻，手中劍已被人脫手奪去。

「對……對不起……」鄧秀兒驚出一身冷汗，這時才能說出話來。

在她面前站著一個小道姑，一襲杏黃道袍，麻鞋綁腿，髮綰道髻，但是其上卻又戴著個竹笠，垂下的紗帷直到頸部，遮住了她全部裸露在衣外的肌膚，可是帷隙隨風而動，隱露一線肌膚，卻是彷彿一管象牙般白皙潤澤，隱隱透出粉嫩的紅色；隔著紗帷隱約可見眉眼盈盈如畫。

「這小道姑是誰？等她長大了，一定是個不得了的美人，偏生還有這樣的好身手，恐怕姑姑也不過如此……」鄧秀兒心中驚疑不定地想。

那小道姑掀開一角紗帷，向她嫣然一笑：「嘻嘻，妳不必客氣，是我走的太冒失了些，妳是出雲觀主的俗家弟子嗎？」

小道姑笑靨如花，聲音清脆動人，還有一點童音，但是甜脆動聽。

她一掀開紗帷，鄧秀兒便是眼前一亮：「脣紅齒白，果然是個美人胚子，眉眼精緻也罷了，尤其那肌膚乳白瑩潤，簡直就像用一方上佳美玉雕成，那一雙黑白分明的眸子竟像後院千年柏樹下那汪不染纖塵的清泉般澄澈透明。」

「呃……是的，小仙長找我師傅？」

看她年歲，鄧秀兒料想她該是姑姑的徒兒一輩的人物，只是敬畏她的高明身手，不覺生出幾分敬意，口氣也客氣許多，那小道姑嘻嘻笑道：「出雲在大殿裡吧？我有事情找她。」

小道姑風風火火的性子，將劍向她一擲，便向大殿中奔去，身法快捷如電，靈如狸貓。

「出雲？她是什麼來路，竟直呼姑姑的道號？」鄧秀兒詫異不已，接劍在手便尾隨而去。

剛剛走到殿門口，那小道姑已從殿裡頭跑了出來，見她跟來，便見竹笠微微一點，似向她頷首示意，隨即便像飄風一般從她身邊飛掠而過。鄧秀兒只來得及看清紗帷中濃睫下，那雙黑白分明的大眼睛向她的微微一瞟。

「小師叔慢走，出雲不遠送了。」

出雲觀主拱揖起身時，那小道姑早已跑得沒了影子。

「小師叔？」鄧秀兒驚呼一聲：「姑姑，她是誰，怎麼這麼高的輩分？」

出雲觀主羨慕地道：「小師叔法號塵緣，是祖師的親傳弟子。」

鄧秀兒驚呼一聲：「祖師？扶搖子真人還活著？」

出雲觀主瞪她一眼，嗔道：「祖師已修至地行仙境界，福壽綿長，自然還好端端地活著。」

「真想不到……她才幾歲年紀，一身武功如此了得，要是祖師爺也肯指點指點我，我的藝業進境必定一日千里。」

「妳就不要想了，塵緣師叔是祖師的關門弟子，祖師是不可能再收徒弟了，再說，祖師卜算之術天下無雙，真若讓祖師見了妳，揣出妳的來意，必不肯為增殺戮，讓我傳你妳武藝。」

鄧秀兒聽了，不禁嗒然若喪。

出雲觀主轉眸一想，又道：「不過……我這位小師叔待人和氣，很好說話的。小師叔得祖師親傳，許多祕不示人的絕藝，連妳姑姑我也不曾見聞的，妳若能與她多多攀交，讓這位師叔祖指點妳幾招，對妳的進境必也大有裨益，只是……妳萬萬不可讓她知道妳是為報私仇，意欲殺官，否則……」

「姑姑，我知道了。」鄧秀兒欣然應道。

「唉，貧道是出家人，跳出三界外，不在五行中，如今一絲塵念不了，已是犯了師門規矩，秀兒，妳好自為之吧，執念……不可太重。」

* * *

「官家來了，臣有失遠迎，官家恕罪。」趙普慌忙起身。

「哈哈，則平兄，私室相見，毋須拘於禮節，朕說過多少次了。」趙匡胤笑吟吟舉步入廳，目光觸及廳中十口黑亮亮的大鐔子，目光頓時一閃：「則平兄，這是什麼東西？」

趙普暗暗叫苦不迭，只得硬著頭皮道：「這個……唔……這是……」

趙普剛要編個理由，心中忽地一驚：「怎麼這麼巧，吳越的使者剛走，陛下就到了？」

趙普心中電閃之下不敢再作隱瞞，於是坦然答道：「這是吳越王錢俶使人送給臣的幾鐔海產，呵呵，想是我宋國大軍威振嶺南，他們有些坐立不安了，送禮是假，進京來查探我朝中風向才是真的。」

趙匡胤深埋眼裡如針般銳利的一絲鋒芒消失了，笑意也更加從容起來：「哈哈，既然是吳越王送來的海產，一定很不錯的，把它打開看看吧，今天朕有口福，也可以品嘗一下！」

趙普硬著頭皮吩咐僕人打開鐔蓋，一時間金光燦爛，耀人二目，十口大鐔中俱都是黃澄澄的瓜子金。趙普臉色灰敗，噗通一下就跪在了地上，誠惶誠恐地伏地請罪：「臣惶恐，臣有罪，臣實不知所謂海產竟是黃金，身為宰執，鑄此大錯，請陛下嚴懲。」

他兩股顫顫，以額觸地拜伏不起，只覺大廳中一片靜寂，沉重的氣氛壓得他幾乎喘不上氣來，靜寂了片刻，趙普幾乎崩潰的當口，卻聽趙匡胤豁然一聲長笑：「哈哈，不過十罈金子罷了，買得走我宋國一位宰相嗎？則平，起來吧，黃金你只管收下……」

「臣不敢，臣有罪……」

趙匡胤脣角一抿，露出一抹不易察覺的譏誚笑意，彎腰便去攙他：「起來吧，錢俶這小子，還以為我宋國大事，都是你們這些書生們作主呢，不關你的事。」

趙普見趙匡胤不欲追究此事，魂魄這才附了體，戰戰兢兢爬起來，只覺冷汗已溼透重衣，這時門口有人欣然叫道：「官家來了嗎？」

趙匡胤回頭一看，便放開趙普，向門口叉手施禮，唱個肥喏道：「匡胤見過嫂嫂，呵呵，在宮中煩悶得很，想起嫂嫂的炙肉，一時嘴饞，這就上門叨擾了。」

趙匡胤與趙普家一向往來密切，未做皇帝時就常來趙家與趙普喝酒談笑，趙普夫人的烤肉味道極美，趙匡胤百吃不厭，對這位嫂夫人也很敬重親密，他後來雖做了皇帝，見了趙夫人，仍是敬稱嫂嫂，每次來趙家，也都要以趙夫人親手炮製的烤肉佐酒，與趙普盡歡方散。

趙普一見夫人來了，不禁暗暗鬆了口氣，幸虧夫人來打圓場，要不然這尷尬局面還不知怎樣收場，當下他急急使個眼色，馬上有機靈的家人搶過來，把那礙眼的十口罈子搬走，趙普則走向趙匡胤，強擠出一副笑容：「夫人，墨香苑正在翻修，就在竹韻閣設宴擺酒，接迎官家吧。」

趙夫人一怔，自家正在起造新宅子，墨香苑幾時翻修過？可她畢竟做了多年的宰相夫人，胸中自有城府，丈夫這麼吩咐，知他必有緣故，當下不動聲色，答應一聲，先讓人速去準備銅盆獸炭，鮮肉美酒，諸般佐料，然後便與趙普一左一右伴著趙匡胤往竹韻閣行去。

竹韻閣是趙普的書房，但是趙匡胤到趙家來，反而從不曾進過他的書房的，這宰相書房自然是極為講究的，一排三間房，每間房又分裡外兩出，沐浴、休息、讀書、會客的地方都有，墨韻滿目、蘭花添香，布置得典雅大方。

進了書房，卻見正廳中貼牆放著一張卷耳書案，兩旁盛著花瓶瓜果，中間卻是供置著一面銅鏡，那銅鏡鑲金嵌玉，倒是一件佳物，只是若論貴重，怎麼也不值得宰相人家如此珍視。趙匡胤不覺一怔，趙普見狀，忽有警覺，趕緊示意夫人移走。

趙匡胤更是疑心大起，面上卻不動聲色，笑吟吟道：「這面銅鏡，可是極貴重的古物嗎？怎麼竟然供奉在這裡？」說著已舉步走去，趙普阻攔不及，只得隨在身後。

趙匡胤拿起銅鏡，仔細端詳一番，不見有什麼殊異之處，翻過來再看，卻見背面鑄有「乾德四年」的字樣，他隱約有點面熟，不覺沉吟道：「這面銅鏡，唔……朕好像見過？」

趙普訕然道：「這個……是的，這面銅鏡，官家見過的，臣因這面『乾德四年』的銅鏡，受了官家的訓斥，此後方知發憤圖強，努力讀書，以不負官家的厚德仁愛。這面鏡子，臣置於書房之中，就是用來時時自省的。」

趙匡胤聽他這麼一說，忽然想起一樁往事，不禁哈哈大笑。

原來前幾年滅了蜀國，許多蜀國宮中財物俱都搬來了開封用於宋國宮中，有一次趙匡胤發現一面鑄有「乾德四年」字樣的銅鏡，不禁好生奇怪，因為當時正是大宋乾德三年，怎麼提前出現了乾德四年的字樣？

那時候可沒有提前印製生產日期的商品，再說一面銅鏡沒有保存期限，也用不著作假呀，趙老大以為是奇物，問了好多大臣，才有翰林學士陶穀和竇儀回答，因為乾德這個年號蜀國是用過的，這是蜀國乾德四年鑄的銅鏡，已經有些年頭了。

趙匡胤一聽大怒，這國號不但是人家用過的，而且還是已經滅亡的國家，也太不吉利了，選擇國號是多麼重要的大事，滿朝文武竟連這種事都不知道，大宋乾德這個年號居然用了好幾年了，怕不早讓蜀人笑掉了大牙？

趙老大一生氣，拿起毛筆在身為宰相的趙普臉上就是一通塗抹，把銅鏡砸到他身上一通亂罵，罵得趙普抱著銅鏡逃之夭夭，第二天早朝一站班，趙普臉上的墨跡居然沒有洗去，還紋風不動地掛在他的臉上，趙匡胤見了氣才消了。

氣消之後，趙匡胤才想起趙普是乾德二年才做的宰相，年號選擇錯誤這事不是趙普的責任，儘管……很明顯，趙普也確實不知道蜀國用過乾德這個年號，所以對自己無緣無故發他脾氣又有些內疚起來。

如今見趙普竟將那面銅鏡供在家裡，以做警示提醒，趙匡胤不免有些感動。趙普身為宰相，權高位重，自然是朝廷內外權貴交結的對象，吳越就算送他十罈黃金又怎麼樣？就算送他一座金山，他也不敢、也不會愚蠢到損害大宋抑或背叛大宋，不過是在力所能及的範圍內予吳越國一些方便，牟取一些私人利益罷了。

一念至此，趙匡胤心中的恚怒便減輕了許多，待到炭火燃起，肉香四溢的時候，趙匡胤已將此事放下，轉而與趙普議起了國事。

「則平啊，閩南戰事順利，依朕看，漢國已是朕的囊中之物，跑也跑不掉了。南漢到手，大軍稍作休整，朕就準備討伐唐國了。唐國這次遣使來朝，恐怕也正是由於這個原因，南唐，朕是志在必得，不知則平對朕有什麼建議沒有？」

趙匡胤雖然把這事放下了，趙普卻沒有放下，君臣之道，猶如夫妻之道，彼此恩愛的時候什麼都好說，一些嫌隙摩擦彼此都不會放在心上，但是一到彼此交惡的時候，就會算舊帳了，你當初怎樣怎樣，我當初怎樣怎樣，都會一筆筆算個清楚。

是以一聽趙匡胤問計，趙普趕緊抖擻精神，斟酌說道：「唐國無論是疆域還是實力，都在我宋國之上。自官家稱帝以來，有官家如此英明之主，我大宋如日東升，此消彼長，如今唐國已非我大宋之敵。

「然百足之蟲，死而不僵，唐國如今尚有雄兵數十萬，遠非蜀國、漢國可比，官家欲取唐國，應先明其國情、諳其地理、疏其君臣、間其文武，如此，方可一舉而奪之。否則，戰事拖延日久，恐荊湖、閩粵、巴蜀等新降之地會有人生起異心，而西北之蠢動，北國之強兵，亦是後患無窮。」

趙匡胤頷首稱是，二人議論良久，趙普每每能切中時弊，搔及趙匡胤癢處，趙匡胤龍顏大悅，心中僅餘的些許不快也蕩然而去，他丟下一枝烤串，捋鬚笑道：「不錯，則平所言正合朕意，明其國情、諳其地理、疏其君臣、間其文武，此上兵伐謀之道，朕意，讓鴻臚少卿楊浩出使江南，執此重任，則平以為如何？」

三百三九　唐使

慕容求醉、方正南、程羽和程德玄一行人趕回京城了。

南衙清心樓，程羽和程德玄坐在下首，聽趙光義將近來京中發生的一切向他們述說一遍，程羽不禁擔心起來：「千歲，趙普違禁盜售秦隴大木，官家沒有懲罰他，反而把秉公執法的左監門衛大將軍趙玭指個誣告大臣的名義貶為汝州一個小小牙校。吳越國祕送黃金給趙普，官家還是沒有問他的罪，反而問計於他，可見官家對趙普眷愛之心不減，趙普聖眷仍隆，卑職覺得，咱們現在不宜出手啊。」

趙光義莞爾笑道：「那也未必，對一個人的嫌惡是一點點積累起來的，若是只因這兩件事就能把當朝宰執扳倒，那反而奇怪了。這些事，只是佐餐的小菜，在官家心中埋下一些嫌隙，讓官家對趙普漸生嫌惡之感罷了。官家最忌憚的，是臣子架空主上，觸犯天子權威，官家待人仁厚，這是他唯一的逆鱗。這些日子，本王在開封祕密部署，尋找趙普的把柄，接下來，就要從這方面著手，對他連續進行打擊了。千里之堤，潰於蟻穴，一個個小蟻穴挖下去，趙普這道長堤，也有被沖毀的時候。」

他冷冷一笑，微微向前俯首道：「仲遠，你回來的正好，你辦事穩重，能言會道，本王這件大事，正要你去安排。仲遠，附耳過來……」

汴河碼頭上，趙普和楊浩望著遠遠駛來的唐國大船，不約而同地撣了撣官袍，一旁的禮樂隊伍也做好了準備。

＊　＊　＊

這一次唐國出使，派來的是元宗第七子、李煜之弟鄭王李從善和吏部尚書徐鉉，這樣隆重的外交使團可謂規格空前。李從善不消說了，那是當今南唐皇帝的兄弟，唐國的王爺，身分自然貴重。而徐鉉更是江南有名的才子，七歲能詩、十歲能文，十六歲就做了唐國的大臣，工於書，好李斯小篆。與弟徐鍇皆有文名，號稱「江東二徐」，入仕後又與宰相韓熙載齊名，人稱「江東韓徐」。

為了派遣何人接迎唐國來使，朝會上還煞有介事地進行過一番討論。唐國派出了一位王爺和一位吏部尚書，按照禮儀，宋國也該有相應級別的人去接待才是。但是唐國的那位鄭王倒也罷了，這位徐尚書的文筆和口才可是聞名天下，此人學識淵博、文才出眾，脣槍舌劍，素有「蘇秦重生，張儀再世」之讚譽，要跟這位外交使臣打交道，大宋朝堂上這些官員都有些膽怯。

如今大宋只有兩個王爺，一個魏王、一個晉王。魏王還年輕，論學識論資歷，都遠非徐鉉的對手，他此番出使江南，剛剛闖出一番名聲，趙匡胤愛惜兒子的羽毛，不想他在徐鉉面前出乖露醜，是以有心維護。至於晉王，目前仍兼著開封府尹的職務，也不宜做為接迎大使。再者，一想起要跟徐鉉打交道，趙光義也著實怕了他那張嘴，趙光義也不願出面。

這樣一來，朝廷派出迎接使團的官員就得從朝中官員裡選擇一個位高權重者，方與對方規格相當。人的名，樹的影，徐鉉快嘴如刀的名聲早就傳遍天下了，大宋朝廷這些重臣都怕自己說不過那徐鉉，到時候給朝廷丟了臉面，也有損自己的名聲，是以百般推諉，無人願意擔當此任。

挑來挑去，最後當朝宰執責無旁貸，趙普只好親自出馬。趙普其實也不太情願，徐鉉此人他雖未見過，可是對方的名聲他卻是聽過的，他趙普一本《論語》如今才學了一半，讓他去和江南才子徐大學士打機鋒，他哪有那個自信？

不過，他收受吳越國賄賂，被趙匡胤撞個正著，如今正是將功贖罪的當口，哪還好意思推卻？只得硬著頭皮答應下來。好在官家也說了，按照規格，得有這麼一位可與王爺比肩的首輔大臣接迎，至於接迎之後，我朝宰相公務繁忙，全程陪同的詳細之事則由鴻臚寺負責，趙普這才放下心來。

至於鴻臚寺方面，那位本來就時常多病的大鴻臚章臺柳老奸巨猾，一聽說南唐使節團的陣容，馬上病得爬不起床了。而右卿高翔，凡事都想跟楊浩爭個高下的，這一回也盡顯高風亮節，全無爭寵之心。

楊浩可不知道徐鉉是何許人也，無知者無畏，趙匡胤一說，他便欣然答應下來。等他回家把自己接的差使一說，吳娃兒忙道：「官人，聽說這徐鉉一張鐵嘴，如槍似劍，極是犀利，朝中百官互相推諉，都是怕了他這張嘴。

「官人智計百出，當然不遜於人的，但這位徐大學士學識淵博，卻並非只有一副好口才。江南李煜建一座樓，搜盡天下孤本絕本，唯徐大學士博覽其中萬卷叢書，深曉古今無數生僻典故、經史，若是他信口道來，官人懵然無知，對答失禮，丟了自己顏面小事，可是這一番非比尋常，乃是代表宋國朝廷啊，朝中那麼多博學鴻儒，怎不見一個出頭？偏要官人來頂缸。」

楊浩一聽就毛了，立馬進宮辭謝差使，自承學識淺薄，難以應付江南第一才子。

趙匡胤哈哈大笑，對他說道：「楊卿當初在廣原時，嘻笑怒罵，硬生生把個江南才子陸仁嘉罵得吐血，難道如今對付不了這個徐鉉嗎？」

楊浩苦笑道：「官家，當初痛罵陸大名士，臣是使了些無賴手段，反正臣是一介布衣，不怕降了自己身分？可如今……如今臣是鴻臚少卿，代表的是我宋國朝廷，豈能使出有損國體的手段？」

趙匡胤狡黠地一笑，說道：「若論權宜機變之術，朝中百官，鮮有及得上你的。國體、國格自然是要保全的，但是對付徐鉉這樣口若懸河的智辯之士，縱然盡選我朝博學之士，實也難尋他的對手，既如此，反不如讓你放開手腳去應承，楊卿不好讀書，我宋廷盡人皆知，若有什麼失措之處，也不算丟人的。」

楊浩一聽，你也太損了，敢情你實在挑不出一個能對付徐鉉的能人，又覺得人人都知道我楊浩是個不讀書的大棒槌，這才想出以下駟對上駟的主意，拿我這頭死豬去澆開水來著，只好捏著鼻子答應下來。

就這麼著，趙普和楊浩兩個官不情不願地走馬上任，擔當起了接迎大使。當然，趙普是兼差，楊浩是全陪，更苦一些。

唐國的使節船緩緩駛來，即將進入碼頭，鄭王李從善和吏部尚書徐鉉都衣裝整齊地走上船頭甲板，遠遠向碼頭望來，只見碼頭已被兵士戒嚴，中間搭著披紅的綵棚，棚下立著兩員宋室大臣，李從善和徐鉉忙整整衣裝，做好了上岸相見的準備。

他們這次來，自然是負有極重要的外交使命。宋國攻閩南的漢國，戰事節節順利，他們在江南，對閩南的戰況自然比開封了解的還快，探報每日報進金陵城的都是宋軍大捷的消息，李煜開始坐不住了。

事態果然如林仁肇所預料的一般，人心早失的漢國根本不是宋國的對手，南漢國旁邊可沒有一個強大的契丹撐腰，這一回恐怕是難以保全了，南漢國一旦被消滅，那時唐國就陷於宋國的三面重圍之中，如果宋國再找個藉口討伐唐國的話……

一念及此，李煜寢食難安，他百般思忖，終於決定：先發制人！

李煜的先發制人，和林仁肇當初促請他趁宋廷兵發閩南，後方空虛，發兵攻打開封不同，李煜的先發制人，是搶先服軟，以柔克剛。於是，他把自己的兄弟和大學士徐鉉派來了，派他們來面見宋國皇帝，朝貢方物，自削國號，改唐國皇帝稱號為江南國王。

這個封號宋國只要准了，那唐國就是自降一級，成了宋國的屬國。在李煜看來，我唐國已成了你宋國的屬國，我這江南國王成了你宋國皇帝的臣子，你做皇帝的總不好意思出兵來攻打我這個恭敬溫馴、從無反意的臣子了吧？李煜打著如意算盤，精心設計一番，準備了大批財物，挑選了一批江南美女，便派人來了。

李從善只是二十出頭的年輕人，一表人才，儒雅大方，徐鉉乃江南名士，更是談吐風雅、文采一流。他這名士，可是貨真價實的名士，在官場熏陶久了，說話是八面玲瓏，答對風雨不透，遠非陸仁嘉那種恃才傲物、目無餘子的人可比。

兩下裡談笑風生，攜手入城，便見汴梁街道寬闊、市井繁榮，河下糧船蟻集，街上不見執仗兵丁，坊市興旺，萬貨雲集，一派祥和氣象。李從善和徐鉉看在眼中，不禁暗驚趙宋發展之迅速，遙想當年，南唐最盛時幅員三十五州，地跨贛、皖、蘇、閩、荊、湖，人口五百萬，兵強馬壯，如今此消彼長，竟衰落一至於斯，不禁暗暗唏噓不已。

趙普和楊浩將兩位國使送進禮賓院，又設宴款待一番。探問對方來意，得知唐國竟是自削國臣，請臣歸順的，二人不禁大喜，宴罷立即將消息遞進宮去，然後趙普返回相府，馬上召集幕僚，分析唐國用意，商量對答之策。

翌日早朝，唐國鄭王李從善手捧國書與徐鉉上殿面君見駕，滿朝四品以上官員盡皆出席見證。李從善和徐鉉二人也是頭一回見到宋國皇帝，只見高踞龍座之上的趙匡胤方面大耳，氣度雍容，雙目炯炯，不怒自威，談吐更是爽利，英武中不帶煞氣。朝中百官進退有序，動合禮儀，秩序為之井然，再思及昨日於街頭所見之開封氣象，深知宋國昇平氣象已成，望治之日有期，不禁更生敬畏。

唐國使節此來，是請求自削國號，降低國格，請為宋國屬國的，此後尊事大宋、息兵恤民，每年向大宋供俸白銀十萬兩。皇帝改稱國王，去黃袍改服紫衫，宮殿各處的龍飾也要一一撤除，子弟原封為「王」的，降封為「公」，所有與大宋對等的衙門也要一一改名，如中書省、門下省、尚書省、御史臺等，都改名為「左右內史府」、「司會府」、「司憲府」等等，全部官名也一一改易，以避嫌疑。

種種條件，聽得趙匡胤龍顏大悅，滿朝文武滿面春風。當然，此時只是表達了唐國這番意思，宋廷也得拿出對等的條件，不可能馬上就簽署國書，確立彼此的君臣地位。

但是一些進獻的禮物，卻是當庭獻上的。三十名江南美女帶上大殿，一個個雲髻霧鬢、明眸皓齒，俱都是二八妙齡的美人，香風陣陣，熏得滿朝文武直了眼睛。趙匡胤淡淡一笑，揮手令人帶入後宮，笑納不提。

徐鉉又令人捧上十匣金、十匣玉、十匣寶石、十籠珍珠，諸般寶物霞光萬道，瑞氣千條，趙匡胤亦自笑納。隨即李從善又獻上玉帶一條，鑲金嵌玉，極是華麗。

小內侍呈到面前，趙匡胤撫摸了一下，疑道：「此物較之方才所奉寶物，並無殊異之處，何以單獨呈獻？」

李從善躬揖答道：「臣請陛下試按帶扣中之寶珠一試。」

趙匡胤心疑之，取過玉帶，一按帶扣中那顆價值千金的淡金色走盤珠，只聽鏗的一聲，玉帶倏然筆直，一柄利刃彈出半尺，鋒寒之氣迫面而來，趙匡胤不禁雙目一亮，脫口讚道：「好劍！」

李從善面有自得之色，說道：「此劍乃請龍泉名匠採五金精英打造，其軟似綿、其韌勝鋼，鋒利無比，無事時可韜藏於玉帶之中，一遇變故，拔出來便是一件防身的利器，是以臣謹獻之。」

趙匡胤聽了哈哈大笑道：「朕乃天子，待得朕需要用劍近身搏鬥時，大局還堪得一問嗎？」

李從善一窒，連忙惶恐稱罪，趙匡胤笑而不應，拔劍出鞘，三尺龍泉如一泓秋水，寒光湛湛。趙匡胤一振腕，劍風颯颯，只聽一聲清越龍吟，劍刃竟自中而斷。

滿朝識劍的文武都不禁大驚，驚嘆於趙匡胤使劍之妙神乎其神，那劍是軟劍，本不易斷，他能一振而斷，分明使的是巧妙手法，使那劍刃疾揮時力向左右，相反的兩股大力同時作用於劍刃之上，方有此效。立即有人高呼大讚：「陛下神勇！」

李從善面如土色，趙匡胤卻是一笑，好生安慰一番，令他們且在禮賓院住下，再詳議唐國自削國號、歸屬大宋之事。

朝會一罷，「楊全陪」便陪同李從善和徐鉉返回禮賓院，聽詢南唐自削國號要提出的詳細條件。趙普卻留了下來，和樞密使李崇矩隨趙匡胤去了文德殿。

一進文德殿，趙匡胤的滿面春風便消失不見，神情凝重地道：「兩位愛卿，你們看，李煜這是鬧的哪一齣？」

李崇矩不屑地道：「官家，這分明是李煜見我宋國兵威之盛，心生怯意，所以才自請降格為王，以圖平息兵戈。當初，他父親李璟為帝的時候，畏懼周朝世宗皇帝的勇武，不是也遣使自降過一次國格嗎？如今李煜只是效仿他的父親，重施故伎罷了。」

趙匡胤沉吟道：「也許是，又或許……只是緩兵之計。朕剛剛收到線報，我朝兵發閩南不久，唐國鎮海軍十萬大軍突然整裝待發，似有異動，可是不久，卻又突然解除了緊急狀態，不知出於何故，如今想來，恐怕李煜曾經有過想趁朕兵發閩南，開封空虛的機會，襲我腹心的打算，後來不知出於何故，已打消了這個念頭。」

說到此處，趙匡胤心有餘悸地道：「幸好，他又打消了主意。不然，當時寡人大軍在外，開封糧草短缺的危機還沒有發覺，一俟唐國十萬精兵直撲開封，京畿震動，舉國恐慌，閩南大軍軍心士氣盡喪，這時又傳出糧草不足的消息，到那時便是一處敗、處處敗，我宋國江山易主也未可知，真是不知該如何收拾了。」

趙普微笑道：「天大的好機會，唐國自己放棄了，這就是他們自取滅亡，亦是天祐我大宋了。官家，那樣的好機會他們不曾利用，如今我宋國兵威一時無兩，李煜又豈敢輕掠其鋒呢？依臣之見，唐國遣使來朝，應該不是什麼緩兵之計，恐如李樞密所言，這正是效仿其父，意圖以降格稱臣，苟全江南國運罷了。」

趙匡胤冷笑道：「今時不同往日，如今中原天下，幾已盡入朕手，臥榻之旁，朕豈容他酣睡？」

趙普微笑道：「陛下莫忘了與臣前番的議定，欲要以最小的損失、最快的速度，啃下這最後一根硬骨頭，且不妨虛應其事，待我朝準備妥當，再行討伐。」

趙匡胤微一蹙眉道：「朕顧慮的是，討伐漢國，用的是漢國倒行逆施，滿朝盡是閹人，盤剝百姓不勝其苦的名義，朕是代天討伐。若是允了李煜請降為臣，此後唐國再無不恭之處，朕豈非出師無名？」

趙普昨夜早與慕容求醉一干幕僚計議停當，此時胸有成竹，說道：「官家，李煜這就是搬起石頭砸自己的腳，他以為向官家稱臣納貢，官家就出師無名了嗎？嘿，臣有一計，他們有什麼條件，不妨盡答應了他們。然後把鄭王李從善賜宅封官，留於京師不放，他既承認是我宋臣，官家欽封的官職他敢不受嗎？

「待我朝準備停當，便召唐國李煜晉見，以臣面君，理所應當，但是有了李從善前車之鑑，他絕不敢來，就算他敢來，唐國眾臣也不敢放他來，到那時，臣不奉詔，君要討伐，便是天經地義了。」

趙匡胤大笑：「則平真仍朕之子房也，好，就依你計。」

君臣三人又計議一番，趙普和李崇矩方告辭離去。趙匡胤處理了一番奏表公文，正欲返回後殿休息，一個鴻臚寺的快腳被帶上殿來，趙匡胤趕緊問道：「李從善、徐鉉回去，可曾說過些什麼話來，提了些什麼條件嗎？」

那快腳躬揖道：「回官家，李從善話倒不多，徐鉉卻是滔滔不絕，唐國雖有意稱臣，徐鉉猶不欲折其威風，一番話柔中有剛，軟硬兼之，意欲迫我朝簽訂永不侵犯唐國之條約。」

趙匡胤目光一閃，忙問道：「那楊少卿如何應答？」

那個快腳聽了，嘴角一勾，便露出一副似笑非笑的古怪神氣來……

三百四十　話癆剋星

那鴻臚快腳說道：「回到禮賓院後，楊左使依禮制，設盛宴款待鄭王與徐鉉，席間，徐鉉口若懸河，引經據典，指點江山，語驚四座，為助酒興，且當堂賦詞一首。」

他說著，將抄錄下來的那首詞呈上，趙匡胤接在手中，閱罷讚道：「果然不愧為江南第一才子，其詞不及李煜綺麗，故無驚豔之感，然細細品來，氣度尤勝之，且正應和今日氣象，既討好了我宋國氣象，又不墮唐國威風，驟急之間，有此急才，我朝學士之中，或盧制誥差可比擬，餘者皆不如也。以楊浩之學識，定然無法賦詞應和的。」

鴻臚快腳稱諾道：「官家所言甚是，楊左使只舉杯稱讚，向徐鉉勸酒，並不應答。」

趙匡胤一笑：「繼續說來，此後如何？」

鴻臚快腳道：「徐鉉見楊左使不予置詞，詩興稍減，又復飲酒三旬，便談起唐國稱臣之事，其言滔滔不絕，小臣藏於屏風之後使筆速錄，猶不及其速，是故只記下隻言片語。」

趙匡胤冷笑：「徐鉉素有蘇秦、張儀之才，然此非戰國，無六國合縱供其睥睨，天下一統之勢不可阻擋，徐鉉仗其三寸不爛之舌，倉皇奔走，隻言片語，就想將天下局勢操控於股掌之間？真是書生之見，哼，他說些什麼？」

鴻臚快腳道：「徐鉉說，今唐國之主宅心仁厚，自繼位以來勉力勤政，無甚隕越，境內以安，庶民粗足。養兵唯圖自保，並無問鼎天下之心。今宋主英明，天下歸心，唐國亦不落人後，為庶民百姓計，決以自削國號，降格為王，善事大宋，息兵恤民，今後宋國與唐，君臣和氣，永棄兵戈，實為幸事。呃……大意如此，徐鉉出口成章，語速如風，小臣所記實在不全……」

趙匡胤細細品味，嘴角噙起一抹冷笑：「這一句，關鍵就在養兵自保上了。他既稱臣，又恐朕借其兵或駐兵於其境，這句話分明就是唐國可以稱臣，但是我調不得他唐國的兵，亦不必駐兵於唐，因為他力足自保，呵呵……楊浩怎麼說？」

「呃……楊左使面露微笑，只是勸酒。」

趙匡胤一呆：「他一句話都沒有說嗎？」

「沒有。」

趙匡胤怔了片刻，又道：「那徐鉉又說些什麼？」

鴻臚快腳道：「徐鉉又言，唐國降宋，一片赤忱，唐願以忠效宋君，希望我宋君亦以仁主之心待唐國，勿生刀兵，致天下糜爛。他說，天下無千年不亡之國，為宏圖霸業，致萬千黎民於疾苦，非百姓之福，實千古之罪人。又說，世上無百年不死之人，若我宋國欲以武力迫唐，則唐國上下，自君至民，必上下一心，眾志成城，斷無不戰而降，貽萬世恥笑之理。」

趙匡胤只是冷笑，這回不待他問，鴻臚快腳便補充了一句：「楊左使面露微笑，只是請酒。」

「說下去。」

「是，徐鉉又道，唐國服宋，是為息刀兵，養萬民。又兼官家仁德之主，必不致苛待唐人，故有歸心。今唐遞順表稱臣，希望我宋君能承諾待唐主君臣如父子，永修睦好，不啟戰端。否則，唐主數十年仁政深得民心，今長江天險可恃，百萬民心可恃，金陵城堅可恃，群臣心齊可恃，宋師雖強，無足畏也。」

「好一張利口！」

趙匡胤不屑地道：「長江天險可恃嗎？保江必保淮，唐國淮南不保，如今已盡在我宋國之手，長江天塹豈非空談？朕論詩詞，遠不及彼，然這一句，朕卻可駁得他體無完膚，惜乎朕與降臣之臣，身分天壤之別，不能親自駁斥之，實為憾事。楊浩怎麼應對的？」

鴻臚快腳的臉頰抽搐了幾下，答道：「楊左使微笑請酒。」

趙匡胤聽了，就像傳染似的，他的臉頰也抽搐了幾下，方道：「繼續講。」

「是，那徐鉉還有言道，唐今疆域不及宋地之廣，兵員不及宋國驍勇善戰，然江南多江河湖泊，唐擁水軍數十萬，俱擅水戰，而我北地兵馬縱於湖河養兵，窮十年之期亦難成大器，而兵已疲老矣。此為唐之長處，宋若善待唐國，唐則以臣禮侍君，永無反意，否則，唐國主曾親言：『若王師見討，當躬被戎服，親督士卒，背城一戰。如其不獲，乃聚族自焚，終不做他國之鬼！』」

趙匡胤哈哈大笑，不屑地道：「真難為了李煜，竟說得出這樣的一句豪言壯語，可惜，這終不過是酸腐書生的一句大話罷了，他李煜……做得到嗎？楊浩怎樣答他？」

鴻臚快腳道：「楊左使面露微笑……」

趙匡胤眉頭一皺，截口道：「只是請酒？」

「呃……是！」

「……那徐鉉又說些什麼？」

鴻臚快腳乾笑道：「徐鉉無話可說，只是飲酒。」

趙匡胤默然片刻，陡地一陣爆笑：「哈哈哈，哈哈哈，哈哈哈哈……滷水點豆腐，一物降一物，原來徐鉉這種人的剋星正是楊浩，朕可算是歪打正著了，哈哈，以愚困智，這楊浩竟讓徐鉉這樣的才子理屈詞窮，做了鋸嘴葫蘆，真是笑死朕了……」

徐鉉萬萬沒有想到自己此來宋國，精心準備的諸多說詞碰上楊浩這個活寶竟然全無用武之地，楊浩的脾氣好得很，對他們照顧的也是無微不至，但是不管你是一語雙關地用些詩詞點撥他，還是義正詞嚴地當面提出要求，楊浩始終面露微笑，一副莫測高深的模樣，教你根本無從揣測他到底是個什麼意思。

徐鉉被他折磨得一點脾氣都沒有了，要見趙普？沒空，宰相大人忙著呢。要見官家？可笑，宰相都沒空，官家怎麼可能有空？時間就這麼一天天地耗下來，時局對唐國使團越來越不利了。

首先，是唐國乞降自削國號的消息已經傳出去了，不但滿大宋地傳，而且傳到了四面八方，北地契丹，西北三藩，江南吳越，還包括原本被蒙在鼓裡的唐國百姓，現在都知道這件事了，而且清楚地知道唐國鄭王李從善和吏部尚書徐鉉，如今就住在大宋開封禮賓院，每日鴻臚左卿使楊浩都親自陪同，歌舞曲樂，美酒佳肴，對他們盛情款待。儘管正式的國書尚未遞上，彼此還未正式簽署君國與臣國的條約，可是當這件事情已經鬧到天下皆知的時候，他們就沒有退路可走了。

＊　　＊　　＊

就在這時候，一個預料之中的晴天霹靂響起，閩南戰事結束了。潘美等宋將攻取郴州、賀州，隨之連克昭、杜、連、韶四州，大敗南漢軍十餘萬於蓮花峰下，南漢以廣州為中心，割據嶺南兩廣地區達六十年之久，如今終於重歸中原。

宋國舉國歡慶，趙官家大賞群臣，就連內侍都知張德鈞都被他恢復了原姓，又賜了個名字叫繼恩。他本姓王，當初入宮做小內侍時是認了個姓張的大太監做義父，所以改了姓氏，叫張德鈞，如今恢復了本姓，又得了官家賜名，風光得很。就連他都得了賞賜，朝中百官、有功的將領們可想而知。

朝中忙碌這些事情，就更沒人關注唐國使節團了。要知道，這可是唐國上趕著要遞順表歸降，而對宋國來說，這種事無可無不可，無欲則剛，宋國自然硬得起來。徐鉉至此倒還沉得住氣，但是深知兄長如今寢食難安、正急切等待消息的鄭王李從善卻坐不住了。

他不奢望能達到徐鉉提出的那些要求，他只是一個天真的書生，他和他的兄長一樣，都認為無須撕破臉面，要求宋朝白紙黑字地把一些事情詳細寫下來，趙匡胤承認了君臣的地位，就必然要尊守君臣的規矩，否則……難道宋國皇帝不怕人笑他言而無信，受後人恥笑嗎？

李從善顯然是忘了趙匡胤幾年前在金鑾殿上，親切熱忱地握著主動前來歸順的永安軍節度使折德扆的手，向他承諾過什麼了。談判使團內部產生了不同意見，而鄭王李從善無論是地位還是與唐國主李煜的親密關係都遠甚於徐鉉，談判自然是由他來主導了。

於是，談判條件一降再降，宋國變本加厲，不但不許歸順附加什麼條件，而且在今後雙方互遞國書的禮制這種細枝末節的問題上都迫使唐國做了重大讓步，規定宋國皇帝給唐國國王的詔書上，不稱其江南國王，而直呼其名。

對宋國來說，可謂雙喜臨門，漢國被消滅了，疆域擴大，聲威更盛，而唐國又錦上添花，剛剛舉行了唐國歸順儀式，正式確立了君臣名分，大將潘美便押著漢國皇帝劉繼業回到了開封，於是馬上又召開納降儀式，並請唐國使節觀光。

趙匡胤升班坐朝，文武排列左右，觀禮外臣亦站在殿上，漢國皇帝劉繼業便被帶上了金殿。這位漢國皇帝是個少見的昏君，因為擔心宗室會篡奪皇位，就把自己的兄弟叔姪一股腦兒殺個乾淨，他認為大臣有家室，就會懷有私心，於是但凡做官的，必須先閹割了自己，滿朝大臣都是閹人和宮女。

這位皇帝又寵愛一名極肥胖的波斯女子，與之淫戲於後宮，自稱「蕭閒大夫」，可是這樣一個人，竟是體態豐滿，眉清目秀，上殿面君行禮如儀，答對乖巧，能言善辯。楊浩冷眼旁觀，實在看不出這樣一個人竟是那般殘暴昏庸。

趙匡胤此刻心情大好，雖不恥劉繼業為人，但是見到他跪倒金殿之上，山呼萬歲，頂禮膜拜，卻是龍顏大悅，當即封劉繼業為右千牛衛大將軍，加爵恩赦侯，並賜府邸。劉繼業戰戰兢兢上殿，本道會被斬首，不想宋帝竟如此寬厚，不禁大喜過望，當即叩頭如搗蒜。

趙匡胤笑吟吟地讓人給他看座，劉繼業千恩萬謝，一旁坐下，趙匡胤又令人賜其美酒，不料劉繼業一見端到面前的美酒，卻是臉色大變，登時滑下椅子，跪伏於地嚎啕大哭起來：「陛下饒命，陛下饒命呀。」

趙匡胤詫異不已，愕然環顧左右道：「這……朕賜美酒一杯而已，恩赦侯何以涕泗橫流？」

潘美哂笑道：「官家有所不知，恩赦侯做漢國皇帝時，最好以毒酒鴆殺大臣，官家賜酒與他，他還以為官家是要殺了他呢。」

趙匡胤一聽，不禁哈哈大笑，揮手道：「來啊，把那杯酒給朕取來。」

趙匡胤取杯在手，將杯中酒一飲而盡，劉繼業見趙匡胤取杯一飲而盡，這才曉得自己是以小人之心度君子之腹，不禁羞愧不已。

趙匡胤笑望劉繼業道：「朕若要殺你，必堂堂正正取你項上人頭，斷無以一國之君，行此卑鄙伎倆的手段！劉卿今後只須安守本分，忠於大宋，朕的刀，絕不會加於你的頸上。」

他說著，目光有意無意地掃過李從善和徐鉉，二人不禁黯然低下頭去。

朝會已罷，趙匡胤就在宮中設擺筵席，款待恩赦侯，李從善和徐鉉均在座相陪，席間劉繼業極盡諂媚之能事，昨日他還是高高在上的帝王，今日就能這麼快地適應自己的新角色，扮演一個合格的弄臣，楊浩在一旁見了，卻也不禁暗暗佩服此人的心理素質，李煜……總有一天也會到這兒來吧，如果李煜有這個劉繼業一半識時務，想必也不會身遭橫死了，嗯……卻也未必，趙光義畢竟不是趙匡胤，他的胸襟……他……他……

楊浩舉著杯突然呆在那兒，他無法確實記得趙匡胤是什麼時間死的，但是他記得很清楚，宋取南唐不久，趙匡胤便暴斃了。如今朝廷已經打下了南漢，官家已私下和他談過，將派他出使唐國，刺探其軍情、離間其君臣，隨後……明年，最遲不過後年，宋國就會對南唐動手，那麼也就是說，趙匡胤來日不多了？

趙匡胤坐在上首，正與臣子們談笑風生，楊浩默默地看著他，眼前這個人，曾經只是他在故紙堆上見到的一個名字，可如今自己卻能見到活生生的他，這個人無疑是雄才大略的一代英主，此後的不久，他又將化為一個名字，僅僅是史書所載的一個名字。

從來沒有一個人有楊浩這樣的境遇，他可以親眼見到一位史書中所載的偉人，又將親耳聽到他的死訊，見證他的死亡。他會怎樣死去？那樁千古疑案到底是怎麼樣的？楊浩痴痴地想著，耳邊的一切喧囂繁華都已充耳不聞，完全陷入了自己的思緒當中……

「楊卿，楊卿……楊浩！」

「啊？臣在！」楊浩瞿然驚醒，發現趙匡胤正在叫他，一旁坐著的鄭王李從善面如土色，徐鉉卻是臉色鐵青，不禁有些詫異。

趙匡胤微笑道：「李卿談吐風流，甚得朕的歡心，朕已決定，對李卿封爵加官，留駐開封。江南國主遣使來朝，禮尚往來嘛，朕就派你代朕至唐國宣撫，待徐卿返國時，你便與他一同去吧。」

「我的機會終於來了，趙官家，你呢？你還有機會嗎……」

楊浩深深地望了他一眼，起身躬揖道：「臣……遵旨！」

三百四一　雷霆之怒

李從善被軟禁開封不得離開，徐鉉為此百般抗議，奈何趙匡胤此計本就為敲山震虎，意在李煜，是以根本不作理會。外交使臣縱有一張天花亂墜的巧嘴，國力相差懸殊，也是束手無策。好在李從善只是被拘留於開封，各種款待禮遇並不稍減，並無性命之虞，李從善自己倒是安之若素，徐鉉也無可奈何，只能含羞忍辱，準備返回唐國覆命。

漢國既得，趙匡胤開始全力以赴籌備南伐之事，此時已近深秋，但開封城西借原有的小西湖開鑿出來的金水池上，卻是熱火朝天。鼓聲繁急，吶喊聲起，直如山崩海嘯一般。百公頃的水面上，無數戰艦一一競渡，大小各色戰艦上軍士們按鼓聲節拍，奮力划船，銀槳齊起齊落，十分壯觀，船箭橫越水面，直射對岸，箭驟如雨，勢不可擋。

趙匡胤見了拈鬚微笑道：「鑿湖泊引河水練兵，便練不出精湛水軍嗎？哼！朕是湖上練水兵，徐鉉卻是紙上論水兵而已，豈可同日而語。」

他滿意地看看鏖戰正酣的水軍虎捷營將士，吩咐道：「回宮吧。」

皇帝擺駕回宮，走的卻不是來路，趙匡胤坐在御轎中有些納罕，喚過內侍都知王繼恩問道：「因何改了路徑？」

王繼恩忙稟道：「官家，大批漕運糧食剛剛進京，正運往官倉儲備，堵塞了路程，為恐官家在路上久耽，是以繞道而行。」

趙匡胤聞之喜悅，又問：「汴河漕運上還在輸運糧草嗎？」

王繼恩忙道：「秋色已高，河水日淺，將行不得重船了，這是今年最後一批漕糧。」

「唔。」趙匡胤頷首微笑不語。

儀仗繼續前行，趙匡胤自轎中打量著開封城景象，一路所過之處，但見龍旗招展，庶民百姓望儀仗而拜，歡喜敬服之色溢於言表。忽然，大轎外左側幾個小內侍的談話引起了趙匡胤的注意。

「奇怪啊，哥哥，你看那裡，咱皇家御苑，什麼時候起了一溜宅院了？」

「不曉得，想是看顧園林的人居住的？」

「啊呸！你長了一雙狗眼，偏又生了一副豬腦，你看那宅院何等輝煌氣派，是看顧園林的人能住的嗎？我猜，是官家起造的一幢別宮。」

趙匡胤聽得納罕不已，忙向左側窗外看去，果見偌大一片院林，近十畝的土地上，一座氣勢恢宏的建築平地而起，已初具規模。趙匡胤卻不知道這是自家的皇林御苑，忙喚道：「張德……王繼恩，上前答話。」

內侍都知王繼恩忙趕上前來，趙匡胤靠在窗前，往那邊一指道：「這是我皇家御苑嗎？幾時起造了這麼一幢大宅院？看其模樣，所耗必然不菲，起造這樣大的一幢宮院別墅，怎麼不曾有人先行稟報於朕？」

王繼恩忙道：「奴婢也不知緣由，請官家容奴婢去查個明白，再回奏官家。」

趙匡胤沉著臉點了點頭，坐回轎中闔目養神去了。

儀仗繼續前行，王繼恩卻帶著幾個人折向了那幢正在緊鑼密鼓地起建的宅院，待趙匡胤回到宮中，洗漱更衣，稍事歇息，王繼恩便趕了回來，畢恭畢敬稟道：「官家，奴婢已打聽明白，皇家御苑上的那幢宅院，不是宮中建築，而是同中書門下平章事趙普的私人宅院。」

趙匡胤奇道：「朕聽說，那塊地是皇家御苑？」

「呃……是。」

趙匡胤勃然火起，一根指頭幾乎點到了王繼恩的鼻尖上：「皇家御苑，怎麼蓋起了趙普家的宅院？你講。」

王繼恩惶然跪倒，連連叩首道：「奴婢不知，奴婢不知。」

趙匡胤咬了咬牙，拂袖道：「傳旨，令宗正卿查個明白，回報於朕。」

＊　　＊　　＊

兩日後的下午，趙匡胤在文德殿開經筵，與翰林學士盧多遜正在談文論道。盧學士博涉經史，聰明強記，文詞敏捷，腹有韜略。朝中百官但與趙匡胤對答學問，沒有人能及得他對答如流，在趙匡胤眼中，盧學士之博學，堪稱大宋第一人，所以不但最喜歡與他探討學問，而且對他十分敬佩。

趙匡胤卻不知，這位盧大學士真才實學固然是有的，但是他不管問到什麼，這位盧大學士都能旁徵博引、引經據典，簡直天下學問俱都裝在他的腦中一般，卻非此人真的能博聞強記一至於斯，而是由於這位盧學士兼著皇家史館的差使，趙官家好讀書，每次從史館中取走什麼書，盧多遜都要向管理書籍的小吏問個明白，然後通宵達旦徹夜不眠，也要把相關的知識俱都熟記下來，次日趙官家有書中不明之處問及群臣，能頃刻便答、絕無疏漏的，自然只有他盧大學士一個。

一來二去，在趙匡胤眼中，此人就是大宋第一博學鴻儒了。二人談經論史，正說到興處，宗正卿張駞躡手躡腳地走了進來。張駞是宗正卿，主管皇族事務，但凡涉及皇族，諸事處理起來可麻煩得很，能做這樣一個官的，大多是長袖善舞、八面玲瓏，油滑得很，但是只看面相，這位五旬出頭的宗正卿卻是眉清目朗，一副正氣凜然的模樣。

見了趙匡胤，張宗正便躬揖施禮：「陛下，臣奉詔查詢皇家御苑建造私宅一事，已然有了眉目。」

「哦？」趙匡胤放下書卷，說道：「快快一一道來。」

「是！」張馳拱揖道：「經臣查明，皇家御苑那塊地，已經不是皇家土地。」

趙匡胤奇道：「皇家御苑也能更名易主的？此中原因何在？」

張馳道：「官家，那塊地，已被諫院右正言官花暮夕用廣德橋東的一塊閒地給置換了，地契也改了名字，是以那塊地已不屬皇家所有。」

趙匡胤又驚又怒：「這是什麼道理？花暮夕他……唔？那塊地是趙普在起造宅院，怎麼又成了花暮夕用什麼閒地置換了？」

張馳道：「官家，花御史用來置換皇家御苑田地的閒地，正是趙相公所有，所以這塊地換了主人，便是趙相公。趙相公用廣德橋東的十畝田地，換了這十畝皇田，用來起造了這幢宅院。」

趙匡胤聽了心中瞿然一驚，身為臣子，竟敢以私地換取皇田，這是對皇家的冒犯，已是不能容忍，而其中竟涉及到御史臺右正言官這樣的重要官員，更是令他警覺。御史臺是監督文武百官的監察衙門，僅次於御史中丞的重要監察人員與趙普往來如此之密切，那御史臺還能發揮它的作用嗎？

趙匡胤怔了半晌，揮手道：「你去吧。」屏退了宗正卿，趙匡胤立即怒喝道：「王繼恩，傳旨大理寺，給朕好好查一查，皇家御苑被置地換主一事到底是何原因？還有，花暮夕與趙普有什麼往來？」

王繼恩應聲退下，盧多遜眼珠一轉，起身說道：「官家息怒，此事慢慢訪察就好，事涉首輔，怎好大動干戈。」

趙匡胤怒道：「事涉首輔又如何？這簡直是欺君罔上，朕未想到，趙普朋黨為奸，竟膽大一至於斯，是可忍，孰不可忍？」

「官家息怒，官家息怒，趙相公當朝宰執，為官十載，桃李遍天下，對朝廷忠心耿耿。如果因為這麼一樁小事，對趙相公驟加責難，恐天下官吏為之心寒吶。再者說，官家如今正欲兵伐唐國，運籌帷幄，諸般事宜，怎麼能離得了趙相公呢？若是趙相公因此失恩，恐怕樞密使李崇矩也要心生恐懼，這一文一武乃朝中棟梁，官家豈可因小而失大？」

趙匡胤怒極而笑：「他趙普連皇家御苑的地都敢侵占了，此非小事，十畝田地無關緊要，可他這麼做，分明就是不把朕放在眼裡，朕要處罰他，還得瞻前顧後？皇帝做到這個樣子，真是……」

他說到這兒，突地反應過來，盧多遜所說的話流水一般在他腦海中重又徐徐淌過：「趙相公當朝宰執，為官十載，桃李遍天下……恐天下官吏為之心寒。再者，若是趙相公因此失恩，恐怕樞密使李崇矩也要心生恐懼，這一文一武……」

滿朝官吏，多是趙普舉薦，樞密使李崇矩，是趙普的親家，突然之間，趙匡胤竟有種不寒而慄的感覺，他的怒氣漸漸消失了，頭腦冷靜下來，目光中代之而起的，是一股凜然的殺氣……

* * *

大理寺查明白了，不想因為一樁買地案竟又牽涉出一樁大案來，趙匡胤這才驚奇地發現，自己欽命的川西轉運使趙孚，竟然在詔命下達一年之後，還好端端地住在京城，根本不曾赴任，因此川西事務，一直就是由轉運副使負責。

這樣一樁大事，他這個皇帝竟然不知，他的詔命竟然調不動一個小小的轉運使，而朝中各司衙門，因為趙普一句話，就能把此事遮得嚴嚴實實。轉運司衙門，因為趙普一個手諭，就能令轉運副使主持川西事務達一年之久，趙匡胤突然感到一陣由衷的恐懼，他的聖旨，到底還管不管用？是不是整個朝政，都已完全被趙普把持了？

這一天是小朝會，只須主持朝中最緊要衙門的腹心之臣入宮侍駕。趙普施施然地到了皇儀殿，突然覺得身邊多了點什麼、又少了點什麼，左右仔細看看，他才發現他的親家樞密使李崇矩不見了？而參知政事薛居正、呂餘慶兩個閒散官居然冠帶整齊地站在那兒。

趙普莫名其妙地走過去，薛居正和呂餘慶忙向首輔大臣見禮，趙普微微點了點頭，隨口問道：「你們怎麼來了？李樞密怎麼未在殿前候駕？」

這兩位參知政事雖然名義上是副宰相，但是一直都是兩個擺設，根本不署衙辦事的，他們互相看看，也是一臉茫然。

片刻工夫，內侍都知王繼恩到了，站在殿前宣旨道：「同中書平章事趙普、參知政事呂餘慶、參知政事薛居正接旨。」

三人連忙撣衣跪倒，王繼恩道：「官家口諭，我朝開疆拓土，疆域、人口不斷擴張，趙普一人難以周全萬機，即日起，呂餘慶、薛居正署衙辦差，與趙普共秉國政。朕偶染小恙，今日朝會散了吧，欽此。」

「臣……臣遵旨。」趙普以下，三人的身子都不約而同地抖了起來，呂餘慶和薛居正是歡喜得不克自持，趙普卻是由於莫名的恐懼，他完全不知道皇帝為什麼突然間下了這道命令，讓兩個副宰相來分他的權，事先卻並無半點跡象。

趙普失魂落魄地站起來，連向兩位副手道喜的禮節都忘了，直到二人辭禮離去，趙普仍靜悄悄地立在大殿上，許久許久，一動不動，斜照而入的陽光把他孤零零的身影拉得老長老長……

趙普回到衙門，才省起李崇矩今日沒有上朝，難道親家早已知道此事，所以有心迴避？趙普悲憤不已，使一心腹去李崇矩處探問，得來的消息讓他的心一下子涼了半截：李崇矩今日沒有上朝，不是生了病，也不是預知了此事有意迴避，而是他也接到了聖上口諭：因軍務繁忙，自今日起，樞密使正常署衙辦公即可，不必上朝候旨聽宣。

出事了，一定是出事了，可是……到底因為什麼原因？

趙普急得團團亂轉，他還沒有來得及去打聽仔細，就知道問題出在哪兒了，川西轉運使趙孚罷官，施杖刑，永遠取締為官資格；御史臺諫官右正言花暮夕，貶官為士曹參軍，流放生蓮縣，去那兒掌管婚姻、田土、鬥毆等訴訟案子去了。

趙普拿著地圖尋摸半天，也沒發現這生蓮縣在什麼地方，找了人來打聽一番，才曉得這是朝廷剛剛收復的閩南的一塊地方，據說得先到廣州番禺，然後先乘船再坐車最後騎驢，翻過幾座大山，才能到達那個幾乎全是當地土人的地方。

趙普恐慌不已，馬上召集幕僚商量對策，研究怎樣才能挽回聖眷，一連三天，也沒商量出個好主意，而趙匡胤的手段卻如暴雨雷霆，不動則已，一動就如蒼天之怒，讓人毫無還手之力。

李崇矩的一個門客舉告他收受賄賂，雖說查無實據，但是趙匡胤還是以前所未有的速度迅速處理了此事，李崇矩被降職，調離了樞密使這個掌管三軍的重要職位，而舉告的那個門客卻被任命為一個縣的主簿，賜同進士出身。

緊接著，趙匡胤下詔重選堂後官，堂後官是相府屬吏，宰相有何決斷、有何任命，都要經過他們傳達，但是這些如臂使指的最得力手下在一夜之間全被更換，並立下制度，從此以後，所有堂後官三年一換，不得延續。

就算是瞎子，現在也看得出皇帝是什麼意思了，所有想陞官的人都知道自己該做些什麼了，趙普一派的人人心惶惶，都以為大廈將傾，有些人已開始自尋門路，但是趙普仍篤定得很，每日裡照常知印、押班、奏事、上朝，神態從容，毫無二致。

他堅信，眼下雖然失寵，但是皇帝還是離不了他。身為帝王者，要想江山穩固，就必須得保證朝中勢力的均衡，絕不能容許一家獨大。不錯，他是得意忘形，觸了趙匡胤的逆鱗，可是現在的懲罰應該也夠了吧？如果我倒了，誰來牽制趙光義？皇帝畢竟高高在上，有許多事他沒辦法親自去處理，他能像我一樣，日日夜夜、時時刻刻盯著趙光義的一舉一動，防止他上下其手嗎？

但是，趙普還是低估了趙匡胤的魄力和怒火，當一樁樁揭發他專權擅斷、貪汙受賄的奏章直接呈送到趙匡胤御案前的時候，趙匡胤終於下了最後的決斷：罷黜宰相。

一紙詔書到了相府，言宰相趙普勞苦功高，日夜操勞國事，身心疲憊，不堪承受，官家憐憫，著放地方歇息幾年，加封趙普河陽三城節度使、同平章事，仍舊是掛著宰相的頭銜，只是……一個離開了京城的宰相，那還算是宰相嗎？

敗了，真的敗了，趙普敗得心服口服，他沒想到在他眼中毛頭小子一般的趙光義，竟然有這樣的心機手段，不擊則已，一擊致命，竟讓他連還手之力都沒有。

「相爺，相爺，這是屬下剛剛搜集來的消息。」慕容求醉興沖沖地跑進書房，剛剛得到免職消息的趙普坐在椅中不動，只是揚起眉來，慕容求醉道：「相爺，你看，這是趙光義私下結交內侍都知王繼恩的情報，還有這個，他藉滅火撲救賞罰之機，重賞禁軍將士，這可是存了籠絡之心吶。」

趙普淡淡一笑：「捕風捉影，臆測揣摩，扳得到晉王否？」

慕容求醉一怔，說道：「相爺，這些證據雖扳不倒他，但……卻可令官家心生芥蒂，對他存了戒備之心呀。」

趙普搖頭一笑：「放下吧。」

「是。」慕容求醉見他臉色不太好，忙放下搜集來的情報，悄悄退了下去。

趙普的目光落在那摞東西上，許久，取下燈罩，將那疊資料一頁頁引燃，棄之地上。

趙夫人剛剛聽說消息，急急趕到書房，一見如此情形，問明所燃之物，不禁疑道：「官人……何以將這些東西燒燬？」

趙普淡然笑道：「凡事留一線，日後好相見。」

沉默片刻，趙普道：「夫人，去準備一下，咱們準備離京吧。」

趙夫人默然退了出去，趙普燃盡最後一張紙，靜坐半晌，研墨鋪紙，寫下離京前最後一張奏表，這張奏表等於是他為相這些年的一張述職報告，內中提到晉王趙光義，內有：「外臣謂臣輕議皇弟開封尹，皇弟忠孝全德，豈有間然。」對趙光義大加褒獎之詞。

他已敗了，他必須得給自己留一條退路，這是安排後事，安排的好，就是一條生路……

這一夜，楊浩也在安排後事，他馬上就要去南唐了。他把妙妙喚了來，望著燈下的她宜喜宜嗔的嬌俏模樣，對坐半晌，始終難以啟齒……

三百四二　兩廂情

「近來……『女兒國』的生意如何？」

楊浩遲疑半晌，才憋出這麼一句話，妙妙忍不住想笑，抿了抿嘴唇才道：「很好啊，咱『女兒國』的名聲已經打開了，現在往來於『女兒國』的，盡是權貴人家，東西雖然昂貴，質地卻最佳，別看客人不及坊市間人頭攢動，但是隨便做成一樁生意，就及得上尋常十樁、百樁生意。」

「唔……那就好，那就好，妳……妳……」

「嗯？」妙妙兩道淡淡蛾眉一挑，向楊浩投以詢問的一眼，她看楊浩表情，就曉得必有事情，可他吞吞吐吐、一副難以啟齒的模樣，這可是她從未見過的，心中不免好奇起來。

「哦！妳……手頭的錢款還夠用吧？」

「呃……老爺可是還要從中撥取款項嗎？如今手中餘款僅夠貨物流轉而已，若是老爺不急著要的話，奴家可以逐步從中抽撥，每十天結算一次，留下貨物流轉的必需錢款，餘者盡撥於老爺，不然的話，恐要與商家賒購貨物了，咱『女兒國』剛剛開張沒多久，這樣做的話恐怕……」

楊浩連忙擺手：「沒有、沒有，老爺沒有再向妳要錢物的意思，老爺是說……是說……啊！妳近來身體還好吧？我瞧著，不似剛回京時那般消瘦了，臉上也有了血氣。」

妙妙摸摸自己臉頰，臉蛋上的紅暈更盛了些，妙眸流轉，帶出幾分好笑的意味：「有老爺坐鎮京師，奴家有了主心骨，做事倒不覺辛苦，我也覺得……自己好像長了點肉……」

她忽然擔心地問道：「奴家現在會不會太胖了些？」

「不會、不會，現在很好，該胖的地方胖，該瘦的地方瘦，恰恰好，恰恰好……」

妙妙不自在地挪了下身子，用有趣的眼神瞄著楊浩，楊浩咳嗽一聲，不與她對視，眼神飄忽地望向他處，吃吃說道：「哦，對了，小羽是我的貼身侍衛，我打算……把他調回身邊，至於『女兒國』嘛，調張牛和老黑過去幫忙，還有姆依可，老爺另有安排，也得……咳咳……」

「這些事，老爺只要知會一聲就是了，不需要與妙妙商量的。」妙妙疑惑地說著，眸光微微一閃，神色突然有些變化：「老爺……可是要換人打理『女兒國』？」她垂下頭，幽幽地道：「這事，老爺同樣不需要與妙妙商量的，更不須……覺得難以啟齒，只要老爺吩咐下來……」

嘴裡這麼說，她的心中還是很難過，在楊浩身邊做一個丫鬟，或是做這「女兒國」的主子，對她來說，並沒有什麼分別，可是想到可能是她做的不夠好，老爺對她生了嫌棄，妙妙的心裡還是覺得很難過。

「妙妙，妳誤會了，老爺我不是這個意思……」

楊浩的汗都快下來了，假結婚而已嘛，在現代也不是新聞，為了移民、為了分配住房……只不過那雙方都是知道真相的，而現在……他假死的消息知道的人越少越好，總不成大嘴巴，逮著誰就跟誰講，尤其是以後不會再有往來的人，哪能說出真相？這一來，他可真有點難以啟齒了。

屏風後面突然輕咳一聲，娃娃踱了出來：「官人，姐姐那兒還有事與你商量呢，這裡……就交給奴家來說吧。」

「喔……好好好，就這樣，就這樣。」楊浩如蒙大赦，忙不迭地爬起來，向妙妙尷尬地一笑，拔腿就溜。妙妙詫異地看著楊浩消失的背影，再看向吳娃兒，就見她已在自己面前坐了下來，一臉似笑非笑的神情，登時警覺起來……

＊　＊　＊

小轎回了「女兒國」，一個管事迎上來道：「林小姐，有些事情要向您稟……」

「你先忙你的去吧，今日已晚，明早再說。」

「呃……是……」那管事有些奇怪地看了妙妙一眼，這位大管事平素可是吩咐生意上的大事小情，不管何時何地都得即時稟報與她的，今兒怎麼……看她眼餳耳熱，好像醉了酒，可是沒聞著酒味呀。

那位管事詫異地看著妙妙邁著太空步消失在大廳盡頭，「砰」地一下房門關上，妙妙倚在門上，手按在胸口，就聽一顆心「噗通噗通」像一頭被困的小鹿般使勁亂撞起來，撞得她胸口發脹。

她大力地喘了幾口氣，搶到書案前灌下兩杯冷茶，那種騰雲駕霧的感覺還是沒有消失，妙妙在自己的大腿上狠狠掐了一把，一陣痛楚傳來，妙妙呆了呆，嘴角緩緩向上勾起，喃喃自語道：「不是做夢，我不是做夢，老爺……老爺真的要納我為妾……」

這樣想著，妙妙的眼淚忽然撲簌簌地掉了下來，胸臆中那股難言的歡喜，讓她幾乎要跳起來歡喜地大叫。儘管受到楊浩的百般呵護，又做了這「女兒國」的主子，可是她對自己的未來一直有種茫然彷徨的感覺，儘管她還小，但是以她的身分和閱歷，她的心理已經成熟了，她不知道自己的歸宿在哪裡，這種不踏實的感覺，始終存在她的心裡。

如今終於守得雲開見月明了，她終身有了依靠，而她今後一生服侍的郎君，就是她芳心中傾慕愛戀的楊浩，她還有什麼不滿足的？

妙妙回到自己臥室，關緊了房門，突然歡呼一聲，縱身躍上榻去，抱住枕頭，把發燙的臉頰貼上去，使勁地摩擦著，嘴角洋溢著甜蜜幸福的笑容……

老爺要出使唐國了，納妾婚書明日就會找坊正來立下，待老爺回來，才能正式操辦與她圓房。沒關係，只要確立了這層關係，就算多久她都等得，老爺要納她為妾，到底有幾分是因為喜歡了她，又或者是因為不想將「女兒國」交給外人打理，除了她沒有更合適的人選，所以才想一舉兩得，她不願去想。

重要的是，她，將是他的女人；他，是她所愛的男人；這裡，將是她永遠的家。對她這樣一個小丫頭來說，這個歸宿已是天堂，她知足了……

妙妙抱緊了枕頭，在榻上翻滾了一圈，輕輕地喚道：「老爺……」

恍惚間，她似乎能感覺到楊浩就躺在她的身畔，正摟著她的纖腰，那雙灼灼的眸子正盯著她，讓她羞得無處藏身……

「嚓！」門開了，姆依可掌著燈出現在門口，提起燈看她：「妙妙姐，妳回來了，咦？妳怎麼了？不舒服嗎？」

榻上，妙妙坐了起來，釵橫鬢亂，星眸如絲，她糗糗地掠了掠自己的髮絲，訕訕答道：「是月兒啊，還……還沒睡？我沒事，呃……有點倦了，今日想早些歇息，妳把燈擱下，也早些去休息吧。」

「哦……」姆依可將燈放在桌上，回身又奇怪地望了她一眼，這才帶著一副莫名其妙的表情走了出去。

妙妙待在榻邊，待房門一關，趕緊搶步到了桌邊，拿起鏡子一照，燈下，春情上臉，如海棠花開，看得妙妙又羞又臊，「月兒還小，一定看不出什麼，一定看不出來的……」

她自我安慰著，看著鏡中那張眉也在笑、眼也在笑，粉潤潤的臉蛋上兩朵大紅的石榴花，忍不住用手指刮著自己的臉蛋：「羞羞羞，沒臉皮的小丫頭……」一邊臊著自己，她的嘴角和眼睛卻像月牙似地彎了起來，鏡中的小嘴紅嫩嫩、粉糯糯的，脣形如菱角般可愛，官人會喜歡嗎？如果他親我的小嘴……

妙妙心神一陣蕩漾，就在這時，「嚓」的一聲，房門又開了，妙妙探頭進來，就見妙妙正在梳妝鏡前，只有半個屁股挨在錦墩上，好像坐得極倉促，手指在臉上抹呀抹的，似乎在塗抹胭脂。

「還有什麼事嗎？」妙妙回了一下頭，問了一聲，又急急扭過頭去。

「喔，沒事，妙妙姐，妳……真的沒有不舒服吧？」

「沒有、沒有，妳快去睡吧。」

「喔……好。」姆依可掩上門，莫名其妙地搔搔頭：「都要睡下了，還施什麼妝粉？妙妙姐今兒好生奇怪……」

*　　*　　*

趙普離京之後，朝中又發生了兩件大事，一是交州刺史丁璉遣使進京向宋稱臣納貢了。交州遠在天南，也就是後世的越南。當初，自立為王的丁部領自立為萬勝王，當時是向漢國稱臣的，他以兒子丁璉的名義向漢國請封，漢國皇帝封其子為靜海節度使。

這幾年宋國勢力越來越大，丁部領就越過漢國，向宋國稱臣，並仿中國隋唐建築風格，起宮殿、制朝儀、置百官、立社稷、設六軍、肇新都、築城鑿池，徙京邑於華閭洞，又立五位皇后，由一個割據勢力變成了一個真正的王國，但是當時與漢國仍暗通款曲。

如今宋國滅了漢國，丁部領馬上遣子入京，向宋納貢稱臣，懇求冊封，願作大宋藩屬。趙匡胤大悅，封丁部領為檢校太尉、交趾郡王，封丁璉為靜海節度使、安南都護。雙方互遞國書。自此以後，交趾王朝更迭不管再如何頻繁，不管誰做國王，都要先來晉見中國皇帝，請求冊封為王，以獲得中國的認可，這是必須履行的頭等國事，無一例外。

交趾來朝，這是大揚國威的事，趙匡胤自然大為喜悅，隆重的接待儀式剛剛操辦完，蜀地又傳來消息，渠州邪教首領李仙聚眾萬餘人，到處搶劫掠奪，扯旗造反。蜀國是繼荊湖之後最先被宋國消滅的國家，如今已在宋國治下七、八年了，但是時局動盪，仍是時常有人造反。趙匡胤深知打天下易，坐天下難，對這支目前來說還不顯強壯的反抗力量不敢大意，立即命權知蓬州朱昂權知廣安軍，負責剿滅亂匪。

同時又令薛居正、呂餘慶、盧多遜等人擬定撫民之策，以防蜀民依附叛匪。這幾位宰相剛剛大權在握，做事不遺餘力，很快就拿出了自己的條陳，趙匡胤立即頒旨施行，取消蜀國的婚嫁稅，這是自蜀國時期設立的一項稅賦，連結婚都要納稅，也難怪蜀王能搜刮到那麼多民脂民膏，宋國得了蜀地後許多制度沿襲舊制，一直沒有更改，至此方作取締。

蜀地百姓交納夏、秋兩季稅賦時多用絲織品為賦，但是如今國家昌盛，對各種高檔布料需求猛增，絲綢價格已一漲再漲，而蜀地官府仍舊按照許多年前制定的絲織品價格收稅，此時也做了修訂，規定西川各府今後徵收賦稅，絲織品一律按市價估價。

凡此種種，一面不遺餘力地打擊李仙亂黨，一面用各種恩惠手段撫慰百姓，軟硬兼施，平息禍患。

這個時候，北國契丹也是諸事紛擾，契丹內部諸部族並沒有明著抗拒朝廷的表現，朝廷也不能用武力手段來壓制，只能分化、拉攏、恩撫，皇帝耶律賢身體病弱，沒有精力操持這些事情，只得由皇后蕭綽主持朝政，為了擺布這些王公大臣，真是讓她絞盡了腦汁。

內部的事情還未擺平，女真部落又來侵擾該國邊境，殺死都監達里迭等人，劫掠大批人品和牲畜離開。小小女真也敢侵犯契丹，蕭綽聞訊立即命耶律休哥統兵討伐，這邊剛剛集結大軍還未出發，女真部落便來遣使進貢，又弄來幾個人頭，說是冒犯契丹邊境、殺死契丹邊軍將領的幾個首犯。

當時女真人居無定所，要尋其一戰十分困難，加上內部不穩，而女真人又主動服軟，此時正當耶律賢誕辰將至，又不宜動刀兵，蕭綽只得作罷。契丹皇帝生辰之喜，各部族酋長俱來祝賀，女真來使一使兩用，請罪之後正好充作賀使，北漢國也遣使前來，竭力搜刮些財物向他們的靠山進貢。

耶律賢生辰之日，舉城相賀，白天接見來使和各部族首領，夜晚，則與皇后同登五鳳樓，欣賞燈展，這時鄂巴多姍姍而至，剛剛趕回上京。

耶律賢身體不好，剛剛有了寒意，便穿著一襲裘衣，站在城樓上接受臣子們的朝賀，觀賞燈景，這時一名侍衛匆匆而至，附耳向一名宮人低語幾句，那宮人馬上趕到蕭后身邊低聲稟告。蕭后陪著皇帝正站在城樓上，扭頭看看耶律賢蒼白的面孔，恐怕他站不了多久就得下去歇息，如今各族使節、各部酋領都在，到時少不得要自己出面應答款待，便嘆一口氣，招手喚過羅冬兒，令她去處理此事。

羅冬兒到了樓下，在一座偏殿見了那使者鄂巴多，鄂巴多一見四下無人，只有門口站著兩個女侍，忙從懷裡掏出一個小布包，獻寶似地呈上去，諂笑道：「羅尚官，這是您託小人自宋國所買的鳳頭銀釵，您看可不可意。」

羅冬兒打開一看，與楊浩當初送與自己的那枝竟有九分相似，不惜連聲道謝，拈著那枝只值幾文錢的漆銀木釵，她的雙眼淚光盈盈，幾乎便要掉下淚來。

鄂巴多懷裡、左右大袖中還藏了十七、八枝釵子，唯恐這枝不合羅尚官的意，那時再一一取出讓她挑選便是，一見羅冬兒神色，鄂巴多不由鬆了口氣。

羅冬兒痴痴看了半晌，這才醒過神來，忙拭拭眼角，說道：「娘娘正在樓上觀燈，著我問你，此番南行，宋人如何對答？」

鄂巴多倒未看過原信，但是已聽大宋鴻臚寺功曹柳林西說過大概，忙將宋廷的意思說了一遍，冬兒聽見宋廷竟也模仿契丹的蠻橫語氣，寫了這樣一封回信，雖正是滿懷愁緒的當口，也不禁有些想笑。

她雖是一個民女，但是父親藏書甚多，冬兒博覽群書，素知中原的官吏做事向來中規中矩，這樣的文書他們不是寫不出來，而是以那些官吏的呆板性格，向來以有教化的上國姿態講話，很難用這樣無賴對無賴的手段交涉國事，她有些好笑地道：「我知道了，回頭我會稟告娘娘，講娘娘定奪，再作答覆。」

「是是是，眼看著天就要冷了，可是為朝廷出使，小人是不辭辛苦的，如果還需向宋廷出使，小人責無旁貸，到時還請羅尚官多為小人美言幾句。」

鄂巴多說著，又將一口大匣子、一個大包裹畢恭畢敬地放到桌上，他見羅冬兒索要的釵子不值幾文錢，便曉得這位女官不好金錢珠寶，所以煞費苦心地從「女兒國」購買了些漢人的漂亮衣裳，和一套品流最高的胭脂水粉，料想這東西必能打動羅尚官的芳心。

果然，羅冬兒見了這樣的東西，臉上便露出歡喜神色，本來馬上就要打發他下去，如今人家送了可心的禮物，倒不好不多聊幾句，便隨口答應著，問道：「你在宋廷，宋官對你可還禮遇？是鴻臚寺哪位大臣接待的？聽說宋廷鴻臚寺卿章臺柳體弱多病，不常上衙，這封國書可是少卿高翔所擬嗎？」

鄂巴多陪笑道：「羅尚官有所不知，小人前往宋廷時，宋廷剛剛任命了一位新的鴻臚寺少卿，叫楊浩的，聽說原來是開封南衙火情院使，此人不學無術，性情莽撞，所以才寫得出這樣的無賴國書冒犯我皇，可也奇了，宋帝居然允了，就真不怕皇上大怒，出兵伐宋嗎？尚官？羅尚官？妳怎麼了？」

羅冬兒嘴脣發白，她定了定神，顫聲問道：「你說……你說那新任鴻臚少卿姓啥名誰？」

「姓楊名浩啊。」

「四哥說過，浩哥哥已改叫楊浩，莫非……不會的，不會是他，他怎麼可能做了鴻臚少卿這樣的高官？再說他不是出身開封府，莫非是同名同姓？」

羅冬兒趕緊問道：「這人多大年紀，是何出身來歷？」

鄂巴多道：「小人倒沒見過他，不過聽那宋廷的柳功曹說，此人沒什麼學識的，卻不知走了什麼狗屎運，當初帶著五萬漢國百姓避過皇后娘娘親自帶領的大軍追擊，逃往宋境的就是他，後因功做了蘆嶺州知府，沒多久就調任開封南衙火情院長，結果又巴結上了晉王趙光義，嗖地一下就竄上了鴻臚少卿的高位，可在宋國的人裡數著，陞官升的這麼快的，除了他再無第二個了。咦？羅尚官，您好像身子不大好？」

「沒事，我……我沒事，你再說說，還有他的什麼消息？」

羅冬兒又驚又喜，她萬沒料到竟在這裡聽到楊浩的消息，那魂牽夢縈的人兒雖仍遠在天邊，可是剎那間彷彿就站到了她的眼前，羅冬兒的兩頰如同火燒，雙眸放出光芒，殷切地又道。

鄂巴多攤手道：「沒了，小人就聽那位柳功曹提了這麼幾句，瞧他那不屑的樣子，恐怕這個楊浩貿然竄升，朝中眼紅的官大有人在，這人如此說話太也著惱，羅尚官該稟明娘娘，嚴詞駁斥，說不定宋廷的官對他趁機攻訐，這個無視我契丹國主的混帳小子，就得滾下臺了。」

羅冬兒抿了抿嘴脣，板著臉道：「你是我契丹使節，言談之間不可弱了北國的威風，談吐如此粗俗，口口聲聲小子混帳，如何能為我契丹使節？若是這樣，本官可不敢保你南行。」

鄂巴多一聽財路要斷了，趕緊陪笑道：「小人這不是在您面前才……好好好，小人一定謹慎，哪怕人後，也不對宋人的官有所不敬就是了。」

羅冬兒道：「這才對了，你先下去吧，這事待我稟明娘娘再說。」

「是。」鄂巴多也不知哪裡得罪她了，趕緊答應一聲退了出去。

羅冬兒在椅上坐了，手撐在案上托著下巴痴痴想了半晌，拈著那根簪子看了又看，時而蹙眉，時而微笑，過了半晌聽見樓上一片喧譁之聲，這才驚醒過來，她把簪子收進懷中，吩咐女侍把漢衣和脂粉收起，便趕上樓去，腳步輕快，如同一隻年輕活潑的小牝鹿。

「實圖哩觸犯神纛，依律當死，皇上，處死他吧。」樓上有些人正在咆哮著。

耶律賢面前跪著一個侍衛，臉色慘白，伏地不動。羅冬兒提著裙裾跑上樓去，見此光景莫名其妙，便向旁邊一個侍衛問道：「方才還好端端的，這是怎麼了？」

那侍衛忙答道：「尚官，實圖哩方才觸摸了神纛，各部大人十分憤怒，請皇上處死他呢。」

羅冬兒聽了暗吃一驚，這神纛是一面大旗，立在五鳳樓上，纛上一頭白狼，乃是契丹之族的圖騰，十分神聖，普通人未經許可不得靠近，如果誰若碰觸了神纛，論罪當斬。這個實圖哩是個年輕憨厚的侍衛，怎麼竟然鑄此大錯。

那些部族頭領們吵吵嚷嚷，耶律賢只是負手不語。他才二十多歲，身材瘦削頎長，臉頰蒼白，看起來文文弱弱的，就像一個南人士子，在旁邊個個都是虎背熊腰的近臣侍衛和部族頭領們中間，就像一群狼中間站了一隻鶴，就算是柔軟厚暖的裘衣穿在他身上，也顯得空蕩蕩的。

「實圖哩，你為何觸犯神纛？」耶律賢突然慢條斯理地問道。

「小人……小人站在一旁，本來正在觀燈，因為人群擁擠，被人撞了一下，便伸手一扶，這才醒起旁邊矗立的乃是神纛，小人知罪，當死，當死。」

實圖哩連連叩首，耶律賢嘆了口氣，道：「原來如此，不知者不罪，實圖哩平素克盡職守，倒也盡職，唔……拖下去，責三十大板吧。」

實圖哩一呆，不敢置信地抬起頭來，羅冬兒目光一閃，趕緊喝道：「實圖哩，還不謝恩嗎？」

實圖哩趕緊叩道：「謝皇上開恩，謝皇上開恩。」

「且慢！」一旁緩緩走出一人，沉沉笑道：「皇上仁慈，可是冒犯神纛者當死，此為律條所定，皇上一言便要放人，恐怕……不妥吧？」

耶律賢瞟了他一眼，淡淡地道：「耶律文，何必如此苛刻？實圖哩無心之舉，算不得冒犯神纛，因此砍頭，太過殘忍。」

這位貴族叫耶律文，字燕雲，是耶律賢未繼皇位前的一個有力競爭者，如今耶律賢雖做了皇帝，他還是時常與他唱反調，一見耶律賢有心放過實圖哩，當即便出面阻止。一聽耶律賢的理由，他不屑地冷笑道：「皇上太過仁慈了吧？我契丹之主，當有虎豹之威，賞罰分明，律例森嚴，豈可身懷婦人之仁，對一小小侍衛尚抱如此仁心，如何統御我契丹百萬虎狼？」

蕭綽冷冷一笑，站到了耶律賢身旁，冬兒連忙走過去，耶律文身後一人本來正看著熱鬧，忽地被蕭后美色所迷，眸子頓時一直，痴痴看了半晌，目光再往旁一轉，不由大吃一驚，立即縮身退到了人群中去。

如果冬兒能注意到他，就會發現，這人竟是丁家二少爺丁承業，丁承業隱在暗處，望著羅冬兒發呆：「她……她是羅冬兒嗎？雖說神情氣質有些差異，可是模樣一模一樣，若不是她，世上哪有如此相像之人？她怎麼在這裡，她……是皇帝的嬪妃還是什麼人？」

丁承業當日被契丹邊軍所捉，四處打聽一番，根本沒有人聽說過什麼南院大將軍盧一生，只道這丁承業是虛言誑人，是以對他百般折磨，丁承業求生不得、求死不能，真是苦不堪言，這時恰好遇上了耶律文。

耶律文身高八尺，虎背熊腰，乃契丹有名的勇士，與南院大王素有交情。此人性好漁色，而且男女不忌，瞧見丁承業這個奴隸雖是蓬頭垢面，卻眉清目秀，十分俊俏，頓時起了憐惜之心，便把他討了來留在身邊侍候。

丁承業走投無路，只得含羞忍垢做了耶律文的近侍，而且成了耶律文最寵愛的人，形影不離，此番為皇帝賀壽，耶律文也把這個愛寵帶了來，攜上了五鳳樓。如今一見羅冬兒，丁承業思及自己如今身分，先是羞慚不已，下意識地便往後退去，細細打量羅冬兒模樣，竟然站在娘娘身側，似在北國混得風生水起，心中不禁又嫉又恨。

羅冬兒可未注意這位故人，她站在蕭后身側，只聽耶律文脣槍舌劍，明裡是說皇帝仁慈，暗中卻譏諷他軟弱，又鼓動許多對這個皇帝不服的首領貴族出聲應和，弄得和耶律賢臉上紅一陣白一陣，有些應接不暇。

旁邊蕭后突然冷笑一聲道：「耶律文，你口口聲聲講什麼賞罰分明，律例森嚴。皇上統御北國，受命於天，皇上宅心仁厚，要饒過實圖哩，這就是旨意，你身為臣子，無端質疑，百般挑釁，這是為臣之道嗎？這是律例森嚴嗎？」

耶律文看向蕭綽，燈下美人，明眸皓齒，膚色如美玉，隱泛紅潤，目中不禁泛起貪婪之意，涎臉笑道：「娘娘，臣只是盡臣的本分，見皇上有什麼不對的地方，出言勸諫罷了，怎敢挑釁皇上呢？」

「既然如此，皇上開恩，已然下了旨意，耶律兄何必再多言呢？神纛代表皇權，皇權是皇上的，皇上要怎麼做，做臣子的就只能服從，這才是規矩，你說是嗎？」

說話的人袖著手，站在一旁森然道，這人叫蕭拓智，卻是蕭家的人，也是統領大軍的一方將領，另一側耶律隆運，也就是韓德讓，也沉聲說道：「皇上的話就是聖旨，就代表著天意，做為臣子的，誰敢不從，就是不忠，誰有不忠之心，第一個先問過我掌中的刀，再去問皇上不遲。」

耶律文見蕭綽一派的人紛紛出來護駕，心下稍作權衡，冷哼一聲，不再言語了。

＊　　＊　　＊

燈下，蕭綽寬了衣裳，解開了頭髮，原本威嚴冷峻的模樣，頓時生起了幾分嫵媚。她臥到榻上，冬兒也穿著小衣坐在一旁，輕輕地為她揉捏著肩膀，蕭綽輕輕嘆息一聲道：「今天妳也看到了，這些人敢當面讓皇上難堪，心中哪有這個皇帝？」

她擺擺手，說道：「今日妳也乏了，睡下吧，不必按了。」

冬兒依言躺在一旁，兩個美人，猶如一朵並蒂蓮花。蕭綽理順了頭髮，躺在枕上，眨著眼睛想了半晌，說道：「朕得對掌握皇城大軍的人再做一番調度，盡數換上咱們的人，否則覺都睡不安穩。還有妳，妳要盡快上手，以後，這宮衛軍就得交給妳，這可是咱們最重要的本錢。」

冬兒柔聲道：「娘娘吩咐，冬兒自當遵從，宋國的回書……」

蕭綽道：「明兒再思量思量該如何作答。朕也沒想到，宋人回書竟然如此強硬，莫非他們已看出了咱們內憂外患，出不得兵？唔……唐國遣使向我求援，朕意，派耶律文去唐國走一遭，表達我北國態度，讓宋廷有些忌憚，妳看怎麼樣？」

「唐國？怎不派人去宋國？若是娘娘讓我出使宋國，去見浩哥哥……」冬兒胡思亂想著，蕭綽奇怪地扭過頭：「怎不答話？」

「喔……娘娘，耶律文對皇上一向不太恭馴，怎麼能派他出使呢？」

蕭綽笑笑，道：「他離了上京，朕……才好動手腳安排咱們的人，省得他來礙事呀。」

她伸出手去，小衣褪至肘部，露出一管晶瑩的玉臂，伸手一拂，滅了燈燭，說道：「睡吧，不管有什麼事，咱們明兒再商量。」

燭火一滅，室中頓時一暗，燭上青煙裊裊升起，兩個女孩各懷心事，不約而同地嘆息了一聲……

三百四三　江東宣撫

一向「低調」的楊浩突然很高調地操辦起了婚事，只不過，所謂的一向低調只是他一廂情願的感覺，開封官紳百姓一向都覺得這個官做什麼事都是風風火火，絕不低調的。

楊浩娶一妻納兩妾，三個美人歸房的儀式同時舉行。這一妻姓唐名焰焰，楊浩早早放出風去，滿京城的人都曉得這唐焰焰是西北唐家的大小姐了。那兩妾之一，原汴梁第一行首媚娃兒，只是補辦了儀式，旁人早知道她被楊浩納了房了。而另一妾卻是林音韶，仔細一打聽，才曉得竟是第一屆花魁大賽時的葉榜狀元。紅花綠葉傍身，誰不羨嘆楊浩齊人之福。

楊浩這婚事，一個官場中人都沒請，參加婚宴的唯有汴梁漕運的四大幫主及其所屬，他在「千金一笑樓」大擺酒宴高調成親，怕的就是唐家阻攔或是晉王從中搗鬼。可是很奇怪的是，唐家還是一點動靜都沒有，而晉王那邊其實還根本不知道唐家想與自己攀親，自然也沒什麼舉動。

楊浩提著小心，本以為這場婚事不知要經歷多少波折，不想竟是太太平平地操辦了下來。妙妙得了一紙婚書，雖未圓房，但名分已然確立了下來，妙妙滿心歡喜，卻不知楊浩是另有打算。

娃娃和焰焰早與楊浩暗中商議，待他一走，二女便攜浮財潛走，先尋一個妥當之處安頓，然後便高調前往唐國與他會合，以便三人可以「死」在一塊。至於妙妙那裡，有了一紙婚書，就是他法定的妾室，如果他出了事，妙妙做為他唯一在世的親人，便有權繼承他在東京的一切財產。

楊浩把「後事」安排妥當，此日一早，便上金殿面君辭行。趙官家在垂拱殿對他面授機宜，主要是就他此番南行的任務做些交代，離間唐國君臣、刺探唐國軍情、掌握唐國地理，為宋廷征伐唐國的鼎定中原最後一戰做好準備。

為了方便他行事，得派些人手供他使用，趙匡胤還派了鴻臚寺丞焦海濤做宣撫副使，從皇城司抽調了些探子供其驅策，另從禁軍裡抽調了一支百餘人的隊伍做他的儀仗，這些上等禁軍個個都是身高八尺以上的大漢，身材魁梧，一身武藝，由一名叫張同舟的指揮使帶領。

出了皇宮大內，楊浩又被候在宮門外的程德玄截住去了南衙。楊浩心中忐忑，本道趙光義隱忍至今方才發作，不料見了趙光義，他卻是滿面春風，毫無慍色，絲毫不提他成親的事，只是為他餞行來著。

楊浩不明底細，但是見他沒有當場發作，便也放下心來，如果這位王爺抱著君子報仇十年未晚的態度，他是不怕的，此一去如蛟龍入海，從此天涯海角再無重逢之期，趙光義再有什麼陰謀詭計，也都用不上了。

在旁人看來，此時卻看得出晉王如何禮賢下士、如何會做人了。儘管如今趙普一倒，朝中趙光義一家獨大，楊浩如今這個差使又屬於清閒衙門，對趙光義沒有什麼助益，但是趙光義對楊浩仍是十分親密，對南衙走出來的人，他仍是一如既往地關照體貼，反觀魏王，楊浩曾做為他的副使，隨他一同巡狩江南，這個時候卻全無表示，未免有些木訥。

辭別了晉王，點齊了禁軍、帶著皇城司差遣來的細作探子，楊浩與宣撫副使焦海濤前往禮賓院會合了唐國吏部尚書徐鉉，正欲一同趕赴碼頭乘船離開的時候，一直在家掛病號的大鴻臚章臺柳又趕了來，與楊浩坐了同一頂轎子，在轎中對他一番諄諄教誨。

楊浩還道這位大鴻臚有什麼要緊事，聽他一樁樁說來，卻俱是一些做為外交使臣的注意事項，出使外國代表著朝廷，一舉一動都要謹慎小心，謹防失儀，過了自然是不妥的，如果過於謙卑也是有損國體的，諸如此類，楊浩一一答應。

章臺柳又道：「左卿使此去，凡事隨機應變，千萬小心就是了。有時候，你的言詞行止沒有失儀之處，對方甚至可能設下陷阱，引你露醜。要是一個不慎，就如陶尚書昔年一般落入人家圈套，那可貽笑天下了。」

楊浩一奇，當朝姓陶的尚書只有一位，就是翰林學士承旨、戶部尚書陶穀，這位老大人曾經出使過唐國？又有什麼失儀之處教他貽笑天下了？

楊浩趕緊問起，章臺柳便道：「陶尚書在前朝世宗皇帝的時候，就是翰林學士，他若不是出了那樁醜事，如今怎麼可能只是一個有名無實的戶部尚書？早就直趨中樞，做了宰執了。原因就是，他做前朝翰林學士時曾出使唐國，卻中了人家的計，鬧得身敗名裂。」

章臺柳細細說來，楊浩方知底細，那時唐國還是李煜的父親李璟當國，而趙匡胤那時還是周朝的官，與這位陶穀陶大學士同殿稱臣。陶穀奉世宗皇帝柴榮之命出使南唐，初到唐國時，不苟言笑，一本正經，人人都道他是位道德君子，對這位大周使者肅然起敬。

當時負責接待陶穀的，就是以放蕩不羈著稱的唐國大臣韓熙載，韓熙載對此不以為然，就給陶穀下了個圈套捉弄他。陶穀每天早晚都在他所住的館驛中散步，有一天他忽然發現一個新來的女僕，這女僕雖然只是一個灑掃院子的下人，衣衫破舊，一身貧寒，連頭上的釵子都是用竹子削的，但是姿色婉媚，骨肉均勻，行止高雅，十分不俗。

陶穀很是詫異，覺得如此人物不該是個下人，便停下來與她交談一番，這才得知這少婦姓秦名弱蘭，本也是書香門第，因丈夫病故，無人依靠，這才在驛館中尋個差使度日。

天意尚憐芳草，何況人乎？陶穀見了這柴屋佳麗不免大起憐惜之意，時常予她些照顧，一來二去，這位陶大人便與這美貌少婦有了私情，有一天晚上，這位少婦就沒有離開館驛，而是進了陶穀的臥房。

一夕繾綣，真是銷魂，陶穀食髓知味，可就有些放不下了。

一夜情不夠，那就夜夜情吧。自此二人雙棲雙宿，如同夫妻，情熱時候，陶穀應她所請，還為她寫下一首詞做為定情之物，此詩有云：「好因緣，惡因緣，奈何天，只得郵亭一夜眠。別神仙，琵琶撥盡相思調，知音少，待得鸞膠續斷弦，是何年？」

過了幾天，南唐中主李璟在宮中澄沁堂宴請陶穀。李璟讓美人勸酒，陶大學士假惺惺地忸怩作態，擺出一副正人君子的嘴臉來拒絕，鬧得李璟好生無趣。

一旁韓熙載冷笑一聲，擊了三掌，便有樂曲聲起，一個盛妝麗人自珠簾後姍姍而出，清音妙唱：「好因緣，惡因緣，奈何天，只得郵亭一夜眠。別神仙，琵琶撥盡相思調，知音少，待得鸞膠續斷弦，是何年？」

陶穀一聽，面如土色，這首詞正是他枕上情熱時候，送給那位孀居少婦的，這時定睛再看，那綵衣麗容的歌女，可不正是與他有過幾夜情緣的少婦秦弱蘭嗎？

原來她根本不是什麼孀居的少婦，而是韓熙載府上的一名歌伎。周國使節出使唐國，勾搭孀居少婦的情詩竟然在國宴上唱了起來，把個陶穀羞得無地自容，自此在唐人面前再也直不起身子來，等他回國時，唐人只派了幾個小吏端一壺薄酒去江邊相送，盡顯對他的鄙夷。

陶穀含羞忍垢地回了開封，本以為羞辱就此結束了，誰曉得這竟只是個開始。真是夠丟臉的了，就好像出差嫖妓被人抓到、罰了款，他本以為破財消災就此了事，誰曉得電話早打到他單位裡去了，等他回到開封時，竟發現滿城都在傳唱「好因緣，惡因緣……」也忒缺德了些。

因為這事，陶穀雖滿腹才學，再要陞遷卻一直是障礙重重。自從有了這個反面教材，以後周人出使唐國，簡直是個個清廉，拒腐蝕永不變，女色更是絕對不沾，生怕著了人家的道。如今周朝已變成了宋朝，唐國荒唐宰相韓熙載也在兩三年前病死了，可是這規矩沒改。於是，只要有人出使唐國，陶谷這個倒楣的傢伙就會被提出來，做為反面教材供大家引以為戒。

章臺柳這老頭覺得楊浩此人是大宋官場上的一個異類，常言道，一命二運三風水四積陰德五讀書，人家運氣好的，城牆都擋不住，自己這個讀書人偌大的年紀，是無法與他相比的，這個下屬早晚人家要爬到自己頭上，所以不辭辛苦地趕來，千叮嚀萬囑咐，既是為了國體，也是為了示好。

楊浩聽了一路的故事，轎子到了碼頭停下，楊浩拱手看著大鴻臚打道回府，不禁微微一笑：「敢情這位章大人一路送到十里長亭，就是為了提醒我小心唐國的糖衣炮彈來著？呵呵，我會怕人家來勾搭我嗎？沒人來撩扯我，我還要主動招惹是非呢！此番使唐，哥兒們就是找死去了，章大人，對不住，楊某可要辜負你一番好意了！」

* * *

數千里的長江，源自青海，穿越三峽，過荊襄，跨江漢，連通吳越，氣勢磅礴，浩浩蕩蕩。寬闊浩渺、深不見底的長江下游，只有兩處易渡的渡口，一個是采石渡，一個是瓜洲渡。

兩者之間，便是千古金陵——江寧城。

金陵據山為城，臨江為池，恃長江為天塹，倚山河之險，是少數幾個讓人一看就有王者之氣的帝王之都。然而，定都於此的王朝卻個個短命。據說之所以如此，是因為金陵的風水太好，早已經被人破壞殆盡。

傳說戰國時候，便有方士看出此地王氣極盛，遂獻計埋金以鎮王氣，於是楚威王令人鑄造了一具金人，埋在現今的金陵城中獅子山的寶塔橋旁，並在石頭山上建築金陵邑以鎮王氣，金陵之名由此而來。

待到秦始皇巡遊雲夢時，他手下道術極高的方士常生、仙導再次發現此處虎踞龍蟠，有王者之氣，遂稟報於始皇帝。秦始皇的魄力可比楚威王大多了，埋什麼金人，鎮什麼王氣？始皇帝一聲令下，直接召人截斷了方山龍脈，又引淮水貫穿金陵城以洩王氣。

從此方山斷裂了，淮水貫穿了，虎踞龍蟠的石頭城失去了王霸之氣，幽靜的淮水默默地流淌，流出了十里秦淮河，六朝金粉地……

不過不信邪的君主大有人在，再說江東地界實在也找不出比金陵城更適宜做為都城的所在，所以唐國仍是建都於此。如今傳了三代，到了李煜手上，李煜憚於大宋的氣勢，已經自請去除南唐國號，奉宋為正朔，改稱江南國主，這王者之氣已洩了一半了。

李從善出使宋國，卻被軟禁開封不得離開的消息已經傳了回來，李煜聞聽，驚懼不已，未等宋國宣撫欽使趕到，便下令朝中立刻改制。趙匡胤稱皇帝，他則稱國主，中書門下改為左右內史府，尚書省改為司會府、御史臺改為司憲府、翰林院改為修文館、樞密院改為光政院，鴻臚寺直接降格為禮賓院，馬上拆下匾額，換上新制的衙門招牌。

已經封了王的幾個弟弟也一律改封為公：李從善封為楚國公、李從鎰封為江國公、李從謙封為鄂國公，楊浩和徐鉉所乘的大船在瓜洲渡停下來時，李煜正在指揮宮人搬著梯子爬到宮殿上面去，把象徵帝王氣派的鴟吻都用錘子敲掉了，改制改得真是澈底。

李煜正在忙著，一個內侍躡手躡腳地走來，在他耳邊悄悄低語幾句，李煜眉頭一蹙，遲疑半晌，只得長嘆一聲，拂袖向清涼殿走去。

一進清涼殿，便有一個宮裝麗人撲到他的面前，哭拜於地，連聲哀告：「官家，官家，千萬救救鄭王啊，現如今他在宋廷生死不明，妾身心膽欲裂，官家，他是你的親兄弟，官家一定要救救他啊。」

李煜驚慌失措，扯了扯袍裾，被那婦人緊緊抓住，掙脫不得，只得俯身扶她，好言寬慰道：「妳快起來，妳快起來，這個樣子成何體統？朕……孤已修了國書向宋帝懇求了，宋帝必會釋從善還朝，妳莫要著急。」

下跪的這位是鄭王李從善的王妃，聽說丈夫被軟禁於宋，不得還朝，不禁驚慌失措，急急便來入宮見駕，鄭王妃哭得淚水漣漣，李煜將她扶起，又囑咐道：「還有，以後千萬不要稱孤為官家了，只可呼為國主，鄭王也稱不得了，要稱楚國公，切記，切記。」

鄭王妃哭哭啼啼地拭淚道：「官……國主，宋朝皇帝既然囚禁了鄭……楚國公，又豈會輕易放他歸來？是國主遣我夫君使宋的，如今他不得歸來，妾身只有哀告於國主。若是妾身的夫君有個什麼三長兩短，那妾身也是活不得了。國主千萬要救他性命啊。」

李煜面紅耳赤，好言寬慰道：「妳且寬懷，不必擔心。孤一定會想辦法的，一定會想辦法的，如今宋國使節馬上就到，孤正要以國禮相待，此時實不是言談時候，有什麼事，容後再議吧。」

鄭王妃道：「宋人遣使來了嗎？國主，他不仁咱不義，不若國主也軟禁了他們的使節，要他宋廷拿我夫君來換。」

李煜頓足道：「真是婦人之見，那樣的話，豈不是馬上就要兵戎相見？」

一見鄭王妃發呆，李煜又長嘆一聲，喃喃地道：「還用孤來軟禁他嗎？宣撫、宣撫，也不知道這位宋使要宣撫到幾時，才算宣撫已畢，肯打道回國。送都送不走的瘟神，妳還要孤家留住他？」

鄭王妃訥訥地道：「那……那該如何是好？」

李煜和緩了顏色，說道：「妳且回府，不要過於憂急，孤會想辦法的，從善是孤的骨肉兄弟，孤怎會不救他？」

一番好言安慰，勸走了哭泣不止的鄭王妃，李煜站在清涼殿中，喃喃自語：「趙匡胤封從善為泰寧節度使，賜府第於汴陽坊，只在京師領取俸祿，不必蒞職。又封從善之母凌氏為吳國大夫人，封從善的掌書記江直本為司門員外郎，同判兗州，其他隨行往宋的僚屬亦悉數推恩加封，這是給我看的啊，他是要我江南知道，只要我江南願意投奔他大宋，他都虛位以待，優禮有加。

「可是，我本一國之君，如今自降為王，甘為宋臣，做的還不夠嗎？趙匡胤能有多大的胃口？他也該知足了。嗯……他應該知足的，我身上還有數十萬精兵，遠非蜀漢可比，他趙匡胤也不能不有所忌憚，待到契丹使節到了，讓他曉得我唐國與契丹關係密切，那時宋廷恐懼兩面受敵，必釋從善歸來，一定會的！」

＊　　＊　　＊

「娘娘，妳看，穿上這短裾翻領的胡服，再配以官家親手設計的這款首飾，是否味道有所不同？」

兩個美人立在一面一人高的銅鏡前，其中一個短裾胡服，衣領處盡飾以潔白的狐毛，瞧來明眸皓齒，光潤玉顏，柔情綽態，媚於語言，正是小周后。另一個一襲碧衣，飄飄然有出塵之感，明眸善睞，秋波欲流。

兩個人都是穠纖合度的苗條身段，肩若削成，腰如約素，延頸秀項，芳澤無加，小周后本來是一副含詞未吐，氣若幽蘭的美麗少婦模樣，換上這套短裾翻領的胡服，憑添幾分英氣，看來竟似個十七、八歲尚未出閣的姑娘。

小周后不禁欣然笑道：「果然，茗兒妹子一雙巧手，裁剪的衣裳款式新穎，而且穿上十分合體，待官家回宮，教他瞧個新鮮。來，咱們下棋去。」

兩個美人並肩走到一旁，在錦墩上坐了，擺好棋盤，各執棋子，那翠衣少女便一邊布棋，一邊說道：「聽說……官家已向宋廷稱臣，改帝為王，恐這官家今後也稱不得了。」

小周后不以為然地笑道：「茗兒著相了，不過是改個稱呼罷了，我南唐還是南唐，又有什麼區別呢？再說，外面盡可改了稱呼，這後宮之中如何稱呼，宋廷如何與聞呢？」

茗兒輕輕嘆息一聲，搖頭不語。

小周后蛾眉一挑，有些詫異地看她一眼，問道：「茗兒有什麼看法？」

茗兒抿了抿嘴脣，輕輕嘆息道：「茗兒只是擔心，擔心宋帝不會就此罷休啊。」

小周后奇道：「怎麼會？須知我唐國不但有長江三塹為恃，而且江東數十萬虎賁，真若打來，他能占什麼便宜不成？我唐國已然向他稱臣，中原一帝，唯他趙氏而已，他所爭的帝王霸業已然到手，還想要什麼？」

茗兒欲言又止，小周后見了便道：「茗兒妹妹，妳我相識雖然時日尚短，但是彼此情投意合，我視妳如同姐妹親人，有什麼話妳不妨直說，縱有不妥之處，本宮也不會見怪的。」說著，小周后擺了擺手，幾名內侍宮人立即悄然退出殿去。

這茗兒姓莫，名以茗。莫以茗莫姑娘是鎮海節度使林仁肇的遠房甥女，命婦貴女們入宮朝覲皇后時，林仁肇的夫人把她攜了來，這女孩姿容嬌俏，談吐得體，甚得小周后喜歡，一來二去，兩人成了閨中暱友，便時常把她喚來相陪。

莫以茗四下看看，掩口小聲道：「娘娘位居深宮，不知天下之事，娘娘可知那趙匡胤野心勃勃，不但志在天下，更是一個好色之徒嗎？」

小周后奇道：「不會吧？本宮聽說，趙匡胤嬪妃極少，不是個耽溺酒色的人吧？」說到這兒，她俏哼一聲，有些不悅地道：「趙匡胤的嬪妃，比起我唐國皇帝來，可是少了七、八成呢，他都算好色，那我們這位官家怎麼說？」

莫姑娘小嘴一撇，不屑地道：「那卻不是他不好色，只是此人眼界過高而已。妳說他不好女色，為何那麼多的嬪妃可選，卻獨把蜀國花蕊夫人納入宮中了？人家可是有了丈夫的，丈夫更曾是一國之君，既降了宋，便是宋臣，哪有君奪臣妻的道理？他若不好女色，焉能如此不顧禮儀？」

「茗兒是說？」

「茗兒在民間，能聽到許多娘娘聽不到的消息，據說，這趙匡胤曾發下宏願，一要鼎定中原，擁有四海，二要盡占天下兩大美人，此生方不辜負。」

女人皆有愛美之心，小周后更以美貌自負，一聽這話頓起好奇之心，忙道：「哪兩個美人？」

茗兒道：「一個，是蜀國的花蕊夫人，另一個，便是娘娘妳了。」

小周后一聽，訝然道：「竟有此事？」

「男人所圖，一個是權，一個是色。趙匡胤有此野心何足為奇？當年曹孟德一世梟雄，不是還有過『吾一願掃清四海，以成帝業；一願得江東二喬，置之銅雀臺，樂朝夕與之共，雖死無憾』的宏願嗎？」

小周后心亂如麻地說道：「宋帝……竟是如此之人嗎？」

茗兒布下一子，嘆息道：「若非如此，蜀帝孟昶好端端的，怎麼一到開封，受封檢校太師兼中書令、秦國公後，僅七天就離奇暴病而卒？所謀者，正是花蕊夫人啊。蜀太后明知兒子死得蹊蹺，她本北漢人，便向趙匡胤請求歸還故里以圖避禍。

「一個老弱婦人，還能有什麼威脅？趙匡胤不放她走，卻假惺惺地說什麼待他日滅了北漢，再親自送她歸故里。蜀太后自知難以倖免，為其所迫，這才絕食而死。否則的話，妳想，她本要請求歸還故里的，怎會突萌死志？官家若不早作籌謀，恕妹妹不恭之語，恐……有朝一日，將步孟昶後塵啊……」

「啪！」棋子掉在棋盤上，小周后已是花容失色。

茗兒微微一笑，不再多言。飯得一口一口吃，藥得一口一口餵，先在小周后心裡埋下一根刺，慢慢再透過她影響那位不爭氣的唐國皇帝就是了。

這位唐國皇帝，平生只有四好，一曰：美人；二曰：詩詞；三曰：佞佛；四曰：下棋。排在第一位的就是女色，李煜後宮美人之中，又以小周后最為得寵，或許……朝中文武的苦諫不濟事，走走娘子路線，透過小周后的枕邊風，卻能達到自己的目的……

茗兒不再言語，只是靜心斂氣下棋，等著小周后慢慢消化這個可怕的消息，只聽小周后喃喃自語道：「這消息……實是聞所未聞，若宋帝覬覦本宮，恐怕是不肯善了了。宋廷使節楊浩即日便到，本宮倒要著人好生盯著他，若是宋帝對我唐國賊心必死，必然還有什麼異動。」

「啪！」莫姑娘手中的棋子也失手掉落到棋盤上。

莫以茗詫然道：「娘娘說……宋廷使節刻日便到？那人……姓啥名誰？」

小周后道：「此人姓楊名浩，怎麼……茗兒妹妹聽說過此人？」

「沒……不曾聽說過。」莫姑娘目光一斂，把銀牙一咬，心中暗恨：「怎麼我到哪兒他到哪兒，這個混蛋還讓不讓人消停了！」

三百四四　惹事生非

楊浩與徐鉉出了渡口，便在唐國禮賓院官員陪同下，乘車轎趕往金陵城。

李煜如今向宋稱臣，可不敢大剌剌地擺架子讓持節鉞的宋國天使候見，楊浩一到金陵城，車駕便直驅王宮，又由宮廷司禮官引著楊浩進入大殿，江南國主李煜便親自迎上前來。今日，李煜已脫去了五爪龍袍，穿了一襲紫衣。

楊浩一見這位史上有名的大人物，不禁大失所望。李煜的詞瑰麗綺豔，無人能及，在楊浩心中想來，這樣一位胸懷錦繡的人物，就算如今年紀大了些，不可能是個翩翩佳公子，至少也該是一襲青衫、面如冠玉、三綹美髯的有型美大叔。

可是眼前這人一襲紫袍，官不官、民不民，身材有些發福，圓而微胖的一張面孔，還是一口地包天的牙齒，尤其特別的是，他的一隻眼睛裡長著兩個瞳孔套在一起，一大一小，望向你的時候總覺得有些妖異，教人看了彆扭。

這個人就是傳說中的一代詞帝，就是寫下了「衩襪步香階，手提金縷鞋」，寫下了「一江春水向東流」這樣傳世絕句的的李煜李大家？偶像夢破滅啊，我心中的詞中之帝原來就是長得這副模樣，這些寫出錦繡文章的大作家，果然是見光死、沒個能看啊。

「唐國主李煜，見過上國欽差，候旨。」

李煜氣度舉止倒還雍容大方，一見楊浩便上前拱揖施禮，楊浩想了下當初陸仁嘉赴廣原程大將軍家宴時的氣派，然後把眼角一耷拉、嘴角一勾勾，模仿著陸仁嘉那副目無餘子、狷狂得惹人憎厭的嘴臉，大剌剌一抬手：「原來是江南國主當面，請了。」

說著向後一招手，宣撫副使焦海濤忙雙手奉上聖旨，楊浩在金殿上宣讀聖旨，正式冊封李煜為江南國王，一番恩撫嘉勉的話念完了，李煜謝恩領旨，楊浩卸了差使，這才以下官之禮見過王爺。

楊浩行禮就學著陸仁嘉那副德性，隨意拱拱手，都不正眼看李煜，敷衍的意味十分明顯，隨侍在側的唐國大臣見了，俱面有怒色，楊浩的態度太倨傲了些，就連宋國的鴻臚寺丞、宣撫副使焦海濤見了，都面現焦急之色，不時向他使眼色，叫他收斂一些。

李煜派了兄弟和徐鉉往宋國去稱臣，如今自己成了宋臣，徐鉉回來了，自己的兄弟卻成了宋國的人質，他本是堂堂一國帝王，如今向人拱手稱臣也就罷了，還要拿自己的熱臉去貼楊浩這樣一個宋廷五品小官的冷屁股，可他臉上卻看不出一絲憤怒之色。

楊浩見了，不禁暗暗一嘆：「若是李煜有半分血性，有膽量對宋廷主動一戰，哪怕是敗了，今日如此隱忍的作為，也稱得上一代梟雄了，可惜，此人甘受屈辱，只是苟且偷安罷了。他又能偷安到幾時呢？」

李煜接待楊浩入殿看坐，一番言談之後便在宮中設宴款待，文武百官作陪。楊浩的官職本不配與李煜並坐，就算他是上國天使，傳完了旨意，也沒有資格再受李煜的禮，李煜邀他入席同坐時，只不過客套了兩句，不想楊浩絲毫沒有謙讓之意，便大大方方走入席中，與他這一國之主並肩坐了。

有些唐國大臣氣得咬牙切齒、怒髮衝冠，幾乎便要當堂發作，都被李煜以目示意，用嚴厲的目光壓制了下去，偏殿上歡歌笑語的歡宴場面，隱隱壓著一股股怒氣，氣氛便顯得有些詭異，楊浩卻是「渾然不覺」。

酒過三巡，李煜試探說道：「楊左使今奉聖上之命，來到我唐國，舟車勞頓，一路辛苦，孤今日略備美酒，為楊左使接風洗塵，以示慰問。我唐國雖不比宋朝大國氣象，但江南自有江南景致，楊左使難得來一趟，還請在金陵多住幾日，讓孤一盡地主之誼。」

楊浩皮笑肉不笑地道：「呵呵呵……國主客氣了。下官奉聖上之命宣撫江南，宣撫嘛，總不成向國主宣了一道旨意就了事了，江南軍民自然也是要安撫安撫的，唐國地理自然也是要走一走的，民俗風情自然也是要訪一訪的，要不然回去開封，官家問下官此番到了唐國可有什麼見聞，下官一樣也答不上來，豈不讓官家不悅？」

李煜聽了，心裡「咯登」一下：「不出所料，他是不會甘心就這麼離開的，今孤已向唐稱臣，這楊浩少不得要藉宋國之勢羞辱於孤，以耀宋國威風。看他今日剛到，便如此倨傲，他在我唐國再多待些時日，不知還會鬧出些什麼事來？該怎生打發他早早離去呢？」

一段「綠腰舞」結束，八個翠衣美人斂衽施禮，姍姍退下，殿前帷縵掩映下，忽地悄然滑出一座飾以黃金珠玉的蓮花臺，蓮花臺在殿中微微一轉，奇光異彩奪人二目，就連一直在佯狂裝顛、目無餘子的楊浩，都不禁收了狂態，凝目望去。

那蓮花臺在殿前定住，臺上便冉冉生出一朵品色絕佳的蓮花來，一瓣瓣蓮花盛放，彷彿真的蓮花，更有陣陣異香自花蕊中傳出來，楊浩沒想到唐國宮廷中的歌舞竟有這樣精巧的設計，與自己「千金一笑樓」的舞臺設計比起來也不遑稍讓。

由於這蓮花臺的用料都是真金白銀，比起「千金一笑樓」的舞臺設計更有先聲奪人之效。然而「千金一笑樓」的舞臺設計創意，可是自己這個有著先於這個時代千年見識的人想出來的，這個藏人的蓮花臺懂得以機關之學來滑入打開，而且還在其中暗藏異香，以增加真實感，這是什麼人的手筆？竟有這樣的藝術細胞、這樣的浪漫心思？

楊浩忍不住讚嘆道：「這蓮花臺是何人想出來的妙物？真是了得。」

李煜忍不住露出自得之色，矜持地笑道：「這蓮花臺是孤與王后聯手設計出來的一件妙物，可還入得了楊左使的法眼嗎？」

「妙，大妙！」

李煜微微一笑：「楊左使不妨繼續看下去，此蓮臺妙物之中，還有一個妙人。」

「哦？那倒要拭目以待了。」

只聽絲竹聲樂起，蓮花瓣瓣開放，異香飄滿大殿時，一個折腰疊股藏於其間的美人，便從蓮花蕊中娉娉婷婷地站了起來，楊浩不由一聲驚嘆。這樣小小一朵蓮花，中空部分若藏個四、五歲的小女娃倒還容易，可是娉娉婷婷十七、八歲的一個妙齡女子能藏於其中，那可實在了得。

自當初在廣原見那契丹女刺客冒充「一碗玉」登臺獻藝，見識了一番妙至毫巔的軟骨功後，楊浩這還是頭一次又見到一個軟骨功練得如此到家的女子。

那歌伎穿一件粉紅褲腿、藕荷腰衣的舞裳，姣好曼妙的身段畢露無遺，她在那蓮花瓣上翩翩起舞起來，少頃又輕盈地折腰翻下地，楊浩這才注意到，她的一雙纖足未穿鞋子，只著一雙布襪，鬆軟的喇叭口舞裙翩躚飛起，那雙羅襪美足便在大殿上攸進攸退，香肩始終是平的，水袖翻飛，彷彿滑行在水面上。

楊浩的目光很快就集中在那起舞美人的雙腳上，那雙腳上的布襪不是尋常的襪子，而是纏在腳上的一層白布，使雙足緊緊縛起，纖如新月，起舞旋轉時，腳尖便可立在地上，支撐起整個身子的重量。看起來，這層布襪發揮了芭蕾舞鞋的一些作用。

美人之美，豐乳、皓腕、纖腰、曲臀、膚色、秀髮、五官，各具其美，而足部之美是最不易引人注意的，只有充滿靈性與感性的人，才能從一雙玉足浮想翩翩，品味到其中的旖旎滋味。

楊浩不是戀足癖，此刻也沒有看到那雙美足的肌膚是否晶瑩剔透，但是看著那雙不斷輕移的纖足，仍是生起淩波微步、羅襪生塵的感覺。女人的肢體語言如果能表達得好，絕對比她絕美的五官更令男人動心，楊浩以前還從來沒有見過，他相信以後也不會再看到，腳尖上的美麗，竟可以詮釋到如此境地，一雙細嫩俏巧的美足，便將女人之美、靈秀之氣，表現得淋漓盡致。

「國主，貴國宮廷這位舞妓……真是好高妙的舞藝。」楊浩屏息欣賞良久，不禁悠悠一嘆，雙目仍是隨著那一雙美足打轉。

李煜自得地笑道：「這是孤宮中的舞妓窅娘，舞藝端妙，後宮第一。」

「窅娘？」楊浩心中忽地一動：「窅娘？南唐故事所載的有名有號的美女中，除了小周后，數得著的就是窅娘了，原來就是眼前這人。據說窅娘喜歡縛一雙小腳，原來所謂的窅娘小腳就是像穿芭蕾舞鞋一樣，目的只是為了使腳形更美，可以豎得起腳尖起舞，怎麼後人纏足，纏到明清兩朝竟然纏得那般變態？」

李煜見楊浩痴望殿前兩眼出神，心中不由一動：「莫非……這位宋使迷上了窅娘？

若他在我唐國執意不走，勢來與孤為難，可否讓窅娘……」

窅娘是唐宮舞妓班首，這些舞妓若是皇帝有了「性致」，一樣可以召她們侍寢，但她們卻不算在後宮妃嬪建制之內，沒有什麼名分，隨時可以遣出宮去。若用一個舞妓能換得自己太平，也是值得的。

李煜意有所動，可是抬頭看向殿上那麗人時，見她起舞美姿彷彿兮若輕雲之蔽月，飄飄兮若流風之回雪，心中忽又不捨起來……

* * *

「楊左使，館驛之中，已為大人安排了宿處，下官這便陪楊左使回館驛歇息，可好？」

散了宮宴，出了皇宮，一個唐國的官便湊上來對楊浩畢恭畢敬地說道。

滿臉諂笑的這位官年紀不大，二十五、六歲年紀，容貌倒也清秀。這位官名叫夜羽，姓氏比較少見，他本是唐國的大鴻臚，但是如今唐國朝廷改制，自皇帝以下，統統降了一級規格，這位夜大鴻臚直接降格成了禮賓院長。

這位夜大人不是個正經出身的官員，他本是一個落第的秀才，因為家貧拿不出返程的路費，暫時借住於雞鳴寺中，幫和尚們抄經卷，賺口飯吃。唐國皇帝崇佛道，數百上千家寺院俱都香火鼎盛，和尚們一個個肥得流油，權當雇了這位秀才當個抄經的小廝。

這位夜大人有一副好歌喉，日日在寺中聽那和尚唱經，耳濡目染之下便學會了，忽一日，抄完了經卷走出偏殿活動手腳，隨口唱起經來，雖無鐘磬相和，佛音梵唱卻是清越莊嚴，恰被到寺中禮佛的李煜聽見。

李煜好詩詞歌舞，又好佛學，與他一番攀談，詩歌之道固然稔熟，抄了那麼多經書，說起佛經來也是頭頭是道，李煜大喜，直道明珠蒙塵，當即便賜了他一個同進士出身，入朝為官，以後每次出宮禮佛，都要讓他隨侍，一來二去，節節高陞，沒兩年工夫就做到了鴻臚寺卿的高位。

夜鴻臚接到的李煜指令是，竭力服侍好這位宋國使節，切勿讓他在金陵生出是非，但有所願，可盡許之。夜羽本就是靠巴結李煜上位的，並無多少真實才幹，現在幹的活不過是老本行而已，自然是得心應手。

楊浩微微一笑，說道：「本官還不覺得乏，初來金陵，尚未見識此處繁華，要往街市間走走。」

夜羽面有難色地道：「這……欽使這般儀仗，都要帶到街上去嗎？」

楊浩這才恍然，失笑道：「說的也是，那就先去館驛，喝口茶潤潤喉，再往街市間遊逛。」

當即擺起儀仗，先往館驛安頓。楊浩到了自己住處，脫了官衣，換上一套輕便的袍服，正自整理，鴻臚寺丞焦海濤便匆匆趕了來，急急說道：「大人，今日在唐宮朝廷上，大人對江南國主太不禮敬了，如此張揚，恐對我們此行的使命大大不利呀。」

楊浩笑道：「焦寺丞過慮了，我們此來唐國，就算再如何小心謹慎，你道唐人就不會對咱們心生戒懼嗎？對李煜不敬，他敢發作也就罷了，他既然忍氣吞聲，那便有先聲奪人之效，江南國主尚且對我們隱忍，旁人又怎敢刁難？我們要四處遊走，訪察地形、探聽情報，豈不容易得多？」

焦海濤眨眨眼，說道：「大人所言，似乎……有些道理。」

楊浩一拍他肩膀，笑道：「不是有些道理，而是大有道理。咱們還有一條使命，就是離間其君臣，使其文武失和。你想，咱們氣勢洶洶而來，李煜忍氣吞聲，一讓再讓，唐國那些臣子們看在眼中是什麼感覺？國主不可恃，那些全為自己打算的臣子們就會生起另棲高枝的念頭，有那忠心耿耿的，也會心灰意冷、士氣低迷，楊某一舉而達目的，何樂而不為呢？」

焦海濤拈著鬍鬚琢磨半晌，讚道：「左使此計大妙，是下官糊塗了。」

楊浩呵呵笑道：「現在明白也不算晚，你這一路跑前跑後的也很勞累了，去歇息吧，本官上街去走走。」

焦海濤忙道：「大人方至金陵，正是萬人矚目的時候，此刻出去，又有那唐國夜大人陪著，怕是得不到什麼有用的情報吧？」

楊浩嘆了口氣，攤開雙手道：「焦大人吶，你瞧瞧，我可是宋國欽使，就算我再如何低調，又怎麼可能不引人注目呢？這刺探軍情、描繪地理的事情自然是你帶人去做。本官呢，本官如今就是一把火炬，我燃燒了自己，把所有的注意力都吸引到我身上來，方便你行事，這就是我的使命了，你明白了嗎？」

「明白了。」焦海濤欣然點頭：「大人真偉大！」

楊浩向他眨眨眼笑道：「哪兒偉大？」

「哪兒都偉大。」

「哈哈哈哈……」楊浩大笑出房，直入花廳，夜羽立即笑容可掬地迎上來：「楊左使真是好興致，什麼事情這麼好笑？」

楊浩笑吟吟地瞄了他兩眼，說道：「大人一身官服，如此上街可不方便，噯，焦大人，你倆身形差不多，借套衣衫如何？」

楊浩與夜羽一身便服姍姍上街，連一個小廝都不帶，更遑論侍衛了。楊浩這是有意給人形成一個習慣，否則前呼後擁的一幫侍衛保護著上街，如果突然有一天他一個侍衛都不帶，而且恰恰就「死」了，那就未免可疑了。

焦海濤真不知道這位楊大人哪來那麼大興致，竟然喜歡逛街，只得耐著性子一路陪同，楊浩遊走街市，一來是想去街上逛逛，找些藉口繼續得罪人，最好是得罪些南唐的武將，這樣自己突然「死掉」，才有死掉的理由和可懷疑的對象，不致使趙匡胤疑心到自己假死上來。二來是想熟悉一下金陵形勢，琢磨個適合「死掉」的地方，同時教人知道自己喜歡上街的習慣。

這樣一來，他這逛街可就是漫無目的了，東逛西逛，信步而行，將近中午，才趕到南唐都城最繁華的鬧市區雞籠街。雞籠街十分繁庶，一家家商鋪，紮花坊、綢緞莊、米鋪、肉鋪、屠肆、陶瓷店、藥店，水果鋪……

楊浩東張西望，像隻沒頭蒼蠅似地到處亂撞，跟在後面的夜羽夜大人可是走得兩腿發軟，苦不堪言。眼見楊浩走到哪兒都四處張望，好像在找什麼東西似的，夜羽心中忽地一動，試探著問道：「楊左使，天將正午，你看……咱們尋一處酒家，叫幾色佳肴，再找幾個歌伎舞女以助酒興如何？」

楊浩本無目的，一聽欣然叫好，夜羽暗暗一撇嘴：「難怪他一個人都不帶，原來是想宿娼嫖妓，嘗嘗我江南美人的溫柔滋味，你早說嘛，害得我跟著你走得兩腿發軟。不過這個時辰……這位楊左使的『性致』也未免太強了些……」

夜鴻臚振作精神，正要把楊浩領去自己相熟的一家青樓，前方十幾名扈兵，忽然簇擁著一位年輕英俊的將軍大步行來，楊浩一見雙眼頓時一亮，腳下突然加快，迎面便撞了過去……

三百四五　我無敵了！

那位年輕的將軍大步流星，旁人見了，都要為他讓道，怎會料到楊浩突然迎上來，那將軍收步不及，與楊浩撞個滿懷，登時英眉一挑，尚未發作，楊浩已然怒道：「混帳，走路不長眼睛嗎？」

那將軍一呆，不怒反笑：「好囂張，你不曉得本將軍是什麼人嗎？」

二人對答的工夫，那將軍的手下已然圍攏上來，看那躍躍欲試的模樣，只要這位將軍一聲令下，馬上就要動手打人。

楊浩心中暗喜，今日當街鬧事，與唐國將領結怨，眾目睽睽之下，可是「尋死」的一個好理由。他一臉乖張地冷笑道：「我看你這小白臉，好像姑堂子裡的一隻兔子，想不到竟是一位將軍，失敬失敬，我倒忘了南人文弱，原來堂堂統兵大將也是這般模樣，哈哈……」

那位將軍目中掠過一片怒火，不待他吩咐，手下武士已然掣出兵刃，有個小校便大喝道：「哪裡來的狂人？敢對我家將軍如此不敬，來人，把他先打個半死，然後再丟進大牢去。」

四下裡百姓一見要動武，立即紛紛走避，楊浩心道：「來的好，憑這幾塊料，焉能傷我分毫？先與他們打一架，再亮明身分，這位將領知我是宋國使節，再惱也不敢當街行兇，嘿嘿，這個梁子就算結下了。」

楊浩腳下不丁不八，雙掌一亮，不屑地道：「怎麼？要動手？來來來，讓你曉得我的厲害。」

這時夜羽慌慌張張地衝了過來，兜頭就是一揖：「楊左使息怒，皇甫將軍息怒。大家都是……都是一朝之臣，萬勿傷了和氣。」

那位皇甫將軍一瞟夜羽，冷哂道：「大鴻臚，這人是誰？」

夜羽滿頭大汗地道：「這位是宋國天使楊浩楊大人，楊大人，這位是我唐國神衛統軍都指揮使皇甫繼勳大人，不打不相識，兩位大人只是偶生衝撞，切勿動手傷了和氣。」

楊浩真想不起南唐有位什麼皇甫將軍，他識的這個複姓還是從武俠小說裡看來的，什麼南宮、東方、西方、北宮、第五、赫連、令狐……諸如此類的名字，似乎複姓的人都有較大機會成為武林世家似的，當即翻了個白眼，冷笑道：「什麼『黃甫、白甫』的，本官從未聽說過，這個人是你們國的大將軍？看著不像嘛，要是換上女人衣裳，倒是一個絕色的偽娘。」

左右軍士不曉得「偽娘」為何物，但是楊浩先把他們將軍比作像姑堂子裡的男娼，此刻又說什麼換上女人衣服云云，猜也曉得定然不是好話，這些唐國士兵本對宋人的盛氣凌人十分敵視反感，一聽這話更是勃然大怒，「鏘啷啷」一陣響，一片片雪亮的鋼刀便揚了起來。

夜羽嚇了一跳，還待阻攔，不料皇甫繼勳動作比他更快，一個箭步已竄至楊浩身前，楊浩擺了個陰陽手，正待放他進招，卻見皇甫繼勳滿面笑容，抱拳說道：「原來是宋國天使楊浩楊大人，久仰久仰，今日得見，真是三生有幸。」

楊浩一呆，這人也太好涵養了吧？要是這種情形下還要動武，那有意尋釁滋事的態度也太明顯了些，他只一怔的工夫，皇甫繼勳已回首喝道：「統統把刀劍放下，豈可對上國天使無禮？」

皇甫繼勳說罷，又轉過頭來，滿面春風地道：「繼勳早知北人粗獷豪放，英武了得，想不到楊使者一介文人，也是性如烈火，今日可真是不打不相識了。」

夜羽一見大喜，連忙湊上來介紹道：「正是，正是，二位大人今日在此相會也是一場緣分。楊左使，這位皇甫繼勳將軍，乃我唐國神衛統軍都指揮使，負責金陵防務，麾下四萬精兵，乃國主最為寵信的將領，今日難得相遇，不如就由下官作東，咱們三人尋個悠閒所在，飲幾杯水酒，好生敘談一番。」

楊浩心中好生鬱悶，奶奶個熊的，想結個仇、打個架也這麼為難嗎？可是他甫到江東，不宜把結仇滋事做得太著痕跡，而且娃娃和焰焰尚未趕來，這事也不急於一時，只得改了顏色，雖仍驕矜，語氣卻放緩了下來：「這樣才對，皇甫將軍雖是武將，手下又擁眾兵，可是若欲對本官無禮，那就是對宋國不敬，楊浩一身榮辱無妨，卻是不會弱了宋國威風的，少不得便要與皇甫將軍一戰。」

「戰不得，戰不得，」皇甫繼勳笑容滿面，連連擺手，對楊浩的無禮之言絲毫不以為意，「江北男兒，粗獷豪放，俱都一身武藝，驍勇善戰，我南人確是不及的。宋國大軍若是南伐，挾泰山之勢如壓危卵，我唐國不出三日，就要亡國。如今我主向宋稱臣，兩國友好，正是順乎天意，本將軍對上國天使，那是敬畏從心，絕不敢怠慢的。」

皇甫繼勳堂堂皇皇，公開承認唐國武力不及宋國，而且諂媚到如此境界，一旁士卒們聽了，俱面現羞怒之色，皇甫繼勳卻不以為意，上前把住楊浩手臂，笑吟吟地道：「本將軍職責所在，不曾上朝迎接天使，今日在此相遇，實是緣分，來來來，咱們尋一個好去處，一起喝兩杯，這個薄面，楊左使一定要賞光，切勿推辭。」

楊浩沒想到看這將軍血氣方剛、氣概不凡，正是一個好對手，想要與他尋釁打架，卻是這樣一個結局，被他拉著手臂，殷勤招呼著，真是有些哭笑不得。

「這個……本官方才忒也無禮了些，皇甫將軍並不忿憤嗎？」

皇甫繼勳笑道：「北國民風剽悍，大人率性而為，何談無禮呢？本將軍一直以為，北人強勁，無人可敵之。我唐國若以卵擊石，不出三日，必然亡國，今國主順應天意，向宋稱臣，本將軍與大人也算是一殿同僚了，些許衝撞，有什麼忿懫的？來來來，咱們一同吃酒去。」

「我日，這皇甫繼勳……簡直就是一百斤麵蒸個點心，也太廢物了。李煜什麼眼光啊？竟弄了個金玉其外的軟骨頭做金陵統兵大將，動不動就是三日亡國，簡直就是一個唐國汪精衛。」

楊浩哭笑不得，只得讓他拉著，往一幢大酒樓行去……

*　　*　　*

皇甫繼勳，幼習武藝與兵書韜略，的確是武將世家出身。其父皇甫暉十分驍勇，當初曾是神衛軍都虞候，江州節度使，加同中書門下平章事，周國柴榮揮師攻淮南的時候，皇甫暉是唐國北面行營應援使，用兵老到、進退有據，周兵對他頗為忌憚。

滁州城一戰，皇甫暉殺得性起，衝下城去要與攻城大將趙匡胤單挑，可謂是周國柴榮和如今宋國趙匡胤兩位君主的夙敵，也是他們十分欽佩的人物。後來在清流關一戰，皇甫暉被柴榮俘獲，柴榮對其優容有加，有心招納，皇甫暉不肯就範，身負重創卻不肯醫治，數日後傷重而死。

皇甫繼勳是忠臣之後，所以李煜對他十分信賴，對他不斷擢陞，如今成了金陵防禦使，只可惜虎父犬子，皇甫繼勳既無其父的勇武，也無其父的忠心，對與宋為敵悲觀得無以復加，壓根沒有什麼戰意。

在他看來，北人尚武之風強於南人，南北之戰，注定了北勝而南敗，這是永遠無法改變的規律，所以向宋稱臣，實是唐國最好的出路，是以楊浩雖倨傲無禮，皇甫繼勳不但不惱，反而笑容可掬，似乎這正印證了他一貫的論調：「一個文官書生尚且如此，北人之剽悍可想而知，不可敵之，不可敵之。」

* * *

飄香樓上，一曲琵琶如泉水嗚澗，叮叮咚咚跌宕流淌，高踞上位的那位文袍士子卻是愁眉緊鎖，絲毫沒有愉悅之色，倒是隨著曲聲，一連灌了三杯酒下肚。

這人五旬上下，面容清矍，瞧來風雅不俗，只是眉宇間一片憂容，也不知有什麼不開心的事情。那妙齡少女一曲撫罷，將琵琶交予一旁侍女，款款走到他身旁坐下，伸皓腕為他斟酒一杯，妙眸橫乜，嫣然說道：「樞密大人平素最喜聽奴家撫曲，今日怎麼滿臉不悅之色，可是奴家的琴曲不合大人之意嗎？」

那位樞密大人喟然一嘆，喃喃地道：「愛卿的琴曲仍是一如既往般妙不可言。可是我唐國氣象，卻是今非昔比，一日不復一日了，本官心生感慨，怎能不生憂慮？」

那位樞密大人說罷，舉起杯來又一飲而盡。

「樞密大人……」那歌女幽幽地想要解勸，卻又不知該如何啟齒。

那樞密大人淒然一笑：「什麼樞密大人？如今樞密院已降格為光政院，本官……如今是光政院輔政，呵呵，笙寒姑娘，妳還是叫我輔政大人，聽著順耳一些。」

那歌女望著他，默默不語，只是為他輕輕又斟滿了酒。

這位樞密大人，姓陳名喬，字子喬，是唐國朝中柱國之才，中主李璟臨危時曾對皇后及諸子說：「此忠臣也，他日國家急難，汝母子可託之，我死無恨矣」。

李煜嗣位後，任命他為吏部侍郎翰林學士承旨門下侍郎兼樞密院使。如今唐國向宋稱臣，所有衙門皆降一個規格，樞密院改名光政院，他這位樞密院使就成了光政院輔政了，不過仍是總領唐國一切軍國大事。

陳喬攬住美人香肩，苦笑道：「韓熙載這老貨，是個有福氣的人吶。他做宰相，荒誕不經，盡享富貴，未等宋人兵戈向南，便舒舒服服地去了。如今剩我一人，兼領文武，承如山重任，唉，他日辭廟伴帝，成宋人之虜的恥辱，恐要陳喬來一力承擔了。」

笙寒姑娘一雙蛾眉微微蹙起，輕輕說道：「大人，如今我唐國不是已經向宋稱臣了？宋人還會來出兵伐唐嗎？」

陳喬苦苦一笑，說道：「趙匡胤要的，是江南富庶的土地和子民，不是一個朝貢稱臣的江南國主，他的野心若僅止於此，就是我陳喬都要看輕了他。可惜了，皇帝聽不得忠言，聽不得忠言吶。」

他頹然搖頭，漫聲吟道：「得即高歌失即休，多愁多恨亦悠悠。今朝有酒今朝醉，明日愁來明日愁。來，美人，咱們且盡今日之歡，明日之事，明日再說罷。」

說完，他一攬笙寒細若嫩柳的腰肢，笙寒姑娘舉杯啜了口酒，便向他嘴巴迎去，要來一個香豔的皮杯哄他開心。

兩人嘴唇剛剛一觸，就聽樓下有人大喝道：「混帳東西，本將軍今日宴請的佳賓何等尊貴？怎麼使這些庸脂俗粉前來應承？笙寒呢？那小娘兒們一管細腰、兩片薄唇，方具我江南美人風韻，還不喚她出來陪侍本將軍的嘉賓？」

只聽一個婦人聲音道：「皇甫將軍息怒，笙寒姑娘正在陪侍一位貴客，奴家院中其他的姑娘盡皆喚來，聽憑將軍擇選就是。」

「服侍我這貴賓的人，自然要選妳這樓中第一美人，老虔婆，妳是不是不想在此金陵城裡混了？本將軍身為金陵第一武臣，麾下雄兵數萬，連我都敬若天人的貴賓，容得妳如此怠慢？我管她在陪誰，把她給我喚來！否則，本將軍便召兵來，拆了妳這飄香樓。」

陳喬眉頭一皺，推開笙寒，隱著怒氣便向樓下走去，笙寒急急追了兩步，忽又幽幽一嘆，停住了腳步。

楊浩坐在一旁，冷眼旁觀，但見皇甫繼勳囂張，卻只是不語。他本不是這樣性格的人，但是此番南來，他有意乖張猖狂，如果這時息事寧人，行止未免前後不一，要惹人生疑了，是以不動聲色，只是在一旁坐著。

皇甫繼勳得罪不得，樓上那位樞密使又何嘗便能得罪？那老鴇左右為難，正不知該如何搪塞，陳喬自樓上走了下來，淡淡說道：「我道是誰在騷擾老夫飲酒，原來是皇甫將軍，放眼金陵城，也只有你皇甫將軍，敢在老夫面前如此囂張！」

皇甫繼勳一見陳喬，不禁也有些尷尬，不管怎麼說，陳喬如今總領唐國一切軍國大事，文是宰相，武是樞密，乃是他的上司。儘管事實上金陵一應軍事防務俱由他負責，他才是金陵實際上的武將之首，直接向皇帝負責，但是禮制上，他仍是陳喬的下屬。

陳喬冷哼一聲道：「老夫正在樓上飲酒，皇甫將軍既然來了，是否上來一同小飲幾杯？」

皇甫繼勳這時已經定下神來，悠然道：「我道是誰有這樣大的面子，能得笙寒姑娘作陪？原來是輔政大人。下官今日請了一位貴客，是宋國欽使楊浩大人，這樓，下官就不上了，如果輔政大人有雅興，不妨下來一同淺酌幾杯。」

「楊浩？」陳喬轉眼一看，見到楊浩不由一怔，他是首輔大臣，今日在朝堂上是見過楊浩的，想不到又在這裡重逢。

事情已經轉到了自己頭上，楊浩就不能置身事外了。

唐國大將軍不敢得罪我，還拚命地巴結著，人家那般謙遜，口口聲聲地要三日亡國，實在也無法拉下臉來與他結仇，那就不如得罪一下這位唐國首輔大臣吧，效果也是一樣的。

楊浩想到這裡，笑吟吟地站起身來，學著陸仁嘉的招牌嘴臉，一副姥姥不親、舅舅不愛的模樣道：「今日本官偶遇皇甫將軍，把臂同來飄香院飲酒，聽聞此處笙寒姑娘一手琵琶端妙絕倫，是以想要欣賞一番。如今看來，笙寒姑娘正在服侍大人，不知大人可肯放笙寒姑娘下來，讓本官一賞其仙樂綸音吶？」

皇甫繼勳在一旁擠眉弄眼地嘲諷道：「笙寒姑娘何止彈得一手好琵琶，那可是吹拉彈唱，無不絕妙。待左使大人你嘗過了她的滋味，便知是如何銷魂了。」

陳喬一見二人當著自己的面談吐如此下流，絲毫不把他放在眼裡，不禁氣得臉色鐵青，一旁夜羽急得冷汗涔涔，今天真他娘的撞了邪了，金陵城一武一文兩個位極人臣的大官，一前一後都碰上了。看樣子，這位陳輔政可不似皇甫將軍那般好說話，皇上可是親口囑咐，這位楊左使但有所求，要盡量滿足，只求他莫在唐國生事，可這位陳輔政也不好惹啊，這可如何是好？」

陳喬心中電閃，他雖不懼楊浩，也不怕因為兩人爭美之事會激怒宋廷，可他是唐國首輔大臣，而且一向注重令譽，他可不是韓熙載那種千古難得一見的荒唐宰相，眼下這楊浩仗了宋國的勢力，明擺著連皇上都不放在眼裡，又哪裡會怕他一個宰相？旁邊又有個狗仗人勢的皇甫繼勳，真要爭執起來，傳揚出去，徒惹一番笑話，讓唐國體面掃地。

想到這裡，陳喬心中更恨，面上卻只陰冷地一哼道：「楊左使有雅興，那便留在這兒讓皇甫將軍陪你好生飲酒吧。老夫酒興已盡，不奉陪了。」說罷拂袖而去。

楊浩一見，大失所望，本來以為這一下能吵起來了，想不到這陳喬也是個銀樣蠟槍頭，中看不中用的貨色，奶奶的，我怎麼這麼背啊，想得罪個人就這麼難嗎？在開封的時候，我夾著尾巴做人，誰也得罪不得。到了這兒，終於揚眉吐氣想要招惹幾個仇家了，可是……皇甫將軍拚命巴結，當朝宰執望風迴避，老子拳打南山敬老院，腳踢北海幼兒園，我無敵了！」

皇甫繼勳一見陳喬走了，不由得意洋洋，對那老鴇喝道：「還愣著做什麼？快叫笙寒姑娘下來陪侍楊左使。」

皇甫繼勳話音剛落，笙寒姑娘已從樓上姍姍下來，皇甫繼勳眉開眼笑，喚道：「笙寒姑娘，來來來，快來見過這位大人，妳可要好生服侍，若是哄得楊大人開心了，本將軍重重有賞。」

笙寒姑娘板著俏臉，向他微福一禮，淡淡說道：「奴家酒力不勝，周身乏力，恐難服侍大人，皇甫將軍恕罪。」說罷就要離開，皇甫繼勳大怒：「站住，這位大人是宋國天使上臣，就連本將軍都不敢不敬，妳敢怠慢不成？」

笙寒霍然回首，蛾眉微挑，淡然說道：「奴家孤陋寡聞，拘於金陵一隅，只識得陳輔政、識得皇甫將軍，可不識得什麼宋國的天使上臣。」

「好大膽，還敢頂嘴！」皇甫繼勳大怒拔劍，一旁夜羽急忙出來繼續扮和事佬。

皇甫繼勳哪肯在楊浩面前如此丟臉？一把推開夜羽，把掌中劍一橫，喝道：「不識好歹的賤婢，不過是以聲色娛人的娼妓罷了，居然敢對本官如此講話，今日妳不留下，那就把命留下！」

笙寒姑娘仰起臉來，把個纖秀白皙的頸子呈在皇甫繼勳面前，盈盈笑道：「皇甫將軍所言不錯，奴家只是一個以聲色娛人的娼妓罷了，是個不識氣節操守為何物的輕賤之人！」

皇甫繼勳沒想到她還敢頂嘴，言語之中頗具嘲諷意味，倒似在罵自己，更是怒不可過，剛欲挺劍刺去，手腕已被牢牢攥住，那人氣力極大，皇甫繼勳竟動彈不得。扭頭一看，正是楊浩上前，楊浩笑吟吟道：「皇甫將軍息怒，美人是用來哄的，不是用來嚇的。呵呵，強要留她下來，卻也無趣，讓她去吧。」

楊浩說話，皇甫繼勳倒是從善如流，當即把劍還鞘，冷哼一聲道：「賤婢，今日便宜了妳。」轉身又對楊浩滿面笑容道：「左使大人大量，氣度非凡，尤具憐香惜玉之心，真不愧是上國人物啊。」

楊浩望著笙寒離去的背影，暗自苦笑一聲：「唐國的宰相、將軍，不及一個娼女氣節高尚啊，終於有人肯得罪我了，可是……她得罪了我有個屁用啊？難道我偽造現場，說我楊浩死在女人肚皮上？那娃娃和焰焰怎麼安排？」

*　　*　　*

林仁肇在金陵的府邸上，化名莫以茗的折子渝聽張十三把楊浩離宮之後的一舉一動詳細稟上，不禁詫然道：「這可不像他一貫的為人，他如此張狂，目的何在？」

蹙眉思索一陣，折子渝搖頭道：「這個傢伙的行事，越來越教人猜度不透了，不成，這個傢伙留在這兒，又跟皇甫繼勳那個軟骨頭勾搭在一塊，說不定又要壞我大事，我得想個法子把他攆回開封去。」

張十三攤手道：「小姐，如今楊浩仗宋國之勢而來，宰相、將軍都不敢得罪他，依小的看，那李煜也是怕了他的，如何能撵他離開？」

折子渝微微一笑：「你忘了陶穀的故事嗎？速去備轎，我要馬上進宮見小周后。」

三百四六　逐而不得

「娘娘可曾聽說？那個宋國使者楊浩，剛到金陵一天，便耀武揚威到處生事，先是有意衝撞皇甫繼勳將軍，接著又與陳輔政為爭奪飄香樓名妓笙寒姑娘險些大打出手，幸好兩位大人顧全大局，一再隱忍，這才未起衝突。這位宋使如此乖張，絕非無的放矢，依茗兒之見，怕是他有意挑釁，以便生起事端，為宋人入侵製造口實，趙匡胤對唐國江山和娘娘的美色可是念念不忘呢。」

折子渝進宮後，見小周后正在研製新款粉餅，便在一旁參謀一番，讚美幾句，哄得小周后正開心的時候，不失時機地提起了自己的街頭見聞。

小周后一聽，滿臉喜悅登時不見，轉而憂慮道：「今日官家回宮，也曾抱怨那宋使不知禮儀，在朝堂上倨傲不恭，令官家大失顏面。宣撫、宣撫，此人名為宣撫，卻是只宣不撫，唯知耀武揚威，不知示之以恩。宋廷派了這樣一個人來，想來真是不曾把我唐國放在眼裡。妹妹如今也這樣說，看來宋廷果然是別有所圖了，這……該如何是好？」

折子渝眸波一閃，微笑道：「娘娘可曾聽說過當今宋國的戶部尚書，前朝柴周時候的大學士陶穀出使我唐國之事？」

小周后掩口笑道：「『好因緣，惡因緣，奈何天，只得郵亭一夜眠。別神仙，琵琶撥盡相思調，知音少，待得鸞膠續斷弦，是何年？』嘻嘻，這首詞本宮自然是聽過的，韓熙載死後，那位陶穀詞中所說的神仙姐姐秦弱蘭姑娘被轉賣到曹學士府上，本宮那時尚未入宮，曾經還見過她一面，那時秦姑娘雖徐娘半老，風韻卻也猶存，可見昔日美貌確是不俗，難怪那陶學士為之神魂顛倒了，妹妹怎麼忽然提起他來？」

折子渝暗暗嘆息一聲：「這位小周后雖年長於我，可惜如盆中蘭草，自幼嬌生慣養，性情天真爛漫，只知詩詞歌賦、琴棋書畫，絲毫不知人間險惡，真是全無半點心機，我這樣點撥，她還是不懂。」

一邊暗自喟嘆著，折子渝一邊說道：「楊浩這人賴在唐國不走，咱們又不能硬趕他離開，何不學韓大學士捉弄陶穀的法子，讓他自覺羞慚，知難而退呢？那是他自己失了禮儀，卻與我唐國無關。」

小周后喜道：「噫！這個法子著實不錯，妹妹想的真是妙計。」

但她轉念一想，又不禁遲疑道：「不過……這楊浩也太粗俗了些，竟為爭一娼妓，當眾與陳喬起爭執，如此不顧體面的一位宋國使臣，就算咱們使個舞妓來誘他入彀，恐怕他只會以此風流之事誇耀，不以為恥，反以為榮，那時又怎會離開？」

「嗯……娘娘所慮卻也大有可能。」

折子渝沉吟半刻，拍掌笑道：「有了，這楊浩不比陶穀那般愛面子，若是與一尋常舞妓有染，想來他是不會以為羞慚的，不過……若是這個女人是我唐宮裡的女人，那便不同了。不管他如何鮮廉寡恥，如果他的使臣與我唐宮中的女子有染，那都是大大有失禮儀的事，一旦事敗，就連宋國朝廷也是丟不起這個臉面的，說不定他一回開封就要被罷官免職，哪裡還敢誇耀什麼？」

小周后微微變色道：「妹妹這話可說的差了，後宮中嬪妃雖眾，有些美人官家恐怕都不曾臨幸過一次，卻畢竟都是有名分的妃嬪，如果使她們去誘引楊浩，楊浩固然在我唐國再待不下去，可是官家的體面卻也蕩然無存，天下間不知多少人要嘲笑官家受宋人欺凌，這不是因小失大嗎？」

折子渝嫣然道：「娘娘不必擔心，且聽茗兒說完。首先，這所差遣的人雖是宮中的人，卻絕對不可以是國主的妃嬪。舞妓歌女、宮女侍婢，都是宮裡人，這樣便於國主的體面無礙，此其一。

「其二，我們雖欲趕那楊浩離開，總不成學那韓熙載，真讓一名舞妓去與他苟合，韓熙載荒唐之名天下皆聞，娘娘卻不可以沾惹這種事的，茗兒還能如此不知輕重嗎？茗兒的意思是，使一名聰慧美貌的宮伎，與他製造些曖昧誤會，事情只要張揚開來，他既無從辯白，便只得屎蚵蜋搬家，灰溜溜地滾球去了。」

小周后板起臉道：「妹妹是一位大家閨秀，怎麼可以說這等市井俚語？」

說著她卻「噗哧」一笑，掩口道：「不過這個法子著實不錯，讓這個有意尋釁滋事的宋使吃個啞巴虧，趁早離開我唐國，宋國總不好再派一位宣撫使來，到時候他們沒有了藉口，我唐國便能太平了。」

折子渝道：「娘娘虔誠禮佛，與人為善，便把旁人都看得太過仁慈了。楊浩縱然歸使，趙匡胤的野心也不會就此消弭，只不過少了些藉口，便能多拖延些時日。娘娘應該規勸國主多與南方大理、西方蕃羌、東方吳越、北方契丹諸國加強聯絡，結交友好。同時多多重用忠直幹練的能臣，修政齊民，秣馬厲兵，增強唐國的實力。唯有唐國實力強大、友國眾多，宋人才會心生忌憚，不敢輕易生出覬覦之心。」

小周后輕嘆道：「官家無為而治，朝中文武賢明，現在便是不知自強嗎？只是我唐國拘於江東一隅，終是難及宋國強勢，這也是無可奈何之事，本宮身為後宮之首，理當為六宮表率，怎好干預國事？再者，官家為此也時常吁嘆難眠，本宮也不忍再為官家增添心事。」

折子渝心知情急不得，便不再說，岔開話題道：「若要讓那楊浩入彀，先得有一蘭心蕙質的佳麗能動其心，娘娘心中可有合適人選？」

小周兵凝眸沉思片刻，說道：「窅娘如何？官家設宴時，宋使楊浩態度倨傲，旁若無人，唯有窅娘獻舞時目不轉睛，顯然是對窅娘動心的。窅娘是宮中舞妓，並非官家妃嬪，身分正合適，兼之她妙舞才情，乃南國麗人翹楚，必能誘那楊浩動心。」

這主意雖是折子渝出的，可是聽見小周后大讚那窅娘足可以勾引楊浩，心裡還是有點不太舒坦：「這些臭男人，天姿國色都看得厭了，轉而奉迎起女人的雙足來了，一雙腳也要逐如蜂蝶，真是不知所謂。」

國宴上，宋使楊浩目不轉睛地盯著窅娘一雙美足的消息，已被那些歌女舞妓傳揚開來，折子渝也知道此事，她不屑地想：「窅娘舞姿雖妙，可那一雙秀足我是見過的，她整日習練舞技，趾尖都是硬繭，以綾絹裹起時，其形如筍似月，妙不可言，但是剝了襪子，其足比起本姑娘的雙足來還要遜色許多，那些臭男人都瞎了狗眼也罷了，楊浩也是一丘之貉，真不知道他迷戀些什麼。

折子渝有些吃味，正在酸溜溜地胡思亂想，小周后見她神氣古怪，忙問道：「妹妹可是覺得有什麼不妥之處？」

折子渝回過神來，忙道：「喔，不是，茗兒在想，這人選有了，卻要怎生找個合適的機會才好動手。窅娘是宮中舞妓，他是宋朝外臣，要與他見上一面實不容易，這『苟合』之地，務必要選在宮中才合乎情理的。啊，有了，娘娘不妨讓官家時常邀他進宮飲宴，這樣一來，一是可以羈絆他的行蹤，防他在市井間惹事生非，二來又可彰顯我唐廷對宋使的禮遇，至於他在宮裡『不守規矩』，做下失禮之事，那也就順理成章了。」

小周后聽了欣然點頭，這個剛剛二十三歲的美麗少婦，的確是未經風雨的溫室蘭花。論起心智閱歷，比起折子渝來還要單純許多，每日裡需要她操心勞神的，不過是些研究研究染料布疋、琢磨琢磨胭脂花粉的事，難得有機會讓她去捉弄一位宋國使臣，小周后不禁童心大發，只覺此事有趣得很，不禁摩拳擦掌，躍躍欲試起來。

二人又議論一番，折子渝看看天色已晚，禁宮即將上鑰，便要起身告辭，小周后卻拉住她，興致勃勃地道：「這事明日便開始做，總有要幾日工夫，才能不動聲色地引那楊浩入彀。妹妹且不忙著就走，本宮設計出來幾具香爐，著匠人們才剛剛打造好了，妹妹正好與本宮一起把玩一番再走不遲。」

折子渝只得停下，小周后著人端上幾個漆盤，那漆盤中都盛著東西，上蓋一方紅帕，高矮大小大抵相同，扯下絲巾，便見是幾具玉香爐，造形之奇巧，鏤雕之精美，世罕其比。敢情這小周后不但是個化妝品設計師、服裝舞臺設計師，而且還是個工藝品設計師。

小周后欣然道：「妹妹妳來看，本宮設計的這具香爐，名曰『把子蓮』，用一方美玉雕成並蒂雙蓮，蓮芯處有許多細孔，香在爐中燃起後，煙從蓮芯裊裊而出，十分美麗。還有這一只，叫作『折腰獅子』，爐上鏤一隻幼獅，香煙從獅口中出。這一只叫

『鳳口罌』，爐上是一隻翹翅金鳳，伸頸朝天，煙從口出，勢如飛動。妳再看這一只，雕刻的工夫可就長了，這只香爐名叫『小瀛洲』，平處為海，聳處為山，煙在海山之間悠悠迴轉，大有神仙意境。」

小周后一一介紹各具香爐的特色，其他諸如「玉太古」、「容華鼎」等，都是人間罕見的金玉之器，構思也端的巧妙。折子渝心想：「小周后若非一國皇后，身為國母有勸誡君王、關注子民的責任，但憑如此巧思，卻不能說她耽於享樂，反要讚她一聲別具匠心、世之才女了。只可惜……她的正業關乎萬千黎民生計的安危呀……」

「來人，添香，點起來看看。」小周后一聲令下，便有宮婢將一只只香爐填入品質一流的梵香，一時間異香滿殿，裊裊香煙飛騰升起，李煜恰在此時自殿外走了進來，一見如此美景，不禁目射奇光。

他揮手制止了內侍唱禮，躡手躡腳地走進去，站在一旁屏息欣賞，小周后的風情萬種他是早已熟稔了的，其風姿曼妙自不待言，與她並肩而立的折子渝卻也分毫不差，尤為難得的是，這位莫以茗莫姑娘的眉宇之間有股英颯之氣，使她的氣質與小周后便迥然不同。

這位莫姑娘果然不愧是武將世家出身，英氣勃勃，卻又不掩其國色天香，與女英之美各具妙處，兩個美人並肩站著，渾似姑射真人，天姿靈秀，浩氣清英，令人不知人間煙火。李煜不禁欣然讚道：「妙，妙啊，這香爐端妙，煙中美人緲緲如仙子謫塵，更是絕妙。」

「啊，民女不知國主駕到，請國主恕罪。」折子渝正端詳那香爐奇妙之處，一見李煜站在一旁，連忙斂衽施禮。

「莫姑娘請起，大內之中，不必這許多規矩。」

李煜撫鬚微笑道：「孤見娘娘與妳並立於裊裊香煙之中，娉婷如姑射仙子，姝麗異常，令孤心馳目眩啊……孤忽有了詩興，來人吶，給孤取文房四寶來。」

李煜專用的文房四寶每一樣都是寶物，紙是滑如春冰、密如細繭的「澄心堂紙」，用的是細膩如玉、叩之如磬的「龍尾硯」，研的是比黃金還難得的「李廷珪墨」。至於他的詞更是天下一絕，不知傾倒了多少正在做夢年齡的少女。

當初小周后一十五歲，因姐姐大周后病重，遂入宮探視，就是被李煜絕妙無雙的好詞打動了這個浪漫細胞特別發達的少女心扉，一顆芳心遂繫在了姐夫的身上。

李煜乍見天真爛漫、美麗活潑的小姨子周女英時，就為她絕麗殊佳的姿容所動，當即為她寫下一首詞：「尋春須是先春早，看花莫待花枝老。縹色玉柔擎，醅浮盞面清。何須頻笑粲，禁苑春歸晚。同醉與閒評，詩隨羯故成。」

「尋春須是先春早，看花莫待花枝老」，恰與呂洞賓的那首「花開堪折直須折，莫待無花空折枝」有異曲同工之妙，顯然當時就對小周后起了異樣心思。

再之後，兩人私下攀談閒話，又為她賦詞一首：「蓬萊院閉天臺女，畫堂晝寢無人語。拋枕翠雲光，繡衣聞異香。潛來珠鎖動，恨覺銀屏夢。臉慢笑盈盈，相看無限情。」這一首詞便繫住了女英的芳心。

當時的女英年方十五，情竇初開，李煜的才情是無需多言的，再加上他那時也還年輕，又是一國帝君，尊貴無比，這位泡妞第一殺手想對付女英這樣一個文藝少女，還不是手到擒來？於是，小女英就被怪大叔拐去看金魚了。

兩首豔詞得了一個絕色佳人，另一首更加香豔的詞卻是殺了一位皇后。當那首「花明月黯籠輕霧，今宵好向郎邊去！衩襪步香階，手提金縷鞋。畫堂南畔見，一向偎人顫。奴為出來難，教君恣意憐。」在宮內宮外傳唱開來後，大周后一縷香魂便溘然仙去了。

男兒有妻有妾，在民間也是尋常事，縱在女子眼中看來也是天經地義的，何況李煜是一國帝王呢？小周后並不覺得自己與姐姐共侍一夫有何不妥，但大周后素來最受李煜寵愛，李煜與小周后私通款曲，戀情正熾，對她的探視照料不免就要少了，心中本就失落。待聽說李煜竟在此時與妹妹成就好事，那首豔詞字字句句如刀似劍，大周后卻是心中大慟。

那時她幼子剛剛夭折，夫君又移情別戀，教人情何以堪？芳心已碎的大周后從聽說這個消息起，就面牆而臥，至死不曾再看李煜和妹妹一眼。她的病雖重，本來卻非必死之症，後來藥石難救，與她鬱鬱寡歡、情緒低落當然不無關係。

但若就此說李煜對她虛情假意卻又不然，對大周后和小周后，他的確都是深愛於心的，只是他卻並不真正了解女兒心思，不知自己在大周后病重期間另覓新歡對她竟是那般沉重的傷害。

李煜能兩闋豔詞得一后，一闋豔詞殺一后，其詞魔力非同小可，如今香煙繚繞中為折子渝美色所動，李煜那顆憐香惜玉的心蠢動起來，這就有了納她入宮的心思。

小周后就是被李煜兩首妙詞迷住的，一見他先讚自己二人美貌，又說詩興大發，那雙眼睛目光灼灼地只是盯在折子渝身上，登時便明白了他的心思，雖然知道帝王納妃非自己所能阻，心中還是有些不快。

可是她轉念一想，自己自與李煜結下情緣，如今已整整八年，卻無一個子嗣，後宮嬪妃雖然眾多，其中曾得官家寵幸的也不在少數，卻也俱都一無所出，官家迄今就只有一個兒子，身為帝王，子嗣未免太少，以致太子偶爾有個小病小恙的，都要鬧得人心惶惶。

折子渝時常向她灌輸些社稷、民生、軍政、經濟方面的理念，小周后漸漸也有了些危機意識，從這角度一考慮，便覺得官家再納幾個可他心意的女子入宮卻也無可厚非，就算廣種薄收吧，只要皇室能多些子嗣，這江山和民心便多一分穩定。

莫以茗一看就是宜夫宜子、宜室宜家的福相，是個多子多女的體貌，與自己又情同姐妹，最合得來，若是她能入宮，自己不但多了個說話解悶的伴，若她能為官家誕下一子半女，李唐皇室也不致人丁如此單簿，自己是皇后，這新生的皇子總歸是要由自己養育的，不必如當今太子一般，只比自己小著幾歲，彼此難免生分，於是便去了那一分妒心，抿脣不語。

不料莫姑娘似乎不解風情，壓根不知道國主這番贊詞是對她由衷而發，那首詞也將為她而作，她匆匆向外一看，便對李煜說道：「國主，禁宮即將上鑰，民女不是宮中人，多作駐留實有不便，這就向國主和娘娘告辭了。」

折子渝斂衽福禮，便翩然退了出去，李煜一呆，望著她的倩影不禁怔在那兒。內侍捧了文房四寶匆匆進來，彎腰道：「官家，文房四寶送到。」

李煜把袖一拂，意興闌珊地道：「擱回去吧，孤……詩興已去。」

匆匆走出殿去的折子渝站在階下，翠袖一拂，嘴角溢起一抹冷笑：「齊廢帝蕭寶卷喜開店鋪，被部將所殺；梁武帝蕭衍嗜好出家，被叛臣活活餓死；唐僖宗李儇嗜好鬥雞和蹴鞠，結果叛軍四起，憂憤而死。玩物喪志、不務正業者，哪有一個好下場？詩詞歌賦，不過風雅之物，堂堂一國帝王，只好女色詩詞，正務全無所長，如此蠢物也來打我折子渝的主意？哼！本姑娘哪隻眼睛看得上你這廢物了！」

＊　　＊　　＊

「大人，這是皇甫繼勳的請柬，邀大人您往棲霞山同遊的。」

焦海濤惋惜地送上一份請柬，說道：「可惜不是去燕子磯，不然倒可仔細觀察一下他們在那裡的水軍營寨。」

楊浩瞄了一眼，把請柬扔在一邊，淡然笑道：「皇甫繼勳雖是一個只知阿諛奉承的軟骨頭，卻不是一頭全無頭腦的蠢豬，豈會幹這樣的事？」

「這一份，是東臺御史荀日新邀請大人您赴宴的請帖，還好，與皇甫繼勳的時間錯開了一日，呵呵，唐廷見我宋國勢大，趨炎附勢的官還是大有人在的，大人不妨虛與委蛇，多方應酬，多多結識這些朝中權貴，總是有利於咱們打探消息的。拉攏了他們，便也排擠了那些忠於唐室的人，一舉兩得。」

「嗯，焦寺丞所言有理，不過這赴宴之約也太多了些，如何應付得來？荀御史這一份、曾參軍這一份，就由焦寺丞代勞吧，至於皇甫繼勳這個邀約……」

他剛說到這兒，一個小吏輕輕走入，拱揖施禮道：「大人，江南國主遣使，邀大人明日宮中赴宴。」

楊浩一呆，順手把皇甫繼勳那份請柬也丟給焦海濤：「這一份，也請焦大人代勞吧。」隨即向那小吏仔細詢問一番，揮手讓他下去，觸額沉思道：「國宴的時候，我沒給他幾分好臉色啊，這李煜排頭還沒吃夠？居然又邀我入宮赴宴。呵呵，如今情形，與我初到府谷時倒有幾分相似，一個個都各懷機心地靠近我，只是那時我是欲求折御勳一見而不得，如今這李煜卻是上趕著巴結我。不知焰焰和娃娃那兒安頓得怎麼樣了，還需多久才會趕來？」

楊浩在館驛中牽腸掛肚的時候，壁宿剛剛走到金陵的鬧市街頭，他站在雞籠街口，向人打聽了館驛所在，正琢磨找家客棧住下，晚上再利用飛簷走壁的功夫悄悄去見楊浩，目光逡巡尋找客棧的當口，忽見一道人影在不遠處飄然而過，依稀正是他魂牽夢縈的那個女子，不由得身子一振，趕緊舉步追了上去。

但是鬧市街頭人群擁擠，大庭廣眾之下也使不得輕身功夫，待他擠進人群，但見條條巷弄四通八達，也不知那美人去了哪裡，不禁立在街頭，悵然若失……

三百四七　儷影

壁宿到了金陵城後，先尋了一家客棧住下，當夜便換了一身夜行衣潛入館驛，摸到宋國使節住處，找到楊浩，把開封那邊的情形一一告知。

楊浩走後，焰焰和娃娃也迅速收拾行李，由穆羽和楊浩自蘆嶺州帶出來的心腹侍衛護侍，悄然離開了開封府，先尾隨著欽差儀仗南行幾天，確定無人追蹤之後便轉而行西，潛向華山方向。相對來說，那個地方是戰亂較少的地方，同時也易於隱居，這是楊浩與她們事先商量好的去處，待她們一切安排停當，便來金陵相聚。

開封那邊，知道真相的豬兒也已答應妥善照顧妙妙，至於那幢宅院，就如娃娃上次離開汴梁時一般，家僕、護院俱都留下，不留絲毫破綻，張牛和老黑等人也都交給了妙妙掌管，他們本來就是內院管事和保鏢護院出身，做這些事比穆羽還得心應手，正是妙妙的得力幫手。

楊浩聽說諸事安排停當，心中不覺大喜，便讓壁宿先回客棧住下，並要他時常去與焰焰和娃娃早已商量好的會合地點——百年老字號「燕翅樓」轉轉，待她們趕到，即時通知自己。壁宿一聽，正中下懷，當下向他告辭，趁夜又摸出館驛，返回了客棧。

接下來的日子，李煜五日一大宴，三日一小宴，對楊浩款待得無比殷勤，李煜因為楊浩態度倨傲，心中實不想再與他繼續打交道，但是聽了小周后所說楊浩在金陵的作為，他的確有些擔心楊浩這種到處惹事生非的性子，會與唐國大臣產生衝突，對自己他再如何不敬，也不敢有太過分的舉動，與其如此，不如藉飲宴把他拘於身邊，直到他返回宋國。

李煜的書獃子氣很重，他始終認為，宋國伐漢國時，他不但沒有應劉繼興所請出兵助漢，而且還幫宋國寫信給漢國，勸劉繼興投降。又搶在漢國未滅之前就向宋國稱臣，降格改制，自認臣子，對宋國可謂是仁至義盡，趙匡胤既然接受了自己是宋國的臣子，就沒有理由再出兵討伐唐國。把楊浩拘於身邊的打算，主要顧慮反倒是怕他過於囂張的態度，會讓一些唐國文武大臣對他有所不敬，再引起什麼外交糾紛，所以便從了小周后的建議，時常邀他入宮飲宴。

李煜的邀請，楊浩是不能不去的，壁宿這些天卻在走街串巷，尋找自己的那位意中人。

壁宿好女色，也曾有過許多女人，不止是金錢關係的青樓歡場中女子，憑他的相貌，還曾誘引過一些大家閨秀、豪門貴婦，但是讓他這般動感情的，卻是平生頭一回。

楊浩派他探聽江淮一帶民間消息的時候，他第一次遇到了她，雖然彼此不曾說過一句話，也不曾與她再有過任何交集，可他就是愛上了她，就此無可自拔。只因為，那個不曾與他說過話的女孩，與他錯身而過時，因為他為自己讓路而向他溫柔一笑。

那一笑是那般溫柔親切，壁宿依稀記得，似乎童年時候，自己的母親就是這樣溫柔含蓄的笑容。多少年了，戰亂之中，他的親人都已一一死去，他無親無故，流落江湖，如同無根的浮萍，從來不曾有過愛情、親情的滋味，結果卻為這個素不相識的女孩的嫣然一笑挑動了他心底的情愫。

那個女孩，是一個比丘尼。

想要找到她，談何容易。

江南四百八十寺，多少樓臺煙雨中。如今的江南，在李煜的打理下，何止有四百八十寺。

李煜好美色、詩詞、佞佛、嗜下棋。江南佞佛之風，自李煜繼位後，更是越飈越烈。他每日退朝，都要與小周后換上僧衣，打坐念經做功課。中書舍人張泊本不信佛，但是投皇帝之所好，每回見到李煜都與他大談佛法，因此便一躍成為他身邊的寵臣，濟身顯宦之列。有此人為表率，朝中文武都一窩蜂地都信起佛來。

江南佛寺本就眾多，李煜又下詔在金陵城南的牛頭山上造佛寺千餘間，宮中為此捐資巨萬，甚至就連宮苑裡也建起了一座靜德寺，一時間，僅金陵城內的僧徒多達近十萬人。這些僧人不耕不織，坐糜錢糧，帑藏告罄，便去盤剝百姓，弄得民怨沸騰。

要知道，出家人是不用繳賦稅、服兵役、出徭役的，所以在勞動力短缺的古代，朝廷一般都會嚴格限制僧人的數量，否則出家人太多，國家的財力、物力就會大受損失，後周的世宗皇帝柴榮就是因為這個原因才大興滅佛之舉，毀佛寺三萬多處，讓數十萬僧人還俗種田。而李煜卻反其道而行之，他不但取消了對出家進行審核的「普渡」制度，而且因為他是佛教信徒，還以皇帝身分親自出面和道教爭奪信徒，規定如果道士願意改行信佛，官府便賞黃金二兩。

這其中大有文章可作，於是真和尚假禿驢滿山遍野，其中許多謀的不過是利益。比如說，有人掛靠到佛寺之下，其實只是寄名弟子，但是家中產業都成了佛田，朝廷一文錢的賦稅都拿不到。又有人假意先去做道士，度牒一到手就改行做和尚，趁機領取朝廷的賞賜。

也虧得李煜父祖兩代留下的家底殷實，才經得起他這麼折騰，唐國今日國力衰退至此，軍心民心渙散，與此不無關係。當不勞而食的僧人越來越多，僅靠百姓供奉的香油錢無法支撐這麼多的寺院存續時，李煜竟下旨僧侶由朝廷供養，這筆支出每年的耗費竟比朝廷的軍費支出還要多出數倍。

因此一來，江南佞佛之風更盛，出家人比比皆是，就算是比丘尼的女庵也是不下百餘座，男人想要進入女庵本就不太容易，何況還要在諸多女尼中尋找特定的一個人，壁宿又不能讓住持把庵中所有年輕貌美的尼姑都喚出來給他瞧瞧，是以找了兩天，都沒有那個妙齡女尼的消息，反倒多次被一些老尼把他當成偷香竊玉的淫賊給打將出來。

壁宿靈機一動，乾脆換了女裝，假裝上香禮佛，如此一來，各家尼庵便能登堂入室，再不受人阻攔了。壁宿反正閒著沒事，便鍥而不捨地沿著一家家尼庵尋找了下去。一般來說，尼庵的規模和女尼的數目比起寺院來要小得多，但是要想看盡一家尼庵所有的尼姑卻不容易，唯有在大殿做功課時，所有的比丘尼才會集中出現，因此壁宿每到一處尼庵，都要耐心待到尼姑們禮佛頌經做功課之時。

這一天到了靜心庵也不例外，他上了香，施了香油錢，就在庵中磨磨蹭蹭的，一直等到尼姑們在大殿上做功課，壁宿站在殿外向裡面逡巡了幾遍，仍是不見那位讓他夢寐不忘的女尼，不禁嘆息一聲離開了大殿，走出二進院落，壁宿正欲抽身離去，無意間一回頭，忽見一角緇衣閃過黃色的佛牆，進了一處偏院。

壁宿心中瞿然一動，所有女尼如今都在殿中念經，這個女尼為何卻不在殿裡？他下意識地追了上去，就見一個女尼挑著兩擔水，正姍姍轉過寺庵一角。肥大的緇衣，難掩她那纖如新月的嬌軀，只看了那背影一眼，壁宿就兩眼發直：「是她，是她！蒼天不負有心人，竟真的教我找到了。」

當下壁宿如中邪魅，雙腳不由自主地移動著，就自後面追了上去……

* * *

這些日子楊浩時常出入皇宮大內，已成後宮中的常客。往來的多了，總不好常對李煜露出不恭嘴臉，他的態度便漸漸客氣起來，李煜見之大喜，只道因自己的熱忱感召，讓這狷狂無禮的宋國使節也對自己起了崇敬之意，對他招待得更是殷勤。

彼時飲宴的風氣，必有歌舞相伴，窅娘是唐宮歌舞班中的翹首，自然每次飲宴都要在場。窅娘本是江南採蓮女，十六歲被選入宮。其母本是波斯大食一帶的人，所以窅娘是個混血兒，眼睛微帶藍色，眼窩是歐式眼，立體感比較強，顧盼之間風情萬種。她獨創的採蓮舞十分曼妙，她那頎長苗條的身段，一旦舞動起來便如蓮花凌波，俯仰搖曳之態優美無比。李煜是此道大家，所以對她最是欣賞。

窅娘雖非李煜的妃嬪，卻也是他極寵愛的女人，歌舞既罷，便常要她在身邊侍候，因為與楊浩相熟了，且又不是國宴，除了楊浩，在場的只有宮中舞妓和內侍宮人，無須有所顧忌，因此酒酣興濃時，李煜便不免放浪形骸起來，與窅娘常有親熱之舉。

這窅娘顧盼之間冶豔天然，一顰一笑嫵媚自生，端的是一代尤物，當著楊浩的面，她一個香豔無比的「皮杯」，便看直了楊浩的眼睛。

楊浩不禁暗嘆：「江南風物，果然不及北方嚴謹，宋國宮廷中的妃嬪舞妓，斷無當著外臣的面對皇帝如此狎暱的，這李煜實在不像一個皇帝。」

喜歡像李煜這般自曝私生活的帝王的確少見，那首活靈活現地描寫他與尚未成為皇后的小姨子女英偷情的〈菩薩蠻〉就不必說了，就算女英做了皇后之後，李煜對兩人的婚後生活也毫無掩飾，一首〈一斛珠〉：「晚妝初過。沉檀輕注些兒個，向人微露丁香顆。一曲清歌，暫引櫻桃破。羅袖殘殷色可。杯深旋被香醪洗，繡床斜憑嬌無那。爛嚼紅絨，笑向檀郎唾。」便將夫妻二人情挑旖旎的風光暴露無疑，此刻當著楊浩的面與一舞妓親熱，哪會有所顧忌。

窅娘一個「皮杯」，將酒渡入李煜口中，卻似早知楊浩正在看她似的，嬌軀偎在李煜懷中，卻向楊浩回眸一笑，妖冶嫵媚的風情不無挑逗意味，楊浩心中一跳，趕緊垂下目光：「李煜後宮佳麗三千，千頃地裡就李煜這一口井，這些深宮怨婦恐怕都是欲求不滿的，當著李煜的面，也敢向我拋媚眼。」

正胡思亂想著，一個內侍捧了大堆的奏表進來，俯首對李煜說了幾句什麼，李煜皺皺眉，放開窅娘的小蠻腰，不悅地道：「孤正與楊左使飲酒，你沒有看到嗎？」

那內侍惶恐地道：「國主，這些俱是待死之囚的案子，積壓的已經久了，有司催促得緊，還請官家稍作御覽，批覆下去。」

楊浩見狀，笑道：「國事為重，國主自去批閱公文吧，下官酒意已濃，這就告辭了。」

李煜卻未興盡，向他笑道：「孤嗜好下棋，雖最好圍棋，但於象棋一道卻也浸淫許久。方才聽楊左使所言的那種象棋下法，似乎十分有趣，孤王正想見識一番，左使且不忙走，窅娘，先引楊左使至菊苑賞花，孤王去去就來。」

當下散了酒宴，李煜便隨那內侍到偏殿去處理公文，楊浩卻被窅娘引到了後苑。窅娘曾了小周后的吩咐，卻是有心與楊浩製造一樁醜聞的，可惜一直沒有合適的機會與他私相見面，只能在殿上眉眼傳情，又在李煜面前施展狐媚手段，引那楊浩動心。這時難得有此機會，在他面前不免嬌聲軟語，態度過於親暱了些。

可惜，她在殿上起舞時，楊浩雖是目不轉睛，常常對她露出男人對美女本能的欣賞，可是這種私下相處的環境，卻是中規中矩，目不斜視。其實這也是大多數男人的通病，坐在臺下時對臺上美女可以品頭論足，當著她的面反而放不開了。

楊浩有一問便只一答，江南人物心思細膩精巧，窅娘的挑逗又過於文雅，就憑楊浩那點國學知識，那裡品得出其中味道？

窅娘不知道他的底細，一番言語挑逗，大膽火辣，楊浩卻只唯唯諾諾，行禮如儀，窅娘不禁暗自疑惑：「這位宋使到底是個不好女色的正人君子，還是對我的身分有所忌憚？待我再試他一試。」

「楊大人，你看那一叢菊花開得可好？」

楊浩順著窅娘的指點看去，只見一叢叢菊花色有玉白、淡黃、粉紅、玫紅、淺紫……瓣有刻瓣、卷瓣、折瓣、匙瓣、缺瓣……有的如松針，有的如垂絲，有的如蓮座，有的如龍爪……有的已經開得很滿，如美人笑面盈盈；有的小瓣乍舒，如伸出纖纖玉指，最撩人的是將放未放嫩蕾攢心，含蓄地攏著花瓣欲說還羞。

窅娘所指那一處菊花色呈乳白，花朵渾圓，花蕊偏下，狹長如起舞女子，窅娘笑語盈盈地道：「這一枝菊花，有個名字，叫作『月下舞孃』，大人你看它玉貌窈窕，體態輕盈，像不像圓月下一個舞姿飄逸、且歌且舞的美人？」

窅娘似乎酒醉無力，又似乎有些忘形，挨近了楊浩去為他指點時，那飽滿的酥胸不覺便挨近了楊浩的肩膀，若有若無地輕輕一擦，彈軟綿柔的感覺便沁人心田，楊浩只覺她呵氣如蘭，嬌軀在側，似只一側首，就能吻上她的臉頰，便不著痕跡地讓了一步，笑道：「本來楊某還看不出門道，讓窅娘一說，果然有些相像。」

「啊……本官酒意上湧，有些醉了，窅娘自去歇息吧，本官不須陪侍，國主有公事要忙，楊某便獨自在這院中走走，醒醒酒氣。」

窅娘聽了不由一怔，自她麗色初現時起，不知多少男子追逐於她的裙下，主動驅她離開的倒是頭一回碰到，莫非此人真是個品行高潔的君子，又或者昔年陶穀之事使得他戒心大增？窅娘不好表現得太過熱切，只得淺笑應了，翩然退了下去。

李煜處理公文，倒不是小周后使人故意把他支開，否則說不定就可以利用這個機會給楊浩製造點百口莫辯的緋聞了。李煜被人掃了酒興，實是那些內侍們的手腳，他們從中手腳的目的倒也不是為了給窅娘製造機會，而是為了給自己謀財。

原來李煜信佛，於是把國家律法也當作了兒戲，每逢齋日報上來的待決死囚案子，他便不依律法處治，而是給囚犯們每人立一盞命燈，置於皇宮的寺院當中，如果命燈燃了一夜不熄，他次日一早來驗過之後，這個死囚就會免了死罪，改處其他刑罰。

佛家每月都有齋日，據說這一天會有一尊菩薩降世，按行人間，比校善惡，這一天若吟唱相應的菩薩佛號，則可滅一切罪，增一切福。李煜以命燈不滅，便釋其罪，就是為了效仿菩薩。殊不知他實際上卻是做了那些宦官與和尚的財神菩薩。

這個規矩一久，整個唐國都知道了，但凡有死囚命案，其家人便不惜錢財，賄賂宮中內侍和宮廟中的和尚，內侍受了他的錢財，就有意把他的命案卷宗押後，等到齋日再呈送給李煜，尤其是挑李煜正有其他事情的時候，讓他無心閱讀卷宗。

宮廟的和尚收了死囚家裡的錢，就會小心照料那死囚的命燈，哪怕半夜被風吹滅了或者燈油燒光了，他們也會讓小沙彌偷偷再點上或續上燈油，以救那人性命，不知多少罪大惡極的囚徒便因為這個得以保全了性命。

齋日複審死囚案子，既然是這麼個規矩，李煜哪還會像趙匡胤一樣逐個卷宗仔細審閱推敲，處理起來那還有個不快的？他匆匆瀏覽一遍，一一簽字註押，然後便依著老規矩，讓人把這些囚犯逐人題寫名字於號牌之上，牌前各置命燈一盞，送入後宮靜德寺。

李煜以奇快無比的速度處理完了需要複審的死囚卷宗，伸個懶腰興沖沖地踱入菊苑，欲待讓楊浩展示展示他所說的規則比較新穎的那種象棋下法，誰料到了菊苑中卻不見人影。李煜詫然四顧，吩咐兩個隨行的小內侍：「楊左使想是正在花苑中閒遊？你們二人四下找找，讓他來見孤王。」

兩個小內侍答應一聲，左右一分，便繞著一叢叢怒綻的菊花叢四下尋找起來。

楊浩方才去亭中歇息，剛剛登至亭中，忽見一個小宮人引著一位姑娘自花徑中走過，看那背影，竟有折子渝有九分相似，楊浩大奇，不由自主地便追了上來。結果站在高處還看得到那宮裝麗人去向，一旦進人花叢反倒難以找人了，轉悠了半天，楊浩發覺自己迷路了，四周一叢叢的鮮花俱是奇種仙葩，卻都不像菊花，想是闖進了別的宮苑，他也知道禁宮大內亂闖不得，可是……一想到折子渝，楊浩把牙根一咬，硬著頭皮沿一條花徑又奔了下去……

三百四八　跑酷

楊浩沿著花徑一路走下去，那花叢茂密，一人多高，道路曲折，中間又有許多岔路，行行復行行，漫無目的地走了一陣，忽見面前小路將至盡頭，這時聽到前方傳來女人笑語聲，楊浩立即一矮身，遁入花叢之後，片刻工夫兩個挑著花籃的宮人從他身旁談笑而過。

楊浩起身向她們的背影看了看。方才他在遠處，也看不清為那酷肖折子渝的女子引路的宮女是何模樣，眼前這兩個少女，衣著與那宮女完全一樣，其中身材高挑的那個髮型、身段依稀便是那引路宮女的模樣，楊浩也拿捏不準到底是不是她，便向她們的來路走去。

照理說，折子渝是斷無可能出現在這唐宮之中的，天下間形容相似的人有許多，也不能憑一個背影便認定那女子就是折子渝，可是楊浩不親眼看看，終究是放心不下。他轉出花叢，就見前方出現一幢樓閣，梁棟窗壁，柱拱階砌，都裝飾成隔箭，密插各種花枝，如神仙洞府，充滿野趣。

楊浩躡手躡腳地走進殿去，就見大殿寬敞，迎面先是八尺琉璃屏風，兩側各有一花枝樣的燈架，上置一盞在當時來說價值連城的琉璃燈。

楊浩見了，心頭微微一驚，此時他才意識到這裡是李煜的後宮，如果折子渝真的在這裡，難道……難道她竟做了李煜的妃嬪？這樣一想，他腳下不由加快了速度，急急繞過屏風，眼前雕梁畫棟，迎面又是一面珠簾，上頭綴的珍珠個個指肚大小，渾圓如一，光是這珠簾，也是價值連城的一件寶物了。

楊浩無暇多想，輕輕拂開珠簾，閃身進去，便是一處花堂方廳，桌椅妝檯，盡皆精緻，其後又是幾扇屏風，楊浩快步閃入，就見屏風後面一張錦榻，兩旁帷幄挑起，榻上橫陳一個玉人，正在甜睡之中。

楊浩登時呆住，四下看看沒有旁人，目光這才重又落在榻上。榻上的睡美人背身向內，正在榻上午睡，絲毫不知有男子闖入自己的香閨。她身上只著一襲唐式睡衣，薄如蟬翼，醉人的身體曲線跌宕起伏，在睡衣下若隱若現。

看其身材苗條修長，肩背有些單薄，但是臀形卻相當渾圓飽滿，睡夢中的美人大概是翻過身子，薄薄的睡衣繃在身上，臀瓣和腰後小小的兩窪微陷都看得清楚，隱隱泛出誘人的肉色，而那一頭濃密、烏黑的秀髮散鋪在榻上，更襯出一股柔媚。

「她是不是子渝？應該不是，這女子身長與雖她相彷，但是看她一雙大腿柔腴修長，子渝才多大年紀，身體仍具少女的青澀味道，雙腿不會這般柔腴的。」

楊浩心裡想著，雙腿卻是不由自主，一步步走了過去，到了床頭，微微傾身探頭一瞧，那側臥甜睡的美人容顏映入眼中，楊浩心頭不由一跳，好俊俏的一個女子，濃睫如扇、鼻如膩脂，雪白的雙腮，紅脣嬌豔欲滴，可那模樣卻絕非折子渝。

楊浩鬆了一口氣，正欲快步退出去，不想那美人恰恰在此時張開了眼，懶洋洋打一個哈欠，頭也隨之轉過來，眼角忽地瞟見有人，那美人一雙矇矓的睡眼霍然張大，楊浩反應也快，那美人剛剛扭轉嬌軀，楊浩已彈身疾退，鬼魅一般閃過了屏風。

那美人尚未看清他容貌，本來只以為是宮中內侍，一見他快捷無比地遁去，登時駭得花容失色，她翻身坐起，雙手撐床向裡面急急挪動，舉止動作間，鬆軟薄透的唐式睡衣斜斜滑落，露出一片光滑如玉的香肩，胸口也露出了幽深動人的乳溝和挺拔的一角雪膩玉峰，那美人卻未注意春光已洩，只是顫聲叫道：「來人！來人！」

「苦也，這裡可是唐廷後宮，傳揚出去，我也不用假死了，李煜再懦弱，也容不得我侵入後宮冒犯他的妃子啊。」

楊浩暗暗叫苦，健步如飛地衝出大殿，他剛剛掠過殿門，偏殿中就有幾個宮女奔向那間寢室，急急喚道：「娘娘，娘娘，什麼事？」

「娘娘？她就是小周后？」

楊浩蹲在草窠裡，餘悸未消地想：「她就是小周后？千古名人吶，可惜，方才沒有仔細看看她的模樣。不過……幸好我閃的快，她應該也沒瞧清楚我的模樣。」

楊浩正想著，兩個宮女已急急奔了出來，站在殿下伸手往廊柱下一摸，「噹噹噹」一陣清越響亮的聲音便響了起來，原來殿廊下繫了半月型的銅板，一拉廊柱邊的繩子，銅板便敲響起來，聲音清越響亮。

片刻工夫，遠遠便有呼喝聲傳來，腳步沉重如雷，也不知道有多少身披甲冑、執槍持戈的武士向這裡湧來。「壞了！」楊浩本想看清路途再退走，一見這情形，當下不辨東西南北，立即拔腿就溜。

若是在這兒被人抓個正著，那可是百口莫辯，要落個什麼下場他是很清楚的，就算李煜不殺他，趙匡胤也丟不起那個人，要是那樣，等焰焰和娃娃趕來就只能給他收屍了。

四面八方都有人向皇后娘娘的寢宮奔來，楊浩沿一條小徑跑出不遠，前方就有一陣細碎的腳步聲傳來，楊浩立即一個「斜插柳」，嗖地一下竄進一片花叢，身子貼著草地竄出好遠，身形尚未停住，前方又是一道小溪，楊浩急忙雙手借力一撐，腰桿一挺，從小溪上魚躍而過，雙腳剛一沾上鬆軟的地面，立即拔足再跑。

他的動作迅速，那沿小徑而來的幾個宮女絲毫沒有察覺他的行蹤，而是急急向皇后寢宮跑去。楊浩一路疾奔，將外袍脫下，反著穿在身上，又用袖子遮了面孔，奔行不遠，前方花木漸疏，錯落出現許多粉紅色小亭。

這小亭真是很小，大約也就比他的頭頂高出不到半尺，寬度也只三尺左右，裝飾著玳瑁象牙，粉飾的相當華麗，外面罩以紅羅。這小亭子是李煜的傑作，他在御花園中賞玩，若是遇到美貌的宮人，恰又正有性致，便會將那宮女妃嬪引入這紅羅小亭任意臨幸，楊浩不知道這小亭子做何用處，有些莫名其妙。

「那裡有人，截住他！」

前方忽然幾名軍士出現，一見楊浩疾奔而來，立即拔刀向他撲來，楊浩躲避不及，當下偏離道路，一個箭步躍過五尺多寬的一方水面，單足在水中的一塊假山石上借力一躍，便跳到了水池對面的假山上，楊浩如貓躡一般，手腳並用地竄上假山頂，雙腳在假山頂上的山石處一蹬，整個人便穿入花林，逕直射入一間紅羅小亭。

「噫！這裡竟是住人的？」

紅羅小亭上有頂蓋，四周卻只有紅色綾羅為壁，楊浩衝入小亭時，才發現亭中狹小，裡面僅置一榻，榻上鋪著鴛綺鶴綾、錦衾繡褥等極其華麗的寢室用品。楊浩不知道這是李煜的風流之地，此時也無暇細看，他穿過紅羅小亭，幾名大內侍衛已持刀繞過假山追來。

楊浩不敢回顧，發力奔出十餘丈距離，就見前方幾棵大樹，樹後卻是灌木形成的一道樹牆，無法穿越。楊浩腳不沾地，劃著一道弧線向前奔去，衝到近處縱身躍起，雙腿在樹幹上狠力一踹，又借力再度竄高數尺，伸手一探，便攀住一根橫亙的樹幹，雙腿一仰，一個後空翻躍過了那層樹牆，消失在大內侍衛們眼前……

＊　＊　＊

折子渝負著手正在一幢宮殿中悠悠閒逛。

她當初說服林仁肇向李煜獻計，勸李煜先發制人對宋用兵，結果李煜畏懼宋軍勢力強大，坐失了保住江南社稷、甚至取宋而代之，成為天下共主的的一次絕佳機會。那時候，折子渝就看破了這位才子皇帝做為一個男人是如何懦弱、做為一個皇帝是如何昏庸。

可是她雖不恥李煜為人，卻又不得不借助他的力量。文武大臣的進諫不能為李煜所採納，她便轉而走起了後宮路線。這世上有些帝王忠言逆耳，聽不得臣子的任何勸諫，但是對身邊的愛妃和寵信的近侍卻是言聽計從。至於李煜是不是這種人，總要試過了才知道。於是，折子渝轉而打起了後宮中對李煜最具影響力的小周后主意，利用一切機會向她灌輸自己的主張，希望透過她影響李煜的決斷。

今天進宮的時間早了些，小周后尚午睡未起，於是折子渝便被宮人引著進了這處待詔殿歇息等候。

這處宮院的規模不比小周后所住的寢宮小，實際上這裡原本是大周后的住所，大周后就是在這幢宮殿中病逝的。自大周后逝後，李煜心中覺得有愧於愛妻，因此從不來這處宮殿，小周后當時雖年少無知，漸漸長大後，知道姐姐的死與自己有莫大關係，從此便也絕不涉足此處。於是這幢閒置下來的皇后規格的宮殿，就改成了妃嬪與命婦覲見皇后前的歇息候旨所在。

折子渝在殿上枯坐半晌，閒極無聊便起身端詳殿中的布置陳設，她見殿角的案上放著一把琵琶，便信步走了過去。大周后通書史，善歌舞，尤工鳳蕭與琵琶。這把琵琶就是當年大周后使用過的樂器，雖說皇帝與娘娘從不來此處，但是這殿中仍是灑掃的十分乾淨，琵琶保養的也很好。

折子渝有一下沒一下地撥著弦，忽想起楊浩與樞密使陳喬在飄香樓為一歌妓爭風，那歌妓笙寒就是以一把琵琶驚豔江南，心中頓起好勝之心。她取下琵琶，回到錦墩上坐了，略一思索，纖指疾彈，「錚、錚錚、錚錚錚錚錚……」一串殺伐之音便自她指下激昂而出……

楊浩穿殿堂樓閣，越花叢樹梢，一路馬不停蹄，如貍貓靈猴，偶有武士能見其身影一閃，可莫說要捉住他，就連跟他打個照面都不可能。那身手，就算是《暴力街區：二〇一三》裡的那位跑酷高手見了都要甘拜下風。

忽地，隨風飄來一陣琵琶聲，楊浩卻未料到，這彈琵琶的人，正是害得他陷入如此困境的折子渝，而他只要順著琵琶聲而去，正好能找到她。他在「千金一笑樓」這麼久，聽過許多曲子，一聽這首曲子，便知道正是〈十面埋伏〉。

楊浩不禁又好氣又好笑：「這是誰在彈琵琶？這曲子配的，真他娘的絕妙。力拔山兮氣蓋世，時不利兮騅不逝。騅不逝兮可奈何，虞兮虞兮奈若何……」

楊浩苦中作樂，一邊吟著詞，一邊發力痴奔，遠處出現一角宮牆，只是宮牆向來都有數丈，豈能一躍而過，可是即見宮牆，若能躍出去，那麼不管被人發現在哪兒，至少都沒有被人發現他在這兒的後果嚴重。楊浩走投無路，只得硬著頭皮向宮牆撲去。

「錚錚錚……」折子渝懷抱琵琶，彈、掃、輪、絞、滾、煞，於是金鼓聲、劍弩聲、人馬聲便自她指端流溢而出，壯懷激烈、扣人心弦，楊浩就在折子渝無意中為他伴奏的急促琵琶聲中奔到了宮牆之下。

「玉皇大帝、如來佛祖、太上老君、真主阿拉、上帝保佑！」楊浩急來抱佛腳，一個個神靈叫著，提氣縱身，躍起一丈多高，藉著向前急竄的力道，雙足在牆上使力疾蹬，又向上奔出一丈多遠，然後「嘿」的一聲，身形一展，十指指尖堪堪扣住光滑的琉璃瓦，不待指尖滑落，便將整個身子打橫翻了上去……

「出來了！嘿！真是吉人自有天相！」楊浩站在宮牆下定了定神，喜悅之意稍減，困惑地四下看看：「這是哪兒？」

眼見前方花叢掩映有一處宮殿，同樣吊簷飛斗，只是舉架不高，規模極小，楊浩忙解下衣衫重新穿好，向那宮殿走去，一路故作沉穩，只待看見有人，就裝作迷路模樣。至於這兒離菊苑有多遠，他應不應該迷路迷到了這兒，現在卻無法顧及了。

「要是此處與菊苑南轅北轍，那該怎麼辦？我說自己迷路至此，是因為空間摺疊、時空黑洞的話，不知道他們聽不聽得懂……」

楊浩胡思亂想著進了那小型宮殿，只覺殿中模樣與尋常宮殿大有不同，那模樣說它是座土地廟還差不多，一進去迎面也是一扇屏風，卻是全木製的簡陋屏風，閃過屏風，楊浩就不禁呆在那兒，對面的女子也呆在那兒，兩個人大眼瞪小眼地互相看了半晌，誰也說不出話來。

「我……我……我日他大爺，廁所也修成了宮殿模樣？你有錢，你騷包，不關我屁事，可你至少也該掛塊牌子啊……」楊浩站在那兒真是欲哭無淚。正蹲在那兒小解的窅娘，臉蛋也紅得像朵石榴花似的。

雖說長衣大袖，身子全被遮光了，不虞會被他看到什麼，可是一個女孩子家，這樣蹲在一個男人面前就夠丟人的了，何況自己還是在小解。

「不能再逃了，再逃下去，保不準又要撞見什麼。真正的勇士，是敢於正視淋漓的鮮血，敢於直面殘酷的現實的。對，不能逃，不能逃……」楊浩像夢遊似地站了一陣，才嚥了口唾沫，露出一個比哭還難看的笑容，很斯文地向蹲在那兒一臉糗樣的窅娘作了揖：「啊……請問窅娘，男廁在什麼地方？」

「……」

「男的茅房，本官有點內急，走錯了地方……」

窅娘伸出食指，怯怯地向對面指了指，楊浩急忙又施一禮，便訕訕地溜了出去……那時許多城裡人家起夜是用馬桶的，因為如果用茅廁，穢物清理不便。但是鄉下人間卻是用茅廁的，漚肥會用作地裡的肥料，而宮裡則只有妃嬪們用馬桶，否則皇宮裡下人成千上萬，每天馬桶絡繹不絕運出宮去，忒也壯觀了些，於是在偏僻處也修有茅廁，穢物漚肥後埋於花圃沃土中即可。

窅娘實在沒有想到會在這兒和楊浩相遇，簡直羞得無地自容。這樣場面，若張揚出去，只不過是個大笑話，又哪能做什麼綺事緋聞？再者，打死她她也不會說，她丟不起那臉吶。

「我……我一定要混上用馬桶的資格……」窅娘雙拳緊握，暗暗發誓。

楊浩按照窅娘所指方向前行不遠，繞過一片花樹，眼前無數鮮花爭奇鬥妍，眼前一叢俱是碗口大的花，如同一朵朵怒放的焰火，竟然都是菊花。這裡分明就是菊苑，探頭向對面望去，菊苑花海盡頭，有一座與這小廟樣的宮殿一模一樣的建築。

楊浩長長地吁了一口氣，一時竟有種劫後餘生的感覺，隨即，那個解不開的謎團又復湧上他的心頭：「那個宮裝麗人，到底是不是子渝？」

李煜遍尋不著楊浩，不久之後，又聽說後宮鬧賊，有人闖入皇宮寢宮，不禁又驚又怒，宮闈之中，這簡直是前所未有之事，也不知那人是外來的飛賊，意圖對皇后非禮，還是宮中的太監想要偷摸寶物，片刻工夫又有人來報，得知小周后無恙，宮中也未失竊，李煜這才放心。

心事一放下，他忽又想起楊浩來，登時疑竇生起，楊浩離奇不見，後宮便有了賊，莫非……

李煜變了顏色，立即對聞訊趕來護駕的侍衛們喝道：「全宮上下處處搜索，定要找到楊浩，看看他在哪兒。」

片刻工夫，一個小內侍奔來，向李煜低語幾句，李煜聞訊急忙舉步返回先前飲宴的宮殿，只見楊浩氣定神閒地坐在那兒，正捧著一杯茶，有一口沒一口地抿著。

李煜鬆了口氣道：「楊左使不是在菊苑賞花嗎？幾時回來的？」

楊浩放下茶杯，起身施禮，淺笑道：「啊，外臣已賞玩很久了，想著國主該已處理罷了國事，所以這就回來相候了。國主，咱們現在就下棋嗎？」

李煜苦笑道：「罷了，今日宮中有些事情，實在難以抽身，改日……孤再領教楊左使的棋藝罷了。」

「既如此，外臣告辭。」楊浩也暗暗鬆了一口氣，如果窅娘說出他誤闖女廁的事來，雖不是什麼罪過，可是難免也要招人笑話，臉面上未免過不去，如今看來，窅娘也有這個顧忌，那就天衣無縫了，楊浩欠身一禮，李煜便著人把他帶了出去。

楊浩一走，李煜便轉過身，厲聲喝道：「禁宮之中怎麼會鬧了飛賊？傳旨，調大隊禁軍入宮，一寸寸地給孤進行搜索，掘地三尺，也要把那個膽大包天的賊酋給孤挖出來！」

* * *

「那人到底是不是子渝，如果是她，難道她竟做了李煜的妃嬪？那又是為何？與……唐國結盟，共抗宋國的欺奪？」楊浩坐在轎中心神不定，不弄清那女子身分，他真是放心不下。

「皇甫繼勳那個馬屁精多次邀我飲宴出遊，我都推卻了。如今看來，還要與他往來一番，探聽一下最近宮中有無新晉的妃嬪，我才放心。」

楊浩正在想著，就聽街頭一陣囂鬧聲，有人高叫：「抓賊，抓賊，抓飛賊……」

楊浩作賊心虛，聽得心中一跳，這時大轎也停了下來，楊浩趕緊掀開轎簾走出去，就見許多百姓持著木棍家私，正向高處叫嚷，一個妙齡少女在一幢房屋尖尖的屋簷上跑得飛快，縱橫跳躍，輕身功夫極佳，兩幢房屋間的距離不短，那少女一縱身便跳了過去，地上那些百姓哪裡追得上？片刻工夫那女人就逃得遠了。

楊浩只看見一個背影，卻不曉得這個少女正是他的難兄難弟壁宿，他拭了把冷汗，向轎旁百姓問道：「這飛賊偷了什麼？」

一個百姓見他一身官服，也不曉得不是本朝的官，便憤憤地稟告道：「大人，這個飛賊女扮男裝，啊……不是，男扮女裝，潛入尼庵勾搭女尼，如此冒犯神靈，真是豈有此理，大人，要派人把他捉住呀。」

「唔，唔唔，應該的，應該的，」楊浩連連頷首：「你們放心吧，天網恢恢，疏而不漏，這般為非作歹之徒，一定會被繩之以法的。唉……世風日下，人心不古，咳，起轎……」

楊浩鑽進轎子，慶幸地搖了搖頭：「想要尋個死都這麼難，險些闖出塌天大禍來，以後這些天，真要修身養性，少生事端了，唉，也不知焰焰和娃娃幾時才來。」

樹欲靜而風不止，楊浩卻未料到，焰焰和娃娃還沒來，契丹使節耶律文卻來了，身邊帶著丁承業，後邊還悄悄跟著一個丁玉落，他想太太平平地去死，談何容易。

三百四九　雙僧

楊浩、焦海濤兩位宋使在皇甫繼勳的邀請下到了采石磯，此行雖是非官方邀請，但是負有全程陪同責任的大鴻臚夜羽還是像跟屁蟲一般跟了來。

本來，皇甫繼勳是想邀請楊浩往棲霞山一遊的，此時滿山楓葉紅如火焰，風光正美，而且距金陵城也更近一些，不過楊浩說道：「在北方看的山已經夠多了，既到江南，理應看水，那才是江南風光。」

一心想要取悅討好楊浩、和宋朝官員巴結關係的皇甫繼勳，自然要滿足他這個願望，燕子磯有駐軍，這樣的軍事重地是不能帶他前往的，於是便安排他往采石磯一遊。

采石磯同樣是一個重要渡口，不過此地商運發達，與荊湖地區的商賈往來密切，不禁行人旅客，平素也沒有駐軍，而且論起風景來，采石磯突兀江中，絕壁臨空，扼據大江要衝，水流湍急，地勢險要，素有「千古一秀」之譽，比燕子磯更秀麗一些。更因李太白在此醉酒捉月，落水淹死的故事，更增幾分讓人尋幽訪勝的神祕氣息。

一行人到了采石磯附近，下了車轎舉步而行，過鎖溪橋，即見平地拔起的牛渚山。此山西北方向面臨大江，三面為牛渚河環抱，猶如一隻碩大的碧螺浮在水面，山間林木蔥綠，蔚然深秀，西麓突兀於江中的懸崖峭壁就是著名的采石磯；西北臨江低凹之處，人稱西大窪，北邊山脊梁叫蝸牛尾，山勢險峻；南麓林木蔥鬱，亭閣隱隱。

為憑弔李白而建的謫仙樓就在牛渚山翠螺峰上，登樓而遠望，面臨浩蕩長江，背連翠螺秀色，濃蔭簇擁，環境幽雅，令人心曠神怡。

焦海濤四下觀望，只覺此處江水湍急，易守難攻，戰時若調一支軍隊來，拆去渡口，收攏船隻，仗此天險足可以一敵萬，不禁暗暗心驚：「雖有保江必保淮之說，可這長江天險實是非同小可，官家雖坐擁淮南之地，調兵遣將、軍需供給不成問題，但是有這條長江在，欲取唐國，不知死傷該何等重大，若除江南外餘地早已四海昇平那也罷了，可是北方有猛虎，西北三頭狼，荊湖蜀粵盡皆新附，民心不穩，一旦折損太重，恐怕我宋國反成他人覬覦的目標，此天然之險要，務必要稟告官家，讓官家慎重決斷才行。」

焦海濤悄悄觀察地理，楊浩卻纏住皇甫繼勳和夜羽，與其殷勤勸酒，談笑風生。酒過三旬，楊浩貌似不經意地道：「江南山青水秀，以此水土孕育的人物也是不俗。似皇甫將軍這樣英俊不凡的少年將軍、夜大人這樣飽讀詩書的博學鴻儒自不待言，就是街頭偶見一販夫走卒，也帶三分斯文氣啊。」

皇甫繼勳一聽忙謙遜謝道：「左使謬讚了，若論男兒英雄，還當屬江北豪傑，民風剽悍、英武不凡，若較量武力，我南人萬難抵抗，幸好我主英明，向宋帝稱臣納貢，天下方得太平，否則，一旦生起戰事來，我唐國兵馬……」

楊浩一聽這位寶貝將軍又要拋出他的「三日亡國論」，自己雖是宋臣，聽著也覺彆扭，只覺此人之怯懦無恥簡直已到了無敵境界，一旁的夜羽更是滿臉尷尬，楊浩連忙打斷皇甫繼勳的話，哈哈笑道：「若說男兒嘛，江北男兒或不遜於江南人物，但是說到美人，卻要數江南美人柔情似水了，我北方的姑娘豪爽大方，性情開朗，但是說起細膩柔情，比起江南女子不免便少了幾分女人味。

「呃……旁的不說，楊某赴國主之宴時，但見宮中宮女婢侍、舞妓歌女，個個都是十分標緻、窈窕的身材，換了我江北，這樣風情的女子可就少見了。那些女子不過是些侍婢舞妓，尚具如此美貌，江南女子風情，由此可見一斑。由此及彼，楊某不免便想，那萬中挑一的宮中美人又該是怎樣的美麗呢？國主坐擁江南，宮中佳麗想必早已人滿為患了吧？」

皇甫繼勳一談起女人便眉開眼笑，笑嘻嘻答道：「左使這話卻是不假，我江南女子柔若春水，確是別具味道，與北方姑娘的風情大不相同。不過，國主專寵皇后一人，這幾年已不曾納過妃嬪了，嘿嘿，不瞞你說，國主愛極了娘娘，就算娘娘大度，國主恐她不悅，也不敢納妃的，國主平素臨幸的宮女倒是不少，卻都不曾冊封過。說起來，那些美貌宮女兒若是哪個運氣好，懷了國主的骨肉，就算國主不說，娘娘也會張羅著給她冊封的，可惜，那些受國主臨幸過的美人肚皮不爭氣呀。」

說到這兒，他向楊浩擠擠眼睛，狎笑道：「楊左使此來江南，風土人物是見過不少了，卻還不曾嘗過我江南美人的溫柔滋味吧？嘿嘿，不如今晚回到金陵之後，就讓在下安排安排？待大人嘗過了那些美人的銷魂滋味，一定會留連忘返的……」

「咳，咳咳！」一旁鴻臚寺卿夜羽聽著不像話，連忙正襟危坐，咳嗽兩聲。

皇甫繼勳瞟他一眼，笑罵道：「男人嘛，談談風月本是理所當然之事，夜大人的嚨癢個什麼勁，你就不要假正經啦，青樓畫舫之中，你也是出入常客嘛。我聽說，你上月剛納了一妾，是一個極俏美的小船娘，今年方只荳蔻十三年華，還是虛歲？嘖嘖嘖，老牛果然喜歡嚼嫩草，現在卻裝起正經人來啦……」

夜羽被他當著楊浩的面揭破老底，登時臊了個滿臉通紅，可是楊浩他得罪不起，皇甫繼勳這個皇帝跟前的紅人他同樣得罪不起，只是乾笑兩聲，支吾著想把話岔開去，一時卻又找不到合適的話題。

楊浩接口笑道：「是啊，此風流韻事也，夜大人何必羞澀？說起來，夜大人尚未過知命之年，也不算老。在我家鄉，有一夫子，叫查語茗，這老夫子年逾八旬，還娶了一個十八歲的美貌姑娘為妾，有人曾賦詩調侃，說他是『十八新娘八十郎，蒼蒼白髮對紅妝。鴛鴦被裡成雙夜，一樹梨花壓海棠。』此等風光，遐想無限啊。」

皇甫繼勳撫掌笑道：「妙，妙啊，一樹梨花壓海棠，這比喻端妙，這一個壓字更是絕妙，只是這位查先生如此高齡，恐怕壓下去就起不來了，哈哈哈哈……」

焦海濤和夜羽聽了也不禁露出笑意，楊浩目光微微一閃，趁機又道：「是啊，鄉間一夫子尚有如此豔福，羨煞旁人了。哦，對了，皇甫將軍說國主近幾年不曾納過妃嬪嗎？那可奇怪了，本官赴宮中飲宴時，曾見一宮裝麗人，看其髮髻，不似嫁過的婦人，看其裝飾，卻又不是宮中的侍婢，這可有些奇怪。」

夜羽有了查語茗那八十老翁作比，已經不那麼尷尬了，聞言接口道：「左使大人，那也沒有什麼奇怪的，每個月，朝臣的命婦、千金們都要入宮覲見娘娘的，左使所見，想必是哪位大臣的內眷。」

他拱拱手，讚道：「我國主與娘娘皆平易近人，最喜與民同樂，時常還要出宮遊玩、入寺廟上香禮佛的，各位朝臣的命婦、千金更是時常接見，賞賜禮物。哦，對了，林仁肇林大將軍的甥女莫姑娘，就是隨林夫人進宮晉見時得了娘娘的歡心，如今已是娘娘身邊的紅人，情同姐妹呢。」

「林虎子的甥女？」

楊浩心中不由一跳，林虎子？娃娃說過子渝曾與林虎子計議，欲借唐軍趁宋內部空虛出兵襲之，卻被鼠目寸光的李煜所阻。自己在宮中恰見一女，與折子渝有九分相似，莫非……

一個大膽的想法突然浮上他的心頭：如果子渝不死心，開封斷糧的危機被破之後，她不曾返回西北，卻重又到了江南，那麼……我在宮中所見那個有九分酷肖子渝的背影，恐怕真的是子渝了，如果真的是她，她來唐國、混入唐宮，要做些什麼？

如此一想，楊浩真是如坐針氈，折子渝所圖甚大，所做之事也甚大，她想憑一己之力，改變天下的命數。在開封，她不動聲色地便為宋廷引來一場幾乎撼動社稷的大災難，天知道她潛來江南又是什麼目的，萬一惹出什麼潑天大禍來，豈不傷及她的性命？涉及軍國此等大事，一旦事敗，可不會有人憐惜她是女子啊。

楊浩越想越是緊張，折子渝雖與他早已分道揚鑣，可那是折子渝因為唐焰焰而負氣離開，楊浩對她的感情卻始終未變，而且自覺有虧於她，為此還憑添幾分愧疚之意，他若不知道也就罷了，既然知道，他是無論如何不能看著折子渝引火燒身的。在他的印象中，宋國滅唐大概就是這兩年的事情，戰火一起，就算是一條池魚尚要遭殃，何況子渝混跡於唐國宮廷，絕非一條無辜的池魚，而是興風作浪的一個妖精啊。

楊浩恨不得馬上插翅飛回金陵城去，看看那莫姑娘到底是不是折子渝，面上卻還不便表現出來，只是沉吟說道：「莫姑娘？喔……我所見的那美貌女子，當時只她一人入宮，並無其他命婦相伴，想來就是夜大人所說的莫姑娘了。」

「那應該就是她了。」皇甫繼勳有些垂涎地道：「莫以茗姑娘的確美貌非凡，這就難怪楊左使一見難忘了，嘿嘿，不瞞左使大人，林仁肇這個甥女，也是前不久才到金陵的，在下初見她時，也頗為她美貌動心。」

他惋惜地搖搖頭，嘆氣道：「以她的身分和美貌，本也配得上本將軍，只是……某與她的舅舅那個死老頭子一向不對路，要不然……倒真想使人上門提親來著。」

楊浩聽說這莫以茗剛剛出現在金陵不久，心中疑竇更深，很想馬上趕去驗明她的正身，可是遊采石磯是他的主張，他又不便馬上張羅著回去，便起身道：「楊某酒力有限，再喝下去，今夜只怕就要留宿在這謫仙樓了，呵呵，二位大人，咱們不如趁著酒興再往磯上一遊，回來後喝壺茶，便回金陵城去吧。」

皇甫繼勳哈哈笑道：「左使大人真是個急性子，某才說要陪大人去見識一番江南美人，大人這便坐不住了。」

楊浩有些好笑，隨口應道：「這個，山水之美固然讓人留連，美人之美，更是蝕骨銷魂吶，你我豈非正是同道中人嗎？」

皇甫繼勳狎笑道：「正是，正是，而且……這美人身上，亦有山水，比這采石磯的山水還要秀美十分，教人沉醉忘返吶，哈哈……」

他大笑起身，一把架起夜羽，笑道：「走啦，莫要在這兒裝佯，咱們與楊左使先去逛逛此處山水，再一同回金陵尋一處所在，欣賞那美人山水去。」

「呃，這個……皇甫將軍……老夫……」

夜羽滿臉為難，被皇甫繼勳拉著，「勉為其難」地站起身來，隨著他們往「謫仙樓」外走去看山水了。

沿江邊棧道，一路欣賞著滔滔江水，楊浩一行人過了「行吟橋」，便到了建於東吳時期的「廣濟寺」，遊賞一番，獻了香火，四人又到「蛾眉亭」飲茶。

「蛾眉亭」據險而臨深，憑高而望遠，景色秀麗。亭前左前方臨江之處，是一塊平坦巨石，稱為聯壁臺，此石嵌在蔥鬱陡峭的絕壁上，伸向江中，險峻異常。傳說李白就是在這裡跳江捉月，一命嗚呼的。

楊浩等人亭中閒坐一陣，便沿亭而行，準備離開采石磯，行至半途山徑，正有一個僧人提水上來，那僧人氣喘吁吁地剛停下歇息，就見楊浩一行人走下來，前方幾名兵士一路驅趕行人讓路，路人都紛紛走避到徑旁草地上去，山坡陡滑，那僧人提著水，穿一雙麻鞋站到碎石草地上去便有些吃力，楊浩見了便喚道：「此路人人行得，莫要為我們擾了他人遊興。」

那兵士耀武揚威正在呼喝，沒有聽到楊浩的勸阻，皇甫繼勳立即叫道：「沒聽到楊左使的吩咐嗎？不要驅趕他們了，路徑雖窄，我們還走得。」

那麻衣僧人正要避向路邊，聽了聲音便停下腳步，目光向他們微微一轉，站住了身子。楊浩行至他身旁時，這僧人忽然稽首微笑道：「貧僧聽那位將軍呼喚大人為左使，卻不知大人這左使，是哪一處衙門裡的職司？」

楊浩略略打量了他一眼，見這僧人三十五、六歲年紀，臉有些黑瘦，雙眼卻很有神，便駐足笑道：「和尚是出家人，也對俗家的官職感興趣嗎？」

那僧人笑道：「貧僧對朝廷官制略知一二，這左使的官職，貧僧從未聽過，所以有些好奇。」

一旁夜羽便道：「這位是宋國鴻臚寺左卿楊浩楊大人，欽奉天命，宣撫江南，是以尊稱為左使，你這和尚是廣濟寺的僧人嗎？寺中自有一口『赤烏井』，何以卻來山下取水？」

「哦？原來是宋國的官人，那就難怪了。」

那僧人目光在楊浩身上一轉，微笑著又向夜羽稽首道：「貧僧本是一名秀才，屢試不第，心灰意識，這才自行削髮為僧，因不是『廣濟寺』中僧侶，又無座師，不能在此處掛單，是以只能在山上結廬而居，這水也只好自行去山下取。」

皇甫繼勳笑道：「原來是個野和尚，廟不曾有，那你連法號也是沒有的了，你既無座師，又無高僧為你剃度，這也算是出家？」

那僧人又瞟了楊浩一眼，微笑道：「出家人修行的是一顆佛心，是否有高僧剃度又有何妨？披了緇衣的未必便是出家人，沒有度牒的也未必不是出家。至於法號，貧僧倒是為自己取過一個法號，叫作……若冰！」

皇甫繼勳仰天大笑：「哈哈，若冰和尚，你要和本將軍打禪機嗎？本將軍可沒有這個閒情雅興，讓開、讓開，本將軍要回金陵，去欣賞你這和尚萬萬欣賞不得的山水去了，哈哈……」

若冰和尚微笑著往旁邊閃了閃，皇甫繼勳便大搖大擺地走下山去，楊浩行至若冰和尚身旁時，忽地感覺到他的目光一直投注在自己身上，走出幾步路，楊浩總有一種莫名的感覺，似乎那僧人有什麼話想對自己說似的，他忍不住回頭一看，只見那僧人還立在原地，目光正投注在自己身上，見他回頭，那和尚並不移開目光，只是深深地凝視了他一眼，便雙手合十，微笑著向他一拜……

楊浩微一躊躇，夜羽已趕到身旁，殷勤說道：「左使請慢行，山路陡峭，千萬小心……」

楊浩無暇多想，只得轉身走路，走到矮山下時，他下意識地回頭一看，只見那個僧人還立在半山腰上，遠遠地眺望著他……

一個念頭不由浮上了楊浩的心頭：「這個若冰和尚，一定有些古怪！」

＊　＊　＊

頭髮一綹綹地落在地上，最後呈現在眾人面前的是一顆甑亮的光頭，一隻大手便按在這光頭上，伸手撫挲光頭的，是一個慈眉善目，身披大紅袈裟的老和尚。

「阿彌陀佛，從今天起，你便是我雞鳴寺弟子了。不管做人還是參禪，都要有德有行。德，可以洗滌你的雜念，濾清你的本心，不使你迷路在茫茫苦海之中。而行，則是秉持著德，去行善舉、做善事，積功德，方成正果，得大自在。老衲為你剃度，你便是老衲的弟子，依著輩分，你是我雞鳴寺德字輩弟子，老衲便賜你法號——德行，你須謹記老衲的教誨，知道嗎？」

「德行謹遵師尊教誨！」

那顆佛光普照般的大光頭深深跪了下去，叩在兩掌攤開、掌心向上的蒲團上。態度極其虔誠，不過說出來的話就有點不上道了：「不過……師傅啊，法號只能是兩個字的麼，就不能三個字嗎？」

「呵呵，那倒不是，法號怎麼取，都由得各位座師。只不過自古以來，兩個字的法號在任何一家寺院裡也已足夠使用了，天長日久，各家寺院約定俗成，就都用了兩個字，如果一家寺院僧眾太多，用來排資論輩的字已經起不出合適的法號，那也不妨用三個字的，當然，還有些師傅為了能把經義詮釋的更加明白，也會給徒弟取三個字的法號。其實，師傅和你的法號已經是三個字了，我們出家人，正式的法號前面都有一個釋字的。」

「呃……師傅啊，釋字平時不常叫嘛，徒弟是說，能不能在釋字之外，給徒兒取個三個字的法號？」

老和尚白眉一皺，有些不耐煩了：「德行，你為何非要取三個字的法號？」

「呃……徒弟覺得……三個字比較威風嘛。」

「那為師給你取四個字的法號，豈不是更加威風？」

「那更好，那更好，多謝師傅！」

老和尚抬起手來，屈指如佛陀拈花，在他光頭上攸地彈了一下，輕斥道：「你這徒兒忒也話多，難道你想叫釋迦牟尼嗎？」

「那也……呃……」跪在地上的和尚乾笑兩聲道：「徒弟知錯了。」

「善哉，善哉。」

老和尚又恢復了慈眉善目的高僧形象：「德行啊，你剛剛剃度，還只是一個小沙彌，今後就留在老衲身邊，隨老衲修行佛法，如何？」

德行跪在蒲團上，說道：「師傅，弟子本富家子弟，家境優渥，今既虔誠向佛，便想從頭做起，磨鍊身心，入寺時，弟子曾見寺左有菜園，幾位師兄正在勞作，雖然辛苦，卻正合師尊以德滌心志、以行積功德的教誨，所以……弟子想去菜園，先從一個行字做起。」

寶鏡大師一怔，他是雞鳴寺中住持方丈，地位尊崇，已經很久沒有親自收徒弟了，因為這個徒弟容貌清秀，天生一雙嫵媚的桃花眼，較之女子還要俊俏幾分，教人看著十分順眼，而寶鏡大師貴為金陵第一禪寺的方丈大師，時常接待達官貴人，身邊帶的小沙彌氣質長相如何，也算是一個門面，這才動了愛才之心，親自為他剃度出家，不想他卻主動要求去種菜，這個要求實在是……

轉念一想，這德行說的話冠冕堂皇，如今首座和戒律院住持兩位師弟都在場，自己身為主持方丈，實在不好拂卻，他一個富家子弟，未必吃得了那苦，過些時日再把他調到自己身邊就是，於是微笑道：「善哉，善哉，你有這分心思，便已存一顆佛心了，好吧，那為師就准你去菜園修行一段時間。至於菜園的那幾位僧侶……呵呵，佛法和戒律方面，你不妨向他們詢問請教，不過卻不可稱之師兄，你是老衲的親傳弟子，輩分比他們要高，那些人都是你的師姪，德惠，帶你師弟去菜園，見見他的幾個師姪。」

「是！」一名中年僧人閃身出來，稽首一禮，向德行微笑道：「師弟，隨師兄來。」

德行一臉肅穆，隨著德惠和尚走出大雄寶殿，出了三進的院落，拐向東側菜園，遠遠嗅到一股漚肥的臭味，德行眉尖挑了挑，嘴角便露出一絲謔笑：「嘿嘿，老子出家了，這一下，看妳老尼姑還奈何得了我嗎？」

他輕浮地聳動了幾下肩膀，忽地察覺不雅，急忙端正身姿，眼觀鼻、鼻觀心，寶相莊嚴地跟著德惠和尚踏上了田間土埂。

那天，壁宿追上了那個年輕俊俏的女尼，一時激動得說不出話來。那女尼放下挑子，就那麼看著他，臉上帶著詫異而禮貌的笑容，激動半晌，壁宿才蹦出了一句話：「姑娘，我……我很喜歡妳，我可以知道妳的名字嗎？」

那女尼一聽，駭然瞪大眼睛，吃驚地看著他，壁宿這才醒起自己穿著女裝，連忙說道：「我不是女人，我是男的，妳看，妳看……」

他揚起下巴讓那小尼姑看他的喉結，又拍拍胸口，聲音也故意放粗了些：「自從在淮南見到姑娘，在下就一直念念不忘。妳不記得我了對不對？那天在淮安客棧，我進去，妳出來，我們錯肩而過，妳還對我笑了一下，妳想想，再想想，想起來沒有？妳的笑容好甜，笑得我神魂顛倒，就此一見難忘……」

小尼姑眸子動了動，似乎想起了什麼，臉上便露出羞怯的笑容，臉蛋上飛起兩朵紅雲，壁宿終於把心裡話說出來，口齒便伶俐起來：「姑娘，妳這麼美，怎麼可以出家做了尼姑，青燈古佛空擲一生呢？那太暴殄天物了。在下自從那日見過姑娘之後，真是輾轉反側，思之難忘，我曾隨著姑娘往江南來，可惜過江的時候失去了妳的蹤影，天可憐見，讓我們今日再次相逢，妳說這不是緣分是什麼？」

那小尼姑漲紅著臉蛋，慌張地搖搖手，指指自己心口，見他不理解，又抓起懸在頸上的念珠給他看。

壁宿奇道：「妳不會說話？妳是啞巴？」

小尼姑眼神一黯，臉上露出受傷的神情，壁宿心中一熱，一把抓住她的小手，慨然說道：「沒關係，就算妳是啞的也沒關係，我喜歡了妳，就是喜歡了妳。我喜歡妳的時候，妳也沒對我說過話，我還不是一樣喜歡了妳？不會說話就不會說話，我這人話很多的，以後我一個人說，我說妳聽，家裡也不會有片刻清靜的，妳跟我去還俗好不好？跟我走，做我的娘子，我是真心的，我可不是歹人，我……我實際上可是朝中大臣的僚屬，身家清白、前途遠大的……」

那小尼姑被他抓住了手，窘得臉蛋跟一塊大紅布似的，她掙了兩下沒有掙開，便不再掙扎，只是不斷地搖頭，壁宿急切地道：「告訴我啊，妳願意做我的娘子嗎？如果妳願意，我就去找住持大師給妳贖身……啊！不是，還俗，佛祖作證，點頭不算搖頭算，妳願意做我的娘子嗎？」

小尼姑窘得直縮身子，不斷地搖頭，壁宿道：「妳搖頭？那就是答應了，我們走！」

小尼姑使勁搖搖頭，一下子回過味來，連忙又點點頭。

「妳點頭？那是答應還是不答應？」

小尼姑單純可愛，一聽他問，連忙很堅決也很自然地搖搖頭，壁宿便笑道：「那就是答應了？那我們走，住持要是不放，我們就私奔！妳……妳是我頭一次動心的女孩！」

壁宿厚顏無恥地告白，他以前勾搭過的大戶人家的少婦、千金們著實不少，哄騙婦人的甜言蜜語也不匱缺，可是不知怎地，對著這個不會說話的小姑娘，他以前那些偷香竊玉的伎倆一樣也使不出來，可是卻也尤顯他情意的真切。

聽他這麼一說，那小尼姑不點頭也不搖頭了，她明亮的眸子閃爍了一下，漲紅的臉蛋突然褪去了血色，變得蒼白起來。壁宿不曾注意，扯起她手腕就走，猛一轉身，壁宿也嚇了一跳，只見他面前齊刷刷地站了四排尼姑，老尼姑中尼姑小尼姑，高矮胖瘦黑白都有，全都虎著一張臉看著他。

壁宿怪叫道：「怎麼妳們尼姑走路真的不踩螞蟻的？一點聲音都沒有，半夜晃出來要嚇死人的啊？」

當先一個高大黑胖的尼姑森然喝道：「大膽狂徒，女扮男裝……咳！男扮女裝闖入尼庵，你要做什麼？」

「我……奴家……我……爺爺是來找我家娘子的，妳們要怎麼樣？」壁宿要起無賴來。

那胖大尼姑二話不說，怒目圓睜，揮起手來，只聽「嗚」的一聲怪響，握在她手中的一串沉重的念珠便拍在壁宿腦袋上，壁宿被拍得一個趔趄，腦袋上當即就腫起一串包來，他怪叫道：「好大的手勁，妳一個出家人，怎麼可以出手打……」

「嗚！」那念珠也不知使什麼繩子串的，居然沒斷，胖大尼姑掄起念珠又向他打來，同時大聲喝道：「你這潑皮，居然男扮女裝入我尼庵，誘拐貧尼的徒弟，來人吶，給我拿下這大膽狂徒，送官法辦。」

一群尼姑蜂擁而上，壁宿一看這架勢立即抱頭鼠竄，撂下一句場面話道：「爺爺不打女人，要不然教妳們好看。俊俏小尼姑，妳不要怕，我還會回來的，早晚要妳做了我的親親小娘子，哎喲，誰拿磚頭丟我……」

那些尼姑不依不饒，一直追出寺院，在她們呼喊之下，又有許多百姓出來相助，接下來就是當日楊浩在街頭所見了，壁宿走投無路，便施展提縱術躍上房去，這一下坐實了飛賊的稱號，卻也逃之夭夭了。

此後壁宿再想進入寺院去見那小尼姑卻不容易了，靜心庵對來往的香客都加強了注意，他想冒充女人已是不成了，於是壁宿只好做回老本行，每天晚上偷偷潛入尼庵，隱在暗處看那小尼姑。

幾天的觀察下來，從那些尼姑們的談話中，壁宿了解到，這個小尼姑法號靜水月，正是聽了這個三個字的法號，他才在剃度那天異想天開，想要寶鏡大師給他取三個字的法號，以便與這小尼姑相配。

靜水月無父無母，本是一個棄嬰，自幼被尼庵收養，九歲時生了一場大病壞了嗓子，所以啞而不聾。因為她不能說話，在寺廟中擔不了什麼差事，做功課時也不需要她去唱經，所以只在佛庵中灑掃、做飯，做些雜事。

那個高大肥胖的尼姑，就是靜心庵的住持寶月，就是她當年化緣的時候撿到了水月這個女嬰，她是靜水月的師傅，對她卻情同母女，所以當日見壁宿鬼鬼崇崇潛入尼庵，男扮女裝誘拐靜水月，這才火冒三丈，硬生生把他打了出去。

壁宿每天悄悄躲在牆角裡、蹲在房梁上，窺看那小尼姑打水、灑掃、縫衣、做飯、抄經、微笑……

不知不覺間，靜水月的一顰一笑、一點一滴都深深地印在了他的心頭，如果說一開始他對靜水月只是因她那一笑而起了痴迷之意，那麼這時，那種深切的愛卻已沁入了他的心底。一分奇妙的感情，一分常人無法理解的愛情，「渾身手」壁宿編織了一張密不透風的情網，把自己深深地困在其中了……

他觀察了幾日，發現這庵中縫補清洗的一些僧衣不是庵中女尼所穿，而是定期會有男性僧侶送來瓜果蔬菜和待洗的衣物，並把清洗乾淨、縫補好的僧衣取走。庵中的尼姑們對那些和尚都很友好。壁宿悄悄打聽了一番，才曉得這些和尚都是「雞鳴寺」的僧侶，靜心庵是雞鳴寺的附屬，歸雞鳴寺方丈管轄，屬於雞鳴寺的一處下院。

於是，壁宿靈機一動，便跑去雞鳴寺出家了。

走在菜園的田埂上，看著一畦畦水靈靈的小白菜，壁宿就像看到了那個月白僧衣的俊俏小尼正向他嫣然而笑，於是心裡就像吃了蜜似地甜起來……

三百五十　雙殺

「紅袖招」是金陵城中較有名氣的一家青樓。

楊浩到「紅袖招」來，倒不是衝著這裡的名氣，而是因為大鴻臚夜羽說了一句：「楊左使請看，斜對面那條巷弄裡就是林仁肇將軍在金陵的府邸。」

就因為這一句話，楊浩便信手一指，對絮絮叨叨不斷勸楊浩隨他一起去風流一番的皇甫繼勳道：「那就去這座『紅袖招』坐坐吧，隨便吃些酒食再說。」

「紅袖招」的姑娘著實不錯，就是那侍候飲食的小丫鬟，都是宜喜宜嗔，甜美可人。楊浩四個人上了樓，揀了臨窗的座位，叫了一桌酒食，又使幾個舞孃歌舞，四人據桌談笑，夜羽和焦海濤還打起了酒令，這時的酒令多是以詩詞相和，皇甫繼勳雖是武將，也能對答一番，四人中只有楊浩不擅此道，不過他是主賓，倒也沒人來難為他。

酒過三旬、菜過五味，夜羽和焦海濤兩個正人君子的眼睛開始繞著那些舞孃的纖腰打轉，詩興已去，騷興大發了。皇甫繼勳見狀，便笑著喚過老鴇，讓她喚出幾位姑娘來，供大家挑選，快活一番。

那老鴇子雖不識得皇甫繼勳是何許人，但看其穿著打扮，還有扈兵侍候，便曉得不是好相與，不敢以次貨充數，當下便把「紅袖招」最漂亮的姑娘都叫了出來，娉娉婷婷地站了一長溜，供他們挑選。

楊浩是皇甫繼勳巴結的人，當然要由他先選，楊浩推辭不就，皇甫繼勳見他似有顧忌，便讓夜羽和焦海濤先選，這兩位悶騷的傢伙未見美人時一本正經，美人當面時就像見了腥的貓，假意推辭兩句，便從善如流地指了位姑娘。這兩位夫子不約而同地選了位年方韶齡的雛妓，花骨朵兒剛開苞的，半推半就地被她們擁著離去了。

皇甫繼勳又讓楊浩選擇，楊浩也知道這時代士子狎妓，乃風流韻事，不是什麼見不得光的事情，眼前這些女子雖是風塵中的女人，但是容貌清麗嬌俏、氣質雅而不俗，並無什麼風塵之色，瞧著十分順眼，不致令人太生反感，但是臨窗斜對面那條胡同，彷彿是一根無形的絲線正繫著他的心，他的注意力全放在外面了，哪有心思去欣賞那一排起伏的「山水」。

見楊浩一副不置可否的樣子，皇甫繼勳心道：「這些姑娘論姿色卻也不俗了，怎麼這位楊大人這般挑剔？是看不上眼，還是他怕我學那韓熙載給他下套？這個韓熙載，真不是東西，自從他搞了那一齣把戲，想要巴結一個宋國來使，簡直是太他娘的難了。」

他有些鬱悶地道：「狎妓風流，不過是一樁雅事。左使大人如此不給面子，可是覺得皇甫繼勳不配與大人攀交嗎？」

楊浩一見皇甫繼勳有些惱了，便湊近了去，低笑道：「皇甫將軍莫怪，本官……本官實是有些潔癖，不願沾惹這些風塵女子，倒不是不肯承皇甫將軍好意，恕罪，恕罪。」

皇甫繼勳恍然，轉嗔為喜道：「啊……原來如此，呵呵，那倒無妨。」

皇甫繼勳揮揮手，那些女子們便翩然退了下去，皇甫繼勳起身走上前去，那老鴇子忐忑不安地問道：「那位大人……沒有可意的姑娘嗎？」

皇甫繼勳道：「妳這裡，可有未開苞的清倌人？」

「呃……倒是有幾個新來的清倌人，不過姿色未必十分美貌，而且還未調教得乖巧伶俐，恐怕不會服侍客人……」

「無妨、無妨，都喚出來，讓我這朋友挑選，我這朋友喜歡的就是這樣不諳房事的雛兒，嘿嘿……慢著！」

皇甫繼勳又叫住她，把臉一沉，冷冷地道：「只要未開封的原裝貨，本將軍可是此道行家，妳要是敢拿些身藏雞血的姑娘冒充雛兒，哼！一俟被我發現，拆了妳這『紅袖招』！」

「老身哪敢，一定只挑貨真價實的清倌人來。」那老鴇子笑嘻嘻答應著下樓去了，皇甫繼勳轉身笑道：「楊左使既好此道，我……嗯？楊左使在看什麼？」

他見楊浩半個身子都探出窗外，對自己的話渾然未聞，便詫異地走去，到了窗口順著楊浩目光一看，只見一個女子正挑燈款款行於金陵街頭，步姿婀娜，儀態嫻雅，皇甫繼勳雙眼一亮道：「莫姑娘？」

楊浩看見折子渝，心中又驚又喜，又有些為她擔心受怕，一聽皇甫繼勳脫口喚出的名字，楊浩心中便是一沉：「這位姑娘，便是林仁肇的甥女莫以茗莫姑娘？」

「正是這位姑娘，左使大人……」

楊浩心念一轉，縮回身來微微一笑：「我那日在宮中所見的，也是這位姑娘，姿色清麗嫵媚，果然不俗。今日既在此處遇著，正是相請不如偶遇，走，咱們去見見她去。」

「呃，左使大人……」

皇甫繼勳還未說完，楊浩已興沖沖向樓下走去，皇甫繼勳目瞪口呆地想：「敢情這位楊左使喜歡良家婦女，可是……你也別找官宦人家的女子啊。她們的身分貴重，豈是好相與的？嗯……」

皇甫繼勳眼珠一轉，轉念又想：「莫以茗是林仁肇的甥女，他這一去，若是言語不當，莫姑娘定然惱了他，兩下裡結了仇怨，林仁肇那老傢伙便澈底得罪了這位宋國大臣，那又有何不好？嘿嘿……」

這樣一想，皇甫繼勳心花怒放，拔腿便往樓下追去，那老鴇子領著幾個怯生生的小姑娘上來，一見他急匆匆往下走，不禁詫然道：「將軍大人，這是往哪裡去？」

皇甫繼勳興高采烈地道：「讓開，讓開，莫耽擱了本將軍去看人調戲良家婦女！」

楊浩離開「紅袖招」，快步向折子渝迎去，站在門口的龜公點頭哈腰地追著叫喚：「客官您慢走，歡迎客官您下次再來啊……」

折子渝聽到聲音目光一轉，恰見楊浩疾步而來，她的心頭頓時一驚，這時欲閃避卻已來不及了，楊浩走到她的面前，深深地看了她一眼，見她神色略顯慌張，難得見到一向智珠在握的折子渝露出這樣的情態，楊浩眼中不禁露出一絲笑意：「這位姑娘，可是林府的莫以茗莫姑娘？」

折子渝眸波微微一轉，淡淡應道：「不錯，正是本姑娘，不知公子是什麼人？為何攔住我的去路？」

「妳不知道我是什麼人？」楊浩有些氣惱起來：「我不是告訴妳乖乖返回西北了？妳又跑到金陵來折騰什麼？唯恐天下不亂是不是？」

折子渝眨了眨眼睛，很是驚訝地道：「請問這位公子，奴家認得你嗎？你說的話，奴家可是一句也聽不明白，莫非公子認錯了人？」

楊浩聽了一呆，看她神情完全不似作偽，剎那工夫真的以為自己認錯了人，可是仔細看看那五官竟是分毫不差，就連聲音都一般無二，怎麼可能認錯人，楊浩下意識地回頭看了一眼，見皇甫繼勳遠遠立在「紅袖招」門楣下，一副坐山觀虎鬥的模樣，便又扭頭說道：「這裡沒有旁人，妳還要否認不成？」

折子渝板起俏臉道：「你這人說話好沒道理，本姑娘好端端走在路上，被你攔住去路胡言亂語一番，你反要責怪於我，快些讓開，要不然，我高呼一聲，滿街行人都當你是個放浪無行的登徒子，少不了一頓好打。」

楊浩笑了：「妳的武功不是很高明嗎？何必扮得嬌嬌弱弱的，讓別人來打我，妳若捨得別人動我一指頭，就不會潛進泗州官倉救我性命了。」他的聲音柔和起來：「子渝，我在那間房子裡，看到了一枚袖箭，我知道，妳終究是捨不下我，所以才去救我，對不對？」

說著，他探手入懷，摸出一張手帕，展開來，裡邊一截袖箭，烏沉沉的箭頭，顯然是淬了劇毒。

折子渝用可憐的目光看著他，輕輕搖搖頭，嘆氣道：「唉，看著挺不錯的一個人，原來是個瘋子。」說著就要從他身邊繞過去，楊浩橫跨一下，攔在她面前，咬牙切齒地叫道：「折、子、渝！」

「你那麼大聲幹什麼？嚇死人了。」折子渝拍拍胸口，不知怎地，看到楊浩氣極敗壞的樣子，她心裡忽然開心得很，嘴角雖然抿著，卻不自覺地微微翹起來。

楊浩喜道：「妳承認自己是子渝了？」

「我可沒承認什麼。」

折子渝撇撇嘴，似笑非笑地道：「嘴長在你身上，你願意叫什麼我可管不著，天色已晚，本姑娘要回府歇息了，還請公子不要攔住本姑娘的去路。」

楊浩又攔住她，喚道：「子渝，當初我信誓旦旦，說過不會負妳，結果卻……是我有愧於妳，也不敢再厚顏留妳，可是……不管如何，我對妳的情意未變，妳孤身一人又潛來唐國做什麼？軍國大事，不是妳一個女兒家能解決的，乖乖回西北去，好不好？」

聽他說起往事，折子渝心頭怒氣又起，忍不住瞪了他一眼，冷聲道：「你長點記性成不成，我早說過了，子渝不是你叫的，不許你再這麼叫我！」

楊浩聽了又好氣又好笑，不過頭一回見到折子渝耍無賴的模樣，心中覺得實在可愛得很，這才是她這個年紀的女孩該有的性情，以前的她，太理性了，背負的東西也太多了，雖然可敬，反而讓人不敢狎暱親近。

他忍不住說道：「妳這還叫不承認嗎？子渝，拜託妳告訴我，妳又跑到金陵來，到底要做什麼？」

「關你什麼事？你說我是折子渝我就是折子渝了，好呀，那你就儘管張揚開去，你是唐國上賓，唐國君臣一定會相信你的，說不定為了向宋國剖明心跡，還會砍了我的頭送去宋國，那你楊大人可就又立一功了。」

楊浩氣道：「說的什麼渾話？妳明明知道我就算送了自己性命，也不想妳受到一分一毫的傷害，我是在擔心妳，子渝，妳不要自恃聰明，說到底，妳只是一個未及二八的小姑娘，天下大勢豈是妳能一力挽回的？」

折子渝心裡一甜，卻沒好氣地白了他一眼道：「你不害我？你害我的事情還少嗎？我都懶得說你，我們現在可是什麼關係都沒有，我的事你少管！」

說著，她瞟了眼那紅燈高掛的地方，忍不住氣往上衝：「真有出息了呀你，有了焰焰和娃娃還不知足，居然去逛青樓尋樂子！」

「妳吃醋嗎？」楊浩嗅到一股酸溜溜的味道，忽然心情大好。

「我吃醋？我吃你的醋！」折子渝紅著臉叫了起來：「你不要自作多情好不好？我……我只是替你那兩位夫人不值！」

楊浩心中大悅，一本正經地道：「喔，關於這個問題，妳不用擔心，她們既賢慧又大方，經常叮嚀我說，出門在外怎麼玩都沒關係，只要記得回家的路就好。」

折子渝的鼻子都快氣歪了：「你……你現在怎麼油嘴滑舌的，變得這般輕浮？」

楊浩聳聳肩道：「沒辦法，男人不壞，姑娘不愛嘛，人都是會變的啊，總不成生下來什麼樣子，這一輩子就都那樣子？妳還不是變了許多？」

折子渝肺都快氣炸了，她怒氣沖沖拔腿就走，再不回頭看這無恥傢伙一眼，楊浩看著她的背影，臉上的笑容漸漸收斂：「她來金陵到底要做什麼？就憑南唐李煜這個廢材和折藩聯手就能逆天？不行，我一定要阻止她，免得她把折家、把她自己都帶入萬劫不復之地。可是……她來唐國，出入宮廷，到底目的何在？」

皇甫繼勳晃悠過來，嘿嘿笑道：「楊左使，這位莫姑娘性情剛烈，不好對付吧？」

「嗯，的確很是潑辣。」楊浩摸著下巴，色迷迷地瞟著折子渝的背影：「不過，本官就喜歡這種有味道的女人，嗯……很合我的胃口。」

皇甫繼勳打量楊浩一番，展顏笑道：「楊左使是宋臣，就連我唐國國主也要禮敬三分的，自然不怕娘娘為她撐腰，不過……這匹刁蠻任性的胭脂馬，可是不好馴服啊。」

楊浩心中一動，忽道：「那咱們要不要打一個賭？」

「好，我就和左使打這個賭，如果左使贏了，本將軍便將新買的那幢宅院雙手奉送，如果左使輸了……」

「怎麼樣？」

「哈哈，聽說左使出身南衙，本將軍對晉王殿下一直很是仰慕，如果有機會，還請左使代為引見。」

「一言為定。呵呵，咱們回去飲酒，候那兩位大人出來，咱們便各自回府歇息吧，本官還要打起精神，想想用什麼辦法贏你那幢宅院呢！」

兩個人說說笑笑回到樓上，就見焦海濤正衣冠整齊地坐在那兒喝茶，楊浩瞠目道：「焦大人怎麼這麼快？」

話一出口，楊浩便覺失言，誰想焦海濤卻不以為忤，理直氣壯地說道：「這種事自然是快活過了就出來，咱們是花錢的，難道還要費工夫讓那收錢的受用快活不成？」

楊浩乾笑道：「呃……焦大人此言……此言倒也有理，倒也有理。」

三個人坐下，重又換了一桌酒菜繼續喝酒聊天，那老鴇領了姑娘，過來小心探問皇甫繼勳的意思，此刻領上來的都是容顏青澀的黃毛丫頭，皇甫繼勳喜歡的是肢體修長容腴、風情成熟嫵媚的姑娘，並不好此道，楊浩也表現得興致缺缺，皇甫繼勳已知道這位宋使有勾引良家婦女的惡趣味，便也不再強求，揮手讓那老鴇把人帶下去了。

三人又喝了半天酒，樓中酒客大多都已散去，還不見夜羽蹤影，楊浩不禁心道：「這個夜羽看著瘦巴巴的，想不知竟有這麼大的能耐，他再堅持一會兒的話，連我都要甘拜下風了。」

皇甫繼勳早已不耐，見楊浩也已露出不耐煩的神色，忍不住罵道：「這個老傢伙，一副皮包骨頭的猢猻相，想不到這麼大勁頭，都他娘的折騰了快半宿了，他還不……」

「噓……」楊浩向他遞個眼色，輕咳一聲道：「來了。」

皇甫繼勳扭頭一看，就見鴻臚卿夜羽腳下發飄地走來，就跟一個幽靈似的，皇甫繼勳沒好氣地道：「夜大人老而彌堅，真是好生快活吶。」

夜羽心滿意足地笑道：「還成，還成，三位大人也還快活啊？」

「快活，快活得緊，不過都不及你夜大人了得，這都什麼時辰了？咱們這就回吧。」三人早已等得不耐了，一見他出來，起身要走，夜羽意猶未盡地跟在後面，說道：「這就走了嗎？咱們不喝碗雞湯，緩緩乏……」

皇甫繼勳道：「我的老大人，你也不瞧瞧，這都什麼時辰了？都快半夜了，你明早不用上朝的，我可不成……」

夜羽嘿嘿笑道：「慚愧，慚愧，哎呀，到底是上了年紀，不比當年、不比當年啊……」

夜羽自吹自擂著，一行人便往樓下走，就聽綵燈長廊中也不知哪間房中傳來一陣說話聲，因為夜深人靜，酒客大多散去，樓中清靜，所以聽得清清楚楚，只聽一個少女聲音道：「哎呀，今天晚上可真是累死我了。」

另一位姑娘的聲音便道：「我接待的那位姓焦的客人只是一盞茶的工夫就洩了身

子，我瞧妹妹接待的那位姓夜的客人比他還要瘦弱些，竟有這般威猛嗎？」

「嗯？」一聽這句話，皇甫繼勳立即停止腳步，饒有興致地豎起了耳朵，但凡是男人，對這種話題總是很有興趣的。

卻聽那少女沒好氣地道：「他威猛個屁呀？剛一沾老娘的身子他就洩了，老娘還以為這回省事了，誰曉得他又不甘心，不甘心吧，身子又不爭氣，害得人家使盡了手段服侍他，前後足足用了四炷香的時間這才稍見起色，半軟不硬的，剛入進去，馬上又一洩如注了，好不濟事的老東西……」

「噗哧！」皇甫繼勳嘴裡發出一聲空氣撕裂的聲音，肩膀急劇抖動起來，楊浩臉頰抽搐了幾下，看看忍笑忍得面孔扭曲的焦海濤，又看看黑著一張臉的夜大鴻臚，咳嗽兩聲，一本正經地道：「本來以為夜兄這個姓氏是很少見的，想不到這『紅袖招』竟還有位姓夜的仁兄。」

夜羽如釋重負地道：「是啊、是啊，想不到這兒還有一個姓夜的，真是好巧，哈哈，好巧。」

皇甫繼勳忍不住笑道：「夜大人，你不去結識一下這位本家兄弟嗎？說不定逑起祖上來，你們還真的是一家人呢。」

「哪有那麼巧的？」夜羽乾笑道：「夜色已深，咱們快些走吧。」說著他便擠到前頭往外走，當滿天月光灑到他的身上時，夜大人火辣辣著一臉暗暗發誓：「下回一定找個更加稚幼些的，這些已解風情的姑娘可真是吃不消……」

＊　　＊　　＊

同一輪明月下，浩瀚的海面上停泊著一艘大船，八具大鐵錨將它牢牢地固定在海面上，隨著緩慢但有力的波濤，大船像一頭海上巨獸在輕輕喘息似地起伏著。

船上，最寬敞最豪華的那間船艙中，兩個朦朧的身影也像波濤一樣緩慢而有力地起伏著，一陣刻意壓抑的呻吟和喘息聲從床榻上溢出來，與波濤聲混為一體。

「啊……」隨著一聲激情釋放時的顫慄低吼，有節奏地律動著的帷幄漸漸靜止下來。

過了半晌，帷幄掀開，一個胸口滿是黑毛的粗獷漢子，腰間只繫了一條豹紋短袍，披頭散髮地赤腳下地，走到桌邊抓起壺來咕咚咕咚地灌起茶水來，薄透的床帷中一個身影坐起來，窸窸窣窣地穿著袍子。

那裸胸赤腳的披髮大漢喝飽了水，走到窗前霍的一聲分開窗簾，一窗月光頓時撲進艙來，減淡了桌上燈光的作用。披髮大漢把頭髮左右一分，看其容貌，赫然竟是北國契丹皇族子弟耶律文，他嗅了口帶著腥味的海風，往岸上一指，問道：「那處地方是什麼所在？咱們距金陵還有多遠？」

床上的帷幔分開，出來一個只穿月白色布褲和同色小衣的青年男子，眉清目秀、脣紅齒白，頰上還帶著一絲紅暈，正是丁承業。

他走到耶律文身旁，往岸上看了看，說道：「船老大說，岸上那片地方，是華亭縣的所在。那裡既是華亭縣，那旁邊這幾片島嶼應該就是大金山、小金山和龜島了。那麼由此再往前去，不消多久就可以轉入長江口，直達金陵城了。」

他所說的華亭縣，設立於唐天寶十年，也就是後世的上海所在地，丁承業雖不曾來過此地，但是丁家是做生意的，對於各地地理多少都知曉一些，是以知道此處向前不遠，就可以轉入長江，直達金陵城。

耶律文點點頭，目光閃爍，在月光下泛著劍刃一般的寒光：「好，明日一早就放飛我的神鷹『哈力蓋』，待它飛回上京，我也該到金陵了。」

丁承業想到將要發生的事，臉色一白，有些緊張地答應一聲，耶律文微笑著瞟了他一眼，說道：「成功細中取，富貴險中求。要得大功業，總要付出代價的。成則稱帝稱霸，敗則粉身碎骨，有什麼好擔心的？如果這一次我能成為皇帝，你也會隨著我飛黃騰達的，如果我敗了……」

耶律文冷冷一笑，沉沉說道：「不過早幾十年進棺材，有什麼大不了的？」

丁承業忙道：「我並非害怕。只是，大人遠在江南，塞北局勢難以控制，到底能否成功，殊難預料，我有些擔心……」

耶律文哈哈一笑，說道：「擔心什麼？這件事，我們已經準備了許久，時至今日發動，不過是水到渠成，我在不在上京，已無關緊要了。」

他走回桌旁，坐下說道：「自從蕭思溫弒穆宗而立耶律賢，我們就已著手準備，蕭思溫橫死醫巫閭山，這就是第一步，只是我們錯就錯在，本以為耶律賢文弱，控制不得大局，蕭思溫一死便可輕易將他罷黜，誰知皇帝不爭氣，卻冒出一個了不得的皇后。」

他嘆了口氣，不無讚嘆地說道：「這個蕭綽，實是女中巾幗，一見朝綱不穩，先往宋境行刺廣原防禦使程世雄，激怒宋軍北征，引外敵彈壓上京，隨即大肆封賞，以恩結老臣，以功賞新晉，把耶律休格、韓德讓以及蕭姓親人盡皆安插在御帳親軍之中，御帳親軍直屬天子，十二宮一府，總兵力計有十萬餘人，皆是我國中精銳，有鑑於此，我們才只得暫時隱忍，繼續籌備，遲至今日才發動。」

他笑了笑，又道：「借敵為助，實是妙計。蕭綽借宋以自保，伐宋以立威，這個法子她能用，我耶律文自然也能用。她想支開我，趁機剪除我在上京的力量，好！我給她這個機會，將計就計，搶先發動，暗殺皇上、韓德讓、耶律休格、蕭拓智等人。

「李煜欲借我契丹之勢讓宋國有所忌憚，我就給他這個面子，把他也拉下水來，此去江南，尋機斬殺宋使，宋廷既以中原之主自居，勢不能容忍如此挑釁，必向我國發兵。唐國再無退路，便只得與我結盟，擾宋後路。宋軍北伐，氣勢洶洶，當此時也，上京絕對亂不得。你別看那些老傢伙如今擁戴耶律賢，圖的不過是一個天下太平罷了，到那時耶律家族如果只有我耶律文才能出面掌控乾坤，他們就只好站到我這一邊來了。」

丁承業擔心地道：「那蕭后方面……」

耶律文道：「蕭綽嘛，哼！她與皇帝又有什麼情意了？蕭思溫讓她與韓德讓解除婚約，入宮為后，不過是為了讓蕭家與我耶律皇族結為姻親，永保蕭氏富貴罷了。這個皇帝只要是我耶律家族的人就成，他叫耶律賢還是耶律文，又有什麼區別？

「蕭綽是個聰明人，懂得進退、明白得失，到那時候，為保住蕭氏一門富貴安危，為平息上京一場動盪，她只能順勢而為，立我為帝、下嫁與我為后，哈哈哈，江山美人，唾手可得，這個風險，難道不值得冒嗎？」

「我明白了，」丁承業目中閃過一道興奮的光芒：「此計聽來未嘗不可行，只要上京那邊能成功殺掉皇上，殺掉耶律休格、韓德讓、韓拓智一眾死黨，再引宋軍出師北伐，皇后娘娘不管是為了皇家社稷、為了蕭氏家族、還是為了她自己，基於大局，她只能拋卻私怨，迎大人為主了。」

「不錯！」耶律文得意而笑：「離開上京時，某還是部族軍兵馬都指揮使，回京時，我就是契丹皇帝，哈哈，什麼私人仇怨？等我做了皇帝，寵幸她幾晚，那病弱無用的耶律賢便會被她拋在腦後，她就再也忘不了我的甜頭啦，哈哈哈……」

丁承業露出興奮的神色，說道：「不知宋國遣往唐國的宣撫使會是什麼人？大人此去……」

耶律文大剌剌地道：「管他是什麼人，等到上京成功的消息傳回來，某便把他一刀兩斷了事！」

* * *

折子渝漫步雞籠街頭，張十三遠遠看見，正欲走過來，忽見折子渝打出一個手勢，頓時警覺起來，他四下看了一眼，轉身便遁入了人群之中。

折子渝恨得咬牙切齒，楊浩那個大混蛋，在後邊都跟了半天了，這個傢伙莫非打算以後就這麼天天地躡著自己，那不是什麼事都做不成了？

她走到一個攤子前面，順手拿起一件首飾，眼角微微一瞄，就見楊浩施施然走來，便立即背向他站定，假意端詳一位剛自身邊走過去的姑娘衣著。

楊浩涎著臉湊上來：「呵呵，莫姑娘真有眼光，那位小姐的衣服似乎很漂亮啊。」

折子渝板起臉道：「那又怎麼樣？」

楊浩笑道：「妳若喜歡，我去把她衣服扒了，衣服歸妳人歸我，妳看怎麼樣？」

折子渝白了他一眼，嗔道：「無賴！」說罷轉身便走，楊浩眉頭一挑，懶洋洋地又追了上去。

一條街、兩條街、三條街，折子渝只當他是空氣，楊浩不以為意，自說自答，始終緊緊尾隨，折子渝按捺不住，頓足嗔道：「你跟著我做什麼？」

「沒什麼，我只是想知道妳來做什麼。喔……我知道了！」

折子渝心頭一驚：「你知道什麼了？」

楊浩露出一副很自戀的表情：「妳捨不下我，知道我要出使唐國，所以先行趕來，製造機會與我相遇，對不對？」

折子渝又氣又笑，她忽然有種時空錯亂，與一個模樣沒有變化、性情截然不同的楊浩重新戀愛的感覺，這種吵架拌嘴卻又甜在心頭的感覺令她有些害怕，她無可奈何地道：「楊公子、楊先生、楊大爺，明明是你跟蹤我好不好？」

楊浩一臉無辜地道：「哪有此事？我只是在有預謀的情況下偶然遇到妳而已。」

「你……你這無賴！」折子渝氣得跺腳，正拿他無可奈何，忽聽銅鑼響起，前方出現一隊兵士儀仗，簇擁一頂大轎，一路喝道：「契丹遣使來唐，閒雜人等迴避！」

折子渝眼珠一轉，回眸笑道：「契丹出使唐國，嘻嘻，這一下你有事情做了，不用再纏著我了。」

楊浩正鎖著眉頭看向那隊儀仗，一聽這話，卻向她低頭一笑，只說了兩個字：「休想！」

三百五一 衝突

唐國迎接契丹使節到訪的儀式十分隆重。契丹與唐國透過海上一直有生意往來，這一次李煜盛情邀請契丹遣使來訪，可謂是煞費苦心，他一面向宋稱臣，從名分上讓宋國找不到藉口伐唐，另一方面與武力強大的契丹高調往來，這一招也算是棉裡藏針，如今契丹使節已到，他自然要大肆張揚，造一造聲勢。

楊浩對契丹來使並不怎麼關注，倒是焦海濤緊張起來，一連派了幾起人手搜集契丹來使到訪的一切細節，在楊浩面前憤憤不平地發牢騷：「大人，唐國既已向我宋國稱臣，便是我宋國的臣屬，如今未經宋國允許，他們私自結交契丹，是何道理？這於禮不合啊！」

「怎麼樣？嗯，等莫姑娘離開皇宮，你馬上告訴我，去吧，繼續盯著她。」楊浩揮手把一名侍衛打發走，回過身來懶洋洋地道：「契丹與我大宋已經建交，不是我宋國的敵人，唐國與之結交，並沒什麼好指責的吧？唐國只是宋之藩屬國，這個自主之權還是有的吧？」

焦海濤憤憤不語，過了一會兒得了些消息，焦海濤喳喳呼呼地又來找楊浩：「大人，契丹使節來訪，唐國擺出的歡迎儀仗是三百六十人，足足三百六十人吶，大人，咱們來的時候，可是只有一百八十人，厚此薄彼，是何道理？唐國是咱宋國藩屬，這總於禮不合了吧？」

「他就是三千六百人那又如何？本官並不在意這些。」

焦海濤急了：「大人，這不是對咱們個人是否禮遇的事，大人持節鉞而來，代表的是宋國天子，禮儀規制上輸給契丹人，丟臉的是我們宋國啊。」

「那你說怎麼辦？讓李煜道歉，然後咱們出城，派個三百六十人的儀仗，把咱們再重新接回來？那不是耍猴戲嗎？焦寺丞，淡定一些，我想……有人正希望咱們驚怒不安呢。」

「這……是！」

眼看到了中午，楊浩用過午膳，剛剛沏了一壺茶來，焦海濤怒氣沖沖地又來了：「大人，是可忍孰不可忍吶！契丹使節貢獻羊羔美酒、貂裘錦襖予國主，國主賜還以金珠玉寶也罷了，竟還授之以金印紫綬，他如今已不是皇帝，一方國王也有權賜以金印紫綬嗎？」

楊浩翻個白眼道：「誰不知道本官棒槌，我哪知道他有沒有這個權力？你說有還是沒有？」

「呃，這個……下官不記得有此先例，待下官去好好查查古禮律制，要是於禮不合，我們可以據此大作文章，聲討李煜，鄭重抗議。」

楊浩有一搭沒一搭地聽著，也不往心裡去，焦海濤卻跟龜丞相似地轉來轉去，時刻關注著宮中動向。

「大人大人，」焦海濤屁顛屁顛地又跑過來了：「大人，國宴已罷，契丹使節往禮賓院來了，嘿！江南國主竟親自送到午門以外，大人您可是代表我宋國天子而來，尚無如此禮遇，江南國主此舉簡直是……簡直是……這太不成體統了……」

楊浩嘆了口氣道：「焦寺丞，看你這一頭汗，來，坐下喝杯茶。」

「謝大人，下官不渴，唐人以為抬高契丹人，就可以恫嚇我宋人嗎？哼！打得如意算盤，下官再瞧瞧去。」焦海濤一溜煙走了，楊浩望著他的背影不禁啞然失笑：「這位焦寺丞，一身的書生氣著實可愛，倒是有那麼點據理力爭的氣節，唔……不錯……」

一個侍衛輕手輕腳地走來，附在楊浩耳邊低語道：「大人，屬下奉命盯著那位莫姑娘，見她入宮久不出來，便換了便裝湊近去，從她車夫的口中套話，說那莫姑娘要至晚方出。」

「喔？」楊浩眼珠轉了轉：「這麼久……她是有意躲我嗎？哼！這麼容易就擺脫我？我先去睡一覺，養足了精神，晚上繼續跟妳耗！」

楊浩剛剛站起來，焦海濤臉紅脖子粗地又跑回來了：「大人，你可知是誰親自送那契丹使節來禮賓院的？」

楊浩瞥了他一眼道：「應該是夜羽夜大人吧？他不是大鴻臚嗎？這接待外使，是他的分內之事。」

「嘿！」

焦海濤使勁一跺腳，憤憤然道：「夜羽當然要來，可是還有一個官親自陪同前來，那人就是唐國首輔大臣，樞密使陳喬，他如今是唐國宰相啊，大人您入住使館時，他怎麼不親自陪同前來？這是對我宋國的輕蔑和羞辱，大人應該立即入宮，向江南國主表示強烈抗議！」

楊浩打個哈欠，吐出一片茶葉，若無其事地道：「沒別的事了？沒別的事本官先去小睡一會兒，人說春困秋乏，真是不假，這江南雖已入冬，卻仍是深秋的感覺，很容易疲倦，焦大人若是沒事也去睡吧，養足了精神，多走幾處地方，盡量把江南的一些重要道路、河流、城池、駐軍等消息探聽明白，繪製下來，這才是正經。」

楊浩伸個懶腰，施施然去了，焦海濤望著他的背影好一陣發怔。

楊浩躺了兩炷香的時間，剛剛沉沉睡去，焦海濤火燒屁股似地又跑來了：「大人，大人……」

楊浩翻身坐起，苦笑道：「焦寺丞，又打聽到什麼忍無可忍的消息了？」

焦海濤憤怒地道：「下官不是打聽來的消息，是親眼看到的。契丹使節剛剛入駐館驛，就嫌房舍位置偏僻，庭院不及我們所住之處雅致，他們的武士便蠻橫地要我們的人搬出去，為他們騰地方，張指揮與他們理論，他們竟然動手打人，已經傷了我們好幾名兵士了。」

楊浩一呆，眼中便露出怒意：「咱們這些侍衛，俱是上等禁軍，論武藝不在契丹武士之下吧？怎麼就由得他們動手欺侮嗎？」

焦海濤道：「大人有所不知，他們是成心生事。張指揮聽說彼此軍士間發生爭執，匆匆帶人趕去調解，本不曾想過要與對方動手，連兵刃都沒有帶，可對方俱配著兵刃，如何能不吃虧？鴻臚寺卿夜羽也在場，卻制止不了那些囂張的契丹武士，大人，我等出使唐國，理應被奉為上賓，唐國負有接迎、款待、維護之責，如今鬧出這樁事來，唐國難辭其咎，大人應該向唐國提出嚴正抗議……」

「抗議個屁呀，焦大人，你能不能說點別的？」

楊浩爆起了粗口，他抓過衣服一邊匆匆穿著，一邊教訓道：「凡抗議者，大多位卑而言高，否則何須抗議？抗議有個屁用？他們怎麼幹的，咱們就怎麼幹，把他灰孫子打回去不就結了？」

「啊？要……要動手嗎？」

焦海濤結結巴巴地道，他沒想到一向好脾氣，好脾氣到幾乎懦弱的楊浩發作起來比他還兇，他怔怔地道：「這個……這個恐怕不妥吧？咱們是外使，如今在唐國作客，有什麼事應該要主人出面，如果咱們在館驛裡和契丹使節大打出手，那不是和契丹人一樣不知禮儀、跋扈野蠻了？唐國因此顏面無存，江南國主追究起來，咱們也是理虧的。」

「理虧個鳥！」

楊浩蹬上靴子，起身從牆上摘下折子渝送他的那口青霜劍，一按劍簧，「鏘」的一聲彈出半尺寒光閃閃的劍刃，他看了看刃口，又「嚓」的一聲還劍入鞘，掛在腰帶上，收束著腕口、腰帶，一邊說道：「漢武帝時，大將李廣利在大宛之戰殺得流血漂櫓，橫屍千里，那不是在他國領土上？按你的說法也是理虧了，理虧又怎麼樣？那一戰大獲全勝之後，西域諸國國君見了他們是什麼模樣？一個個黃土墊道、淨水潑街，畢恭畢敬，奉若神仙，唯恐上國天使有所不滿。李廣利帶兵去的時候，諸國國君都親自迎出城池數十里，歸國的時候他們的國君便攜帶奇珍異寶親自陪同，回來朝見中原天子。

「到後來漢帝國不復昔日強盛時又怎樣？康居國王接見諸國使節時，竟把大漢使節排在小小的烏孫國使節之後，罽賓國王更加傲慢，一言不合就要殺死持節使者，結果漢國忍氣吐聲，一連派出幾個使節，都是去送死的，為何前恭後倨？實力而已。你彬彬有禮就指望人家尊重你？那你得到君子國去，有些人卻是皮子緊、骨頭賤，只認得拳頭、不認得禮儀的，走！」

楊浩說完便風風火火地走了出去，焦海濤發了半天怔，急急一跺腳道：「早知道大人是這種驢脾氣，我就不告訴他了，這一下事情可鬧大了，可千萬不要鬧到不可收拾才好……」

＊　＊　＊

「現在我的神鷹應該已經飛到上京了吧？」耶律文眺望遠方湛藍的天空，微微思索道。江南的酒，酒勁綿軟，雖在席上開懷暢飲，不過也只給他臉上添了兩道紅暈而已，並沒有太過明顯的變化。

丁承業走到他近前，說道：「是啊，以『哈力蓋』的飛行速度，此時應該已經到上京了。唉，大人不在上京親自主持大局，小的還是有些心裡發虛，也不知道那邊情形會怎麼樣。」

耶律文微微一笑道：「我在上京，他們就會時刻提高警惕，不止是我、就算是我的部族軍，也會時刻都在蕭綽的嚴密監視之中。任誰也不會想到，我遠在江南的時候，卻會發動攻擊，出其不意，才有奇效。」

他撫著鬍鬚，怡然自得：「你們漢人的兵書有云，能而示之不能，用而示之不用，就是這個道理。我離開上京，蕭綽自以為得計，他們才會放鬆警惕予我以機會，這比我在上京親自掌握著部族軍更容易得手。她絕不會想到我一向『體弱多病』的父親大人此時已悄然離開部族領地，潛至上京控制了我的部族軍，哈哈……只是不知……父親大人幾時發動呢……」

丁承業安慰道：「大人不必過於牽掛，老王爺戎馬一生，戰陣經驗之豐富無人可比，定會選擇一個最恰當的機會，行致命一擊的。」

這時一個侍衛匆匆跑進來稟告道：「大人，宋人不肯搬出去，和我們的人口角一番，雙方動起手來了。」

耶律文虎目一張，問道：「咱們的人可曾吃了虧？」

那侍衛嘿嘿笑道：「大人放心，奉大人所命，咱們的人有備而去，都隨手帶著兵器的，傷了他們幾個人，咱們的人毫髮未損，不過他們吃了個啞巴虧，陸續趕來的士兵已攜來了槍矛，恐怕要大打出手。」

耶律文嘿嘿一笑道：「他們敢？正要他搬兵來，走，我去瞧瞧。」

丁承業急忙勸道：「大人，現如今上京那邊還沒有確切的消息，不可與他們多生事端啊……」

耶律文會意地笑道：「我現在當然不會殺那個楊浩，不過是給他一個下馬威罷了。」

丁承業一呆，臉色忽然有些蒼白：「楊……楊浩？楊浩是什麼人？」

耶律文道：「宋國來使就叫楊浩，聽說此人在西北時與耶律休格交過手，想必是個文武雙全的人物，待我去會會他。」耶律文抓起腰刀便走了出去，丁承業痴痴地立在那兒。

「楊浩，會是那個楊浩嗎？」丁承業想起那個害得自己落得如此下場的仇人，不由怒從心頭起，惡向膽邊生，他抓起一頂皮帽戴在頭上，帽沿向下一壓，隨後跟了出去。

夜羽站在兩夥氣勢洶洶的軍漢中間，打躬作揖地道：「諸位，諸位，諸位遠來是客，都是我唐國的上賓，有什麼事好商量，何必為了些許小事傷了彼此之間的和氣呢？」

張同舟喝道：「我張某人是一條響噹噹的漢子，如今我傷了好幾個兄弟，你叫我息事寧人，姓張的沒有那麼好相與，夜大人，請你讓開些，今兒我張同舟定要向這些契丹人討還公道。」

張同舟身邊站著些禁軍侍衛，有些還衣衫不整，顯然是匆匆聞訊趕來，後邊有些持刀矛的兵士，因為來的晚，自己人已吃了虧，而指揮使正在與對方交涉，所以沒有一擁而上，而對面那些穿左衽圓領皮袍，腳蹬長皮靴，髡髮結辮的契丹大漢，卻都佩著兵刃，一個個虎視眈眈，顯然是有備而來。

他們聽了張同舟的話，卻是笑嘻嘻地嘲諷道：「你們這些宋人只會胡吹大氣，有什麼真本事只管拿出來，我們契丹人敬佩的是真好漢大英雄，你有本事殺了我，我也只會向你翹大拇哥兒，讚一聲好漢子！如果你沒這個能耐，就趁早捲鋪蓋滾蛋，給我們騰房子。這幢院子，我們是住定了。」

雙方越說火氣越大，都向前面衝去，夜羽苦著臉打躬作揖，猶自苦勸：「你們就不能平心靜氣聽本官說說嗎？哪位去請耶律使者和楊左使來，本官實在是彈壓不住了。」

猛抬頭看見楊浩和焦海濤趕來，夜羽大喜，不禁抱怨道：「焦寺丞來的正好，還請約束一下貴國的部下，子曰：禮之用，和為貴。先王之道，斯為美。如此吵鬧，視我唐國如無物，太不像話了。」

焦寺丞本想出面勸和，免得楊浩大打出手，一聽這話卻大為不悅，不禁梗著脖子反駁起來：「夜鴻臚豈可斷章取義？子曰：『禮之用，和為貴。先王之道，斯為美。』又曾有言：『小大由之，有所不行。知和而和，不以禮節之，亦不可行也。』如今契丹人失禮在先，夜鴻臚管束不了，反來指責我宋人無禮嗎？」

兩邊的武士劍拔弩張，擠在中間的兩個文人卻你一言我一語，引經據典地開始辯論起來，在那兒「之乎者也」地論道，不只兩邊那些武士聽不懂，就是楊浩也沒聽明白。

原來夜羽是引用孔子的話，說禮之應用，以和為貴，這是自古以來各國奉行的道理，宋人激化矛盾，這是不守禮。而焦寺丞則反駁他，說孔子雖說過萬事以和為美，但是孔子也說過如果不論大事小事，一概為了和而和，卻不以律法規矩來節制，那就喪失了原則。

兩個可憐的讀書人被雙方武士推來搡去，彷彿海中的水草，猶自為大道而堅持抗辯，楊浩聽得不耐煩了，大步上前，沉聲喝道：「這件事，孔子是解決不了的，還是老子來解決吧！」

宋軍將士聞聲霍地左右一分，楊浩就像分開大海的摩西，握著劍，從兩堵人牆中間一步一步走上前去。

「大人，咱們有理在先，不可動手傷人，貽人話柄啊，大人，咱們不妨去宮中向……」

「來人啊，焦寺丞累了，扶他下去歇息！」

「遵命！」兩個虎背熊腰、身高八尺的禁軍大漢衝上來，把焦寺丞往中間一挾，便把他拖了下去。

夜羽臉色發白地道：「楊……楊左使打算如何解決糾紛？」

楊浩臉色一沉，森然道：「用我手中的劍！」

夜羽一聽就急了：「楊左使萬萬不可，你們若是大打出手，事情鬧大了可如何收場，下官……」

「來人吶，夜大人累了，扶他下去歇息。」

這回說話的卻不是楊浩，而是契丹人中一員將領，他笑嘻嘻地學著楊浩說話，當下也有兩個契丹武士笑嘻嘻地走上來，一把挾起夜羽，像提小雞似地把他提到了一邊。

「不能動武，不能殺人吶！」夜羽和焦海濤被人挾著，猶自伸著脖子叫。

楊浩看了眼那個身材高大，穩穩站在那兒如淵渟嶽峙的契丹將領，他腳步沉穩，氣勢如山，大手緊緊握著一柄碩大的彎馬刀，刀的黃銅吞口鎧亮照人，也不知被他的拇指摩挲了多少回，他瞇著雙眼，沉聲說道：「本官契丹部族軍指揮使李楷，閣下是什麼人？」

楊浩雙眼也微微瞇了起來：「本官宋國鴻臚寺少卿楊浩，就是你，帶人傷害我的人？」

「嘩啦」一下，契丹和宋國的士兵盡皆散開，圍成了一個方圓數丈的圈子，一個文官、一個武將，一個仗劍、一個橫刀，兩道目光像刀劍一般撞擊在一起。

三百五二　口是心非

「是老子我……啊！」

李楷一語未了，突然一道劍光閃電般劈至，快得教他連拔刀都反應不及，他覺得眉心發炸，只來得及發出一聲淒厲的慘叫，楊浩已然收回鋒利的長劍。

李楷失魂落魄地站在那兒，手腳冰涼，渾身發抖，這一劍之威，他以為已經把自己開膛剖腹劈成了兩半，整個人站在那兒半天挪動不得，過了好久，眼珠才動了一動，雙手微微一動，低頭看向自己的身子。

他還依然完好，可是身子只一動，衣服便左右分成兩片，衣帶剛剛飄落地上，衣袍也隨之落地，整個人光溜溜地站在那兒，一道血線自眉心、鼻尖、胸膛直至胯下，尾端，一滴血淚，於焉墜下，李楷喉中不禁發出一聲呻吟。

楊浩遺憾地嘆了口氣道：「竟然傷了皮肉嗎？在下學藝不精，實在慚愧。」

「你……你你……」李楷如見鬼魅，指著他只是顫抖，一個字也說不出來。

「我看，你們還是一起上吧，他一個人……不成！」

楊浩輕蔑地笑笑，將食指向那些驚呆的契丹武士們輕輕搖動，那些被他石破天驚的一劍駭住的契丹武士們醒過神來，他們暴怒地狂吼起來，紛紛拔刀衝了上來，宋軍將士們見狀挺槍就待衝上去，卻被張同舟張開雙臂攔住。

外行看熱鬧，內行看門道，楊浩那一劍在他這個行家眼中，自然看得出速度有多快、拿捏的有多穩，這樣的劍術，根本不需要他們上前助陣。儘管如此，楊浩可是宋國的欽差正使，一旦有事，他這位負有失衛之責的指揮使可吃罪不起，張同舟喝止了眾人，自己卻搶過一柄刀來，踏進兩步，死死盯著楊浩的一舉一動，腳下躍躍欲起，隨時準備撲上去救人。

楊浩手持青霜劍，劍氣如虹，人若遊龍，大袖飄飄，翩躚往復，雖然四面八方俱是手執利刃的契丹武士，刀光霍霍，觸目生寒，好似狂風回雪、電光繚繞，但他卻似雪中獨舞，端的瀟灑自在。

「關天行，傷在何處？」

禁軍侍衛們正看得眼花繚亂，就聽楊浩大喝一聲，那喚作關天行的侍衛先是一呆，隨即踏上一步，單臂行以軍禮，高聲稟告道：「回稟左使，屬下左肋被人踹了一腳。」

「啊！」

關天行話音剛落，楊浩便飛起一腳，劍勢上撩，架起兩柄彎刀的同時，一腳踢在一個契丹大漢的肋下，那契丹大漢慘叫一聲，滾地葫蘆一般跌出好遠，「噗」地吐出一口鮮血，他以刀撐地想要站起來，可楊浩這一腳暗蘊內勁，這口血噴出來，內腑已然受了重傷，哪裡還能動作，只一挺身，又是一口鮮血噴出，整個人都委頓在地，面如金紙。

「李豬婆，傷在何處？」

「屬下，屬下右肩中了一刀。」一個鬍鬚大漢按著鮮血溢出的肩頭興奮地答道。

迎面一道刀光如疋練般捲來，楊浩就像一陣風似的，隨著那刀光倏退又進，劍光颯然一指，一個契丹武士掌中刀被絞飛起來，楊浩旋風般閃過去，「鏗鏗鏗」一陣劍刃交擊聲，那柄脫手的彎刀堪堪落地，被他在刀柄上一踢，登時斜飛而起，「噗」的一聲插入一人右肩，那人悶哼一聲倒退幾步，手中刀鏗然落地，右臂軟軟垂下，鮮血如注般沿著手臂汩汩淌下。

「有哪個受了傷？傷在何處？一一報上來。」

楊浩一聲斷喝，禁軍士卒抖擻精神，跟報菜名似地叫嚷起來。

「大人，卑職漁滿庭，膝蓋受傷。」

「大人，屬下郭斯申，被斬傷了手指。」

「大人，屬下狄罪……」

「屬下劉流……」

楊浩輾轉騰挪，士卒們說一個，他便分毫不差地處治一個，待再無士兵報傷時，在他「以彼之道還施彼身」的懲戒下，已有七、八個契丹武士喪失戰力退出了戰團，楊浩一聲長笑，手中劍勢如銀河倒捲，開始化守為攻，劍光繚繞銀蛇穿空，戰團中不時傳出驚叫聲和衣衫碎屑飛舞的影子，待到楊浩收劍後退，昂然站在己方隊伍前三尺之處時，出現在他面前的是一群肌肉結實、披頭散髮的型男裸體。

赤身裸體的，教他們如何戰鬥？那些契丹武士光著屁股，舉著彎刀進也不是，退也不是，在宋軍士兵的譏笑聲中一個個臉皮發紫，卻不知該如何是好。

耶律文剛剛走到半路，就見一個穿文袍的宋國官耍猴一般把他的部下殺得七零八落，耶律文不禁暗暗心驚，他沒想到這個一身文官裝束的宋人竟然有這樣卓妙的劍術，自忖以自己的武力，恐也不是他的對手，如果此人就是楊浩，莫說要把他一刀兩斷，恐怕十刀百刀一千刀，也未必能斷得了他的身子。

他見自己侍衛落敗，心中還不十分氣惱，待見楊浩抽身退走，現場留下的七、八個侍衛盡皆被楊浩用劍削去了衣衫，一個個醜態百出，受盡宋人奚落，不禁臉色發青，他臉色陰沉地趕過來，先向那些赤身裸體的侍衛喝罵道：「都滾下去，還嫌不夠丟人嗎？」

隨即又轉向楊浩，陰陰笑道：「閣下好威風、好手段，在下契丹使者耶律文，還未請教，閣下尊姓大名？」

楊浩笑吟吟地道：「好說，好說，本官宋國使者楊浩。」

「宋使者，」耶律文沉著臉道，「閣下身為宋國使節，代表的是一國風範，你雖有一身絕妙的劍術，可是用這樣下作的手段羞辱他國武士，總不能說是光明正大吧？這是貴使的個人行為，還是你宋人俱是如此蠻橫跋扈，還請這位宋國使者教我。」

楊浩回首向焦寺丞笑道：「你看，他橫你更橫時，他就會彬彬有禮地向你請教了，如果現在一敗塗地的是我，他就要拔刀子上來切肥豬肉了。」

耶律文臉色一紅，他的確是有些畏懼了楊浩的武功，自忖就算自己出手也討不了好去，才想動文的，想不到楊浩的劍犀利，嘴更缺德，耶律文勃然大怒，手按刀柄，森然喝道：「閣下如此辱我契丹使節，以為我契丹無人嗎？來人，把這些宋人俱都給我拿下，有膽敢反抗者，格殺勿論。」

眾多契丹武士轟然稱諾，紛紛掣出兵刃向前逼來，他們有心挑釁，所以人多勢眾，而且都帶著兵刃，宋軍在場的人卻不多，那些持刀槍的禁軍武士立即把己方受傷的兄弟和手無寸鐵的人圍在中間，縮小了圈子，刀槍衝外，擺出了防禦架勢。

張同舟拔刀衝到楊浩身邊，急叫道：「大人請退下。」

「急什麼？」楊浩慢條斯理地從懷中摸出一方雪白的手帕，橫劍當胸，仔細拭了拭劍刃，直到劍上不沾一絲血腥氣，這才抖手一揚，那條沾了血的絲帕立即隨風捲起，飄向半空，房頂上、院牆後、花叢中，便紛紛站起許多宋軍戰士，不知幾時潛伏至此的。

宋軍的武器配備本以弓弩居多，這些宋軍戰士個個都是張弓搭箭，森寒的箭簇遙遙指向在場的契丹武士，形成了一道密不透風的立體防線，只待弓弦一響，這些首當其衝的契丹人誰能快得過弩箭的速度？

耶律文見了臉色頓變，楊浩沉聲喝道：「本官持宋國節鉞而來，節鉞所至，便是宋國所至，這幢院子，是我宋國使節駐紮之地，形同宋國領土，誰敢妄進一步，就是侵入我宋國領土，眾將士，都給我打起精神，守土有責，但有告誡不退者，殺無赦！」

宋軍士兵轟然領命，楊浩看也不看耶律文一眼，轉身便走，夜羽從契丹武士的掌握中掙脫出來，急叫道：「楊左使請留步，大家不要傷了和氣，有什麼事好商量。」

楊浩漫聲道：「如果契丹使節有誠意就侵犯我宋國一事鄭重道歉、對傷我宋兵之事做出賠償，本官會置茶酒，奉為上賓，否則的話，又有什麼好商議的？這裡是唐國境內，發生這種事，貴國難辭其咎，夜大人，國主與大人，欠我們一個解釋，我等著你們！」

*　　*　　*

唐宮中，中書舍人張泊正與李煜下棋，張泊此人雖是靠拍馬奉迎得到李煜歡心，但是此人確有才情。他不信佛，但是為了討好李煜，卻精研佛學，論起佛理來頭頭是道。

他的棋下得也很好，棋藝相當高明，連李煜也遜他一籌。

他知道李煜不喜歡讓棋，如果偶爾下棋讓他一盤兩盤還成，兩個人時常一起切磋，彼此深知對方棋力，想要不著痕跡地相讓是絕對辦不到的，因此在棋盤上捉對廝殺時絕不敢故意放水。

張泊使出了真正的實力，李煜的棋就下得很吃力，此刻李煜棋局吃緊，半壁江山岌岌可危，李煜苦思冥想、絞盡腦汁，正琢磨著如何解開這個困局，一個宮人躡手躡腳地走近，俯身低語道：「國主，大理寺卿蕭儼求見。」

李煜一門心思撲在棋盤上，聞言頭也不抬，只是不耐煩地揮手道：「要他等一會兒。」

那宮人應了一聲，悄悄退了下去。

蕭儼在殿外轉來轉去，急得像熱鍋上的螞蟻，等了半天還不見李煜傳喚，便央那宮人再次入內傳報，不一時那宮人出來，仍是要他稍等，如是者兩三次，蕭儼再催促時，那宮人怕惹得國主不快，連傳報都不肯了。

蕭儼大怒，一把推開那宮人，氣沖沖闖進宮，就見國主手裡舉著棋子，口中呢喃不休，望著棋盤不知道在想些什麼，他已闖到近前，李煜還未發覺，蕭儼一見怒不可遏，忍不住衝上前去，一把掀了棋盤，滿盤棋子滾落一地。

李煜大怒，騰地一下站了起來，一打照面見是大理寺卿蕭儼，這才省起他正在候旨傳見，李煜不禁怒道：「蕭卿此舉，莫非是要學魏徵嗎？」

蕭儼怒氣沖沖地道：「魏徵千古名臣，蕭儼怎敢望其項背！臣不及魏徵，國主自然也是不及唐太宗的！」

李煜一見蕭儼火氣比他還大，反而笑了：「罷了，孤貪戀棋局，耽擱了蕭卿奏稟國事，是孤的錯。蕭卿迫不及待地要見孤，到底是什麼事啊？」

蕭儼餘怒未息地道：「契丹與宋國的使節起了衝突，雙方大打出手，如今各自盛怒之中，把咱唐國的禮賓院做了戰場，刀出鞘、箭上弦，一觸即發，火燒眉睫，完全視我唐國如無物，眼看著就要鬧出大事件來了，國主還在這裡悠閒自在地下棋嗎？」

李煜先是一呆，隨即驚喜道：「雙方這麼快就起了衝突？可是宋使挑釁，死了人嗎？」

蕭儼道：「並非宋使挑釁，而是契丹使節欲逐宋使而居其屋，雙方口角之後，契丹人打傷了七、八個宋國士卒，宋使楊浩依樣畫葫蘆也傷了七、八個契丹人，雙方算是扯平了，可是雙方都不肯善罷甘休，如今劍拔弩張，夜大鴻臚不敢離開，派人通報於臣，讓臣速來稟告國主，速速拿個主張出來才好。」

「竟是契丹人挑釁？不曾傷了人命嗎……」李煜大失所望，他今日盛宴款待契丹使節，有意在規格禮制上處處高出宋使一頭，就是想要激怒楊浩，如果楊浩來向他抗議，他就趁機削減契丹使節的待遇，責任自然推到宋使身上。

宋國如今是唐的藩主國，這矛盾也就轉嫁了出去。如果楊浩忿忿然直接向契丹人挑釁，那就更合其意，不但可以藉此把契丹澈底拉到自己的陣線，而且楊浩理虧在先，自己可以趁機趕他回國，順理成章地拔了這顆眼中釘，還可美其名曰避免激化矛盾，維護上國使節，讓楊浩感恩戴德地離去。

誰想到，竟是契丹人首先挑釁，如果楊浩憤起反擊，打死了契丹人，事態已鬧到不可挽回，那就是宋國與契丹兩個毗鄰的建交國之間的國事糾紛了，不是他可以處理得了的，他可以輕鬆地置身事外，坐山觀虎鬥。

可是雙方還沒有鬧到不可挽回的地步，雙方蓄勢而未發，他這個地主想再裝聾作啞就不行了，這個和事佬他做也得做，不做也得做。

李煜負著雙手在大殿中轉悠了半晌，終於長嘆一口氣，吩咐道：「速詔皇甫繼勳，派兵前往控制局勢，切勿令兩國使節再生是非。」

＊　　＊　　＊

「想不到這個楊浩竟有一身絕妙劍術，我真看低了這個宋使！」耶律文困獸一般在室中疾走，雙眸赤紅，隱泛殺意。

丁承業站在一旁，英俊的臉蛋微微有些扭曲，他也沒有想到，這個楊浩竟然真的就是那個楊浩，如果不是這個楊浩，他現在過得何等逍遙自在？如果不是這個楊浩，他已是丁家家主，他已遷至開封，他有大把的榮華富貴可享，何必雌伏於這個粗野蠻橫的契丹人胯下，以男兒之身呈女兒之態，曲意奉迎，受盡屈辱？

想起楊浩，他恨得火焚五臟，自己落到這步田地，他倒風光自在，居然成了宋國大使，在江南國主面前也說得上話，昔日丁氏一個家奴，如今一個天上一個地上，真是教人情何以堪！

遠遠看見楊浩時，他不由自主地先把自己藏於契丹武士之中，羞顏與其相見，可那毒蛇似的目光卻狠狠盯著楊浩，恨不得食其肉，寢其皮，方才快意。一聽耶律文之言，丁承業馬上道：「大人，此人武功如此之高，若要公開較量武藝殺他，恐不易得手。但明槍易躲，暗箭難防，他武功再高，只要突襲得手也必死無疑，不如讓屬下來尋找機會，帶幾個得力的武士把他作掉。」

「不急！」耶律文咬著牙沉沉一笑：「待上京那邊傳來消息再說。」他長長吁了口氣，目光閃爍著道：「和大業相比，一個楊浩算不了什麼，這點羞辱，我還忍得住。」

「大人，這個楊浩如此戲辱契丹武士，把他們削得一絲不掛，丟盡了契丹顏面，連許多唐國館驛的人都在暗中恥笑，這個奇恥大辱，不能就此罷手啊。」

「我當然不會罷手，這個人是一定要殺的，卻須等待一個最好的時機。」耶律文雙眉一展，臉上露出一絲笑意：「你很好，以我辱為你辱，肯盡心為本大人打算，呵呵，我沒有白疼你。」

說著，耶律文親暱地攬住丁承業肩膀，在他頰上一吻，丁承業雖久承其寵幸，但光天化日之下，還是臉上一熱，卻不敢強行推開觸怒了他，只是扭動了下身子，略略作些掙扎，耶律文見了，「性致」更濃，大手順著他腰桿滑下去，在他結實渾圓的臀部上捏了一把。

丁承業不著痕跡地退開一步，捧起茶杯遞與耶律文，岔開話題道：「大人，李指揮與那些侍衛們還在庭院中跪著，大人若是怒氣消了，便放他們起來吧。」

「李楷？」耶律文眸中閃過一絲怒意，冷冷一笑，獰聲道：「十餘個武士，不能傷及那楊浩分毫，這樣的廢物，要來何用？他們被楊浩剝光了體面，讓我耶律文為之蒙羞，主辱臣死，他們怎麼不死？」

耶律文喜怒無常，剛剛「性致勃勃」，讓丁承業一提醒，卻是越說越怒，一口茶水遞到脣邊，想起李楷等人赤身裸體站在宋人面前受盡奚落的醜態，一股無名火起，把茶杯「啪」的一聲摜在地上，立時摔得四分五裂。

他把雙眉一挑，殺氣騰騰地吩咐道：「去，著這幾個蠢物自裁謝罪，他們的家眷，可以戰死者家屬身分予以撫恤，免致貶為奴隸，否則……哼！」

「啪啪啪啪……」衣甲鮮明的五隊唐國士卒跑步進入禮賓院，只見宋國和契丹使節的大旗在院中高高飄揚，雙方以旗幟為基點，各自以麻袋、車輛等布成了一道防線，一隊隊軍卒巡弋防線之後，刀出鞘、箭上弦，劍拔弩張，已把這館驛做了戰場。

皇甫繼勳一看，大驚失色，連忙吩咐道：「我軍馬上插入中間，嚴格禁止雙方兵士直接接觸，保持中立，不得侵犯任何一方。」

這支維和部隊立即跑步進入，一面面一人多高的大盾「鏗鏗鏗」地豎在地面，形成了兩面密不透風的盾牆，盾面上的猛獸圖案帶著鉚釘的寒光，泛起一陣凜凜殺氣。

一位指揮使拱手請示道：「將軍，若是他們不聽勸阻，強行越境攻打對方，或傷及我們，我們……可否武力制止，解除他們的武裝？」

皇甫繼勳把眼一瞪，訓斥道：「北人強勁，豈可與之一戰？記著，我們要保持中立，打不還手、罵不還口，切勿激化矛盾。」

那位指揮使聽了，強忍怒氣，略帶譏諷地道：「將軍，契丹人與宋人皆是北人，不知道將軍說的北人，是指哪一邊？」

「這個……宋人與契丹人，都是不可得罪的，不過契丹人距我們山高路遠，宋人卻是比鄰而居，又是我唐國藩主，尤其不能得罪，切記，切記。」

皇甫繼勳吩咐已畢，見防禦盾牌陣已然布置妥當，他把眼珠一轉，仔細想了一想，便往契丹使節的院落中走去。

宋使院中，焦海濤巡視了臨時戰壕回來，見楊浩好整以暇地坐在那兒喝茶，不禁憂心忡忡地道：「契丹人虎視眈眈，恐不肯善罷甘休的，朝廷的主張是先南後北，一統天下，所以才欣然與北國建交，以撫其心。如今朝廷秣馬厲兵，正準備渡江南征，若是萬一激起北國忿怒，北疆戰火燃起，便壞了國家大事，楊左使，你我二人可擔當不起啊。」

楊浩微笑道：「無妨，此人能代表契丹出使南唐，必是耶律賢和蕭皇后身邊寵信的紅人，如今耶律賢和蕭皇后內部有許多部族對他們不甚服氣，如果其使者在唐國受我等如此輕侮，傳揚回去，豈不是予人口實？正好讓那些部族有藉口攻訐耶律賢與皇后難當一國之主？契丹人建國久矣，已不是昔日蠻夷簡單心思可比，別看他們民風野蠻，貌似粗魯，官場上的習氣，全天下可都是一個樣子的，報喜不報憂，報功不報過，這件事他們理虧在先，受此奇恥大辱，瞞還來不及呢，怎會自己張揚回去，失去帝后之寵？」

「但願如此。」焦寺丞半信半疑，憂心忡忡。

就在這時，夜羽風風火火地跑了來，臉色蒼白地道：「出大事了，出大事了，契丹使節一怒之下，勒令那些被左使削去衣衫的人盡皆自盡謝罪，七、八具光溜溜的屍體橫在他們的庭院之中，看得本官心驚肉跳。楊左使啊，這仇可是結下了，可如何善後才好？如何善後才好？」

焦海濤一聽，騰地一下跳了起來，驚叫道：「竟有此事？糟了，這樣的陣仗，擺明了是不肯善罷甘休的，我們的人手有限，若是他們趁夜偷襲，恐難護得四下裡安全，大人，還是入宮向江南國主請調兵馬維持安全吧。」

楊浩聽了這消息也是微微一怔，卻很快安靜下來，二人大呼小叫，他卻平靜如昔，待二人說完了，他呷了口茶，淡淡地問道：「夜大人，死者情緒還算穩定嗎？」

夜羽一呆：「啊？」

楊浩笑笑，不以為然地道：「死者若是情緒穩定，那連做法事也省了。」

他站起來，說道：「你看，受人折辱，便遷怒於人，逼迫部下自殺，以挽回自己的顏面，只許其成功，不許其失敗，這是狼的哲學啊。而我宋人則不同，我們行的是仁道、是王道，誰才是可以親近、可以相信的人，不是一目瞭然嗎？夜大人，你說是不是？」

他招手喚過焦海濤，低語道：「今晚……」

一番低語，焦海濤連連點頭，匆匆舉步離去，楊浩踱到夜羽身旁，拍拍他的肩膀，似笑非笑地道：「交朋友也是一樣，有時候一雙眼睛可得擦清楚了，才不會誤人誤己，唐國國主是聰明人，夜大人也是聰明人，我想你們是不會做蠢事的，是嗎？」

夜羽額頭隱隱滲出汗水，聽他話中有話，一時不敢作答，心中只想：「他……他已看出我主的用意了嗎？」

＊　＊　＊

華燈映上，畫舫淩波。秦淮河畔，熙熙攘攘。

此時的秦淮河上雖也有風月之地，卻不及後世之盛。臨河兩岸，尚以商鋪居多。折子渝行至江南書院，機警地回頭看看，確定無人跟蹤，便閃進了書院旁一間小茶肆。

這江南書院建於東晉年間，東晉宰相王導認為「治國以培育人才為重」，所以在秦淮河北岸設立了太學，如今東晉太學已更名為江南書院。所以依附著這青瓦白牆的書院，有許多販賣文房四寶的鋪子，也有許多茶館、酒樓。

折子渝進入茶肆，大約過了一炷香的時間，短服葛衣，扮作尋常粗工的張十三便從茶樓後門溜了出去，左右看看無人，迅速走出小巷融入了人群。

折子渝繼續留在茶肆中，慢條斯理地喝完了一杯茶，丟下幾文茶錢，緩步走出茶樓，站在階下往四處看看，仍是不見有人追蹤，折子渝鬆了口氣，一股莫名的失望卻也隨之湧上心頭，不禁悻悻地道：「臭男人，只會花言巧語，這就沒耐性了，沒有一點誠意！」

「哈哈，子曰：『唯女子與小人為難養也。進之則不遜，遠之則怨。』誠哉斯言，實不欺我。」身側陡地傳出一個聲音，折子渝像中了箭的兔子一般跳起來，霍然扭頭望去，就見燈火如晝下立著一人，白衣如雪，風度翩翩，不可正是那個沒誠意的臭男人？

折子渝登時暈生雙頰、臉泛桃花，瞪起一雙羞意難抑的杏眼道：「真是討厭，怎麼走到哪兒都見得到你？」

楊浩嘆了口氣道：「口是心非，是女人和政客的特權。」

折子渝大發嬌嗔：「你說什麼？」

楊浩看了眼前方一座紅樓高掛的酒幡「桃花閣」，向折子渝微笑道：「相請不如偶遇，莫姑娘，可願與在下同登『桃花閣』，小酌幾杯？」

三百五三　敘天機

一間雅室，兩杯清酒，兩人憑欄而坐，窗外就是悠悠流淌的秦淮河水。

許久沒有這麼平心靜氣地坐在一塊了，關係與往昔卻已大為不同，是友？是敵？有情？無情？剪不斷理還亂的滋味蕩漾在兩個人的心頭。

折子渝靜靜地看著楊浩，他的模樣沒有多少變化，因為未滿二十八歲，尚不能留髭，頷下刮得很是光潔。如今他已是五品的朝廷大員，可是依然只是個年輕人，一雙炯炯有神的眼睛，帶著溫和的笑意。

只是在經歷過這麼多人生之後，他的神情與氣質悄然發生了變化，變得更加自信、更加成熟、也更具鋒芒。顧盼之間，他那種自信、沉穩的感覺，讓折子渝既覺得親切，又覺得歡喜。

男人，就該是這樣子，強勢、睿智、有種一切盡在掌握的自信，但是又絕沒有盲目自大、衝動莽撞的年輕人所不具備的成熟味道。如果說楊浩最初吸引她的是他談吐的妙趣橫生、是他的溫柔與善良，如果說楊浩最初打動她芳心的是他對冬兒的一片痴情，那麼此時楊浩令她心動的，卻是他正在長大的感覺。

看著此時的楊浩，她有種他正在長大的感覺，就像一棵樹，舒枝展葉，蓬勃生長，漸漸形成茂密的樹冠、粗大的樹幹，可以遮風蔽雨、可以依靠休息，就是這種感覺，恰恰在她身心疲憊、卻還得苦苦掙扎的時候……

她是個心思細膩的女孩，一向討厭那種目無餘子、粗獷豪放的男人，這正是楊浩的細膩和溫柔打動她的原因。但是女兒心思是善變的，當她把楊浩看作她的男人的時候，審視的角度就悄然地發生了變化，她需要這個男人堅強、自信、駕馭她的強大能力。

她就像草原上一匹自由自在的天馬，矜持而高傲，拿著套馬索的漢子是被她本能地抗拒和逃避的，然而當她屬意於一個人，情願成為他的小女人時，她就希望你有一雙有力的臂膀，希望你有一條能駕馭烈馬的鞭子。

這種心境的變化不難理解，就像你的女朋友和你交往的時候，恨不得你天天九百九十九朵玫瑰送到她的面前，但是當她成了你的妻子，除了太敗家的極品女人之外，大部分女人都會搖身一變，恨不得你馬上變身小氣財奴葛朗岱。

楊浩漸漸號準了折子渝的脈搏，掌握了她這種微妙的心理變化，他發現，自己有意的輕浮和戲謔，有意的阻撓和打擊，雖然常常把折子渝氣得又叫又跳，但是她竟有種樂在其中的感覺，兩個人以一種新的身分、新的自己，正在漸漸吸引，重塑關係。他不知道兩個人有沒有結果，也壓根沒有去想，他本來只是想破壞她在南唐要做的事情，卻不知不覺地重陷情網，越是聰明人，越是容易在情路上誤入迷途。

「莫姑娘，喝一杯？」楊浩舉起杯，促狹地喚著她現在的身分。

折子渝看到他玩世不恭的笑容，就有些恨得牙根癢癢，可是……她一點也不討厭楊浩壞笑的樣子。她舉起杯，與楊浩輕輕一碰，一杯酒下肚，兩片粉腮便溢起一抹嫣紅：「楊大人，你是不是每天都沒事可做，才有這樣的閒情逸致？」

「誰說我沒事可做？」楊浩為她斟酒，輕笑道：「今天我還剛剛做了一樁大事，與人大打出手，看來莫姑娘在金陵的耳目有限啊，對此竟還一無所知。」

「與人大打出手？」折子渝目光一凝，急忙問道：「和誰？因為什麼？」

楊浩把他與契丹使節衝突的事情簡略地說了一遍，折子渝黛眉微蹙道：「契丹人素來蠻橫強暴，你越忍讓，他越得寸進尺。他們只尊敬強者，你還以顏色並沒有錯，如果你想息事寧人，恐怕適得其反，況且身為國使喪權辱國，宋國的那些御史言官就能用唾沫星子把你活活淹死。

「可是，你不要以為契丹人就是光明磊落、明刀明槍的漢子，他們像狼一般兇狠，像狐一般狡猾，明著既占不到便宜，難保不會偷施暗算，這種情形下，你怎麼可以單獨出來？」

「我已經盡量小心了，他們想對付我，也不會這麼快就下了決定。」

折子渝白了他一眼，嗔道：「狂妄，學了點本事就以為自己天下無敵了？須知明槍易躲，暗箭難防，如果街頭巷角猝然射出一枝冷箭，你身手再好也避不開去。再說，你離開，就不怕契丹人對你館驛中的人馬悍然下手？」

楊浩嘆了口氣道：「我是鴻臚寺少卿，是一個文官。做為使節團的首領人物，我的職責是決定戰還是和，把他們當成敵還是友，而不是由我去衝鋒陷陣。我是有一身武藝，可那又怎麼樣？如果宋國使團的安危，就指望我這位鴻臚少卿的一柄劍來維護，那就太可悲了。

「我帶出來的人，都是從上等禁軍中精挑細選出來的驍勇武士，他們的指揮使是一員身經百戰的武將。他們知道該怎麼做的，警戒、防禦、抑或作戰，也不需要我來指手畫腳，今日被人家以有備算無備，吃點虧沒什麼。如今已經結下怨仇，接下來如果還要吃人家的虧，那我真應該效仿耶律文，讓他們去自殺算了。」

說到這兒，他好奇地看了眼折子渝，微笑道：「真是奇怪，契丹一族源於鮮卑的柔然部，而妳府谷折家源於鮮卑的折蘭部，說起來，你們同宗同族，算是一家人，為何你們折家對契丹的敵意尤甚於對宋國呢？」

折子渝沒好氣地白了他一眼道：「你這人才是不可理喻，趙匡胤到底對你有什麼恩德，值得你忠心耿耿去扶保他？同宗同族？天大的笑話，若是天下間的人把這個看成友敵親疏的標準，那契丹內部就不會紛擾不斷，中原也還是大禹之子所建的夏朝，萬世一統了。

「燕雲十六州多是漢人，可是你們若率兵去讓他們認祖歸宗，你且看看他們迎接你的是美酒還是利箭，他們絕不會比契丹人手軟。要說同祖同宗，隋唐兩朝皇室俱有鮮卑血統，昔日之匈奴和鮮卑族人，多有化為漢人的，你又怎麼說？同祖同宗是吧？北方姓劉的多是匈奴後裔，北方姓楊的多有鮮卑血脈。你姓楊，世居北方，拿出族譜來擺一擺，三百年前咱們倆也是同祖同宗，說不定我還要叫你一聲表哥，你怎麼卻不來幫我？」

說到這兒，她忍不住「噗哧」一笑。

楊浩聽了苦笑不語：「是了，我又習慣性地用後世的觀念來看問題了，和現在的人說這些，豈不是對牛彈琴？」

折子渝輕輕嘆了口氣，說道：「我折家世居雲中，自唐朝時候就統御府州，向來依強者而附。歷唐、晉、周、宋，始終選擇中國為盟而抗塞北，原因就是你所說的這個與我折氏同宗同祖的契丹胃口更大，西北地理民俗與漠北相近，一旦讓他們得了天下，他們會比中原人更快地熟悉並掌握西北之地，我們依附宋國，稱臣納貢，出兵出餉幫助宋國討伐北漢，牽制契丹，只是為了給自己謀一席生存之地。」

說到這兒，她臉上露出苦澀的笑容：「我們本以為宋會效仿唐的國策，以我折氏為西北藩鎮屏障，可是誰知宋國吞併諸國的速度太快了，趙匡胤的野心膨脹的也太快了，他信誓旦旦地保證過，只要我折氏臣附中原，就保我折氏世轄府州，可家父屍骨未寒，他便起了攫取之心。」

楊浩輕輕搖頭：「不管趙官家是否言而無信，西北無力抵抗中原卻是事實，明知不可為，何必強為之？除了多死些人，於天下百姓何益？」

折子渝蕭索地說道：「我家兄長不甘心交出祖宗基業，那我就只有幫助他。不管我折家也好，還是他趙家也好，都是為了一家一姓而已，天下公益這塊招牌，那是用來召攬民心的，你且去勸勸趙匡胤為了天下太平放棄吞併西北看看，不啻與虎謀皮，他想要的是趙氏子孫的基業穩如泰山。」

楊浩道：「識時務者為俊傑，天下大勢，分久必合，自唐朝滅亡以來，中原戰火頻仍，動盪的太久了，人人嚮往太平世界，宋國順勢而生，趙官家雄才大略，西北是根本不可能以彈丸之地與其對抗的。與其如此，何不早作打算？須知錦上添花不如雪中送炭，繳出兵權、主動歸附和被武力打下來，結局是大不相同的。」

折子渝頰上騰起兩抹激動的紅暈：「你憑什麼如此斷言呢？我折家的確沒有力量與宋國抗衡，也從沒想過能滅宋國，可是要自保，也未嘗不能！」

「就是不能我才勸妳！」楊浩沉聲道：「子渝，我不會害妳，更不會妄言，實話對妳說吧，得中原者必是大宋，府州早晚會插上宋國的大旗，這自唐末以來百餘年的亂世將會就此結束，天下百姓將過上三百年富庶太平的日子，隨後……才是新一輪命數的開始。西北何去何從，就在令兄一念之間，妳雖是女兒身，但是折家事務參與甚多，對令兄不無重大影響，妳何不規勸他順應天意呢？」

「你說什麼？」折子渝騰地一下站了起來，隨即才省悟到自己的失態，她緩緩坐回椅上，面色驚疑不定地看著楊浩，半晌才道：「你……你憑什麼如此肯定？你若依宋國實力，判斷它得一統中原，原也不算奇怪，可你說……你說宋有三百年國運，這話從何說起？你何以知道的如此明確？」

楊浩沉默半晌，徐徐說道：「內中原因，我沒辦法解釋給妳聽的，但我不會裝神弄鬼，更不會說謊騙妳。子渝，我說的都是真話，妳在唐國，是不會得償所願的，回府州去吧，勸勸令兄，螳臂當車不如順勢而行，不要妄圖和大勢相抗。」

折子渝驚訝莫名，心中忽想，楊浩是呂祖的徒弟，呂祖被民間稱為半仙之體，看他年逾百歲，相貌卻如三十許人，想來真是有大神通的，莫非呂祖也精通占卜之學，而且比陳摶算的還準？陳摶只算出趙匡胤有帝王氣象，呂祖竟然算得出今後三百年的天下大勢？

折子渝面色一連數變，饒是她機警多智，這時也沉不住氣了，心中念頭疾轉半晌，她忽然想起陳摶為自己所斷的二夫命，那是一直梗在胸中的一塊心病，不禁脫口問道：「那麼……你可知我的命運如何？」

楊浩沉默有頃，澀然搖頭：「我不知道……」

折子渝低頭沉思有頃，忽地抬起頭來，目光炯炯看向楊浩：「如果你所言不虛，唐國……是一定會被宋國消滅的？」

楊浩肅然道：「是，而且就是這三兩年之內的事。」

折子渝瞇起了那雙漂亮的大眼睛，緩緩又問：「那麼，是誰來滅唐國？」

楊浩拚命搜刮著自己有限的記憶，認真想了一想，斷然答道：「潘美、曹彬！」

折子渝聽他說的如此肯定，臉色不禁蒼白起來，如果命數真的早已確定，自己如何去爭？想至此處，一時心亂如麻。

楊浩見機又勸道：「我一再阻撓妳，不是我忠心於趙匡胤，是擔心妳逆天行事，鑄下不可挽回的大錯。秦漢隋唐，各有命數，不管它曾經如何輝煌，都有國破家亡的時候，折氏統治府州已有兩百多年，雖未稱王，實與一國無異，兩百多年，與煌煌大唐的國祚相比也不遑稍讓了，如今就算把它交出來，也不是令兄之過，對得起折家列祖列宗了。」

折子渝深深地吸了口氣，抬起頭道：「好！那我就在這兒看著，如果宋國伐唐，確如你所說，趙匡胤詔令一下，統兵大將是潘美、曹彬，我二話不說，立即返回西北，勸家兄棄權柄、保富貴。如果你所言不實……」

楊浩大喜，揚眉道：「那我今後絕不再勸妳一句，更不會對妳橫加阻撓！」

＊　　＊　　＊

「好了，就送到這兒吧。」折子渝停下腳步，向林府門前的兩串紅燈看了一眼，回身望向楊浩，心事重重地道：「我……得回去了，我答應你，會慎重其事的。你自己回去的時候多加小心，下一次……絕對不許你再單獨出來。」

楊浩見她語氣終於鬆動，不再鑽牛角尖，又聽她語氣中不無關切之意，不禁心中歡喜，便笑道：「就這麼回去了？」

「唔？」折子渝雙眉微微一挑，詫異地道：「還有什麼事？」

楊浩涎著臉笑道：「這個……就沒有一個晚安吻？」

折子渝臉上倏地飛起兩朵紅雲，她又羞又氣地板起臉道：「你不要這麼無賴好不好？拜託你了楊左使，咱們兩個，現在什麼關係都沒有！」

楊浩被她一言驚醒，想起自己的打算，神色不禁一黯，折子渝見了心中不忍，低聲說道：「天色已晚，你回館驛時一定要小心再小心，記著，從此不許單獨出來。我……

我回去了……」

「子渝！」楊浩藉著酒勁，忽然一把抓住了她，深情地凝視著她嬌俏的容顏，低聲道：「只吻一下，就這一次，這一輩子，最後一次……」

他真想告訴子渝，也許等不到宋朝伐唐，自己就會從她視線中永遠消失，此生再無相見的機會，可是話到嘴邊，又硬生生地嚥了回去。

折子渝隱隱覺察他的語氣有些異樣，不禁詫然抬頭，想從他臉上看出一絲端倪。那下巴俏生生地一揚，嫵媚性感的雙唇就在眼前，一低頭就能品嘗到它的溫柔滋味。

「今晚不犯罪，我都對不起酒。」楊浩喃喃地說，輕輕托住她柔滑的下巴，將唇輕輕湊了上去。

還有一公分的距離，楊浩已經感覺到她灼熱而急促的呼吸了，一件冰涼的東西忽然貼到了他的頸上，制止了他的動作。楊浩微微一怔，緩緩站直了身子，睨眼瞧去，卻見折子渝單身持劍，短劍已離鞘數寸，劍身側著抵住了自己的咽喉。

「給你三分顏色，你就開染坊！別在這發酒瘋，馬上滾回館驛去，小心保護好你的狗命，莫入了契丹人的陷阱，要不然，這真是你最後一次說渾話了！」

折子渝說罷，抬起靴尖來在他脛骨上踢了一下，嗔道：「還不快滾！」說完她已返身向府門逃去。

楊浩摸摸鼻子，看著她窈窕的背影，喃喃地道：「這算是打情罵俏嗎……」

「大人，你可回來了，擔心死我了。」一見楊浩回來，焦寺丞大喜過望，連忙迎了上來。

楊浩淡淡一笑，說道：「我會小心的，契丹人那邊怎麼樣，可有什麼舉動？」

焦寺丞陪著他往回走，說道：「士卒們戒備森嚴，唐軍像一堵牆似的，那邊還沒什麼大舉動，江南國主遣人來過，邀大人明日赴宮飲宴，看來是想做和事佬，從中調和了。契丹人只派了一個身手靈活的探子，悄悄潛進我們的館驛之中，想來是要打探我們的動靜，被張指揮用魚網捉了，從他嘴裡什麼都問不出來，也不承認是來自契丹人的館驛，如今正等著大人發落。」

正說著，張同舟一身戎裝、頂盔掛甲地迎上來，抱拳道：「大人。」在他後邊，跟著兩排扈兵，其中兩名虎背熊腰的武士拖著一個身穿夜行裝的虯鬚漢子，嘴裡塞了一團破麻，雙眼如毒蛇一般，狠狠盯著楊浩，帶著陰險的獰笑。

「唔！」楊浩頷首一笑：「張指揮，你做的很好，那種小蝦米，沒什麼好審的，也問不出有用的東西來。」他瞟了那人一眼，似笑非笑地道：「誰能證明他是潛入咱們的館驛？這人是個禍害，把他弄死，丟回契丹人的院子裡去，要不然，明兒就會有人反咬一口，說咱們擄掠他們的人了。」

那契丹武士聽了大吃一驚，他沒想到這個宋人這麼狠，當即掙扎起來，可是在兩個大漢控制下，哪裡能掙扎的起來？

楊浩匆匆往廳中走，吩咐道：「本官今晚心情好，不想見血，你們馬上處置了這個厭物吧，要臉上不見血，身上不見傷。」

「啊？」張同舟直了眼睛：「那要怎麼殺？」

「指揮使大人，屬下有辦法。」一個親兵向他低聲道，笑的賊賊的。

三百五四　禮佛

楊浩與耶律文踏上了金殿，昨日兩人還是劍拔弩張的對手，但是今日卻是站在唐國朝廷上的一國使節，儘管穿著隆重，儀態莊嚴，但是二人之間的敵意卻很是明顯，二人一登上大殿，耶律文便在李煜面前搶先告了一狀，譴責宋國使節因為下屬之間的言語糾紛而親自率人動用武力報復，今晨更發現他們還殺死了自己的一名部下洩憤，要求唐國嚴懲兇手，還自己一個公道。

楊浩暗道：「這個看起來野蠻粗暴的傢伙果然陰險，我就說嘛，雙方已然兵戎相見，率兵打來就是，說到底，不過是各占了一個院子，至於派一個探子潛進來嗎？他能窺探些什麼情報，幸好我知道當年蘆溝橋外那群強盜是怎麼試圖在道義上為自己找理由的，這個傢伙果然如出一轍。」

楊浩聽了不慌不忙，未等李煜詢問，便上前長揖一禮，從容說道：「國主，契丹使節此言差矣。昨日契丹人主動挑釁，試圖把我們自國主為我們安排的館驛中驅走，並且打傷了我們幾個人，楊某為制止契丹人蠻橫施暴，這才率人制止。俟後，外臣嚴厲約束部下，並不曾再對契丹使節及其所屬採取任何行動，這件事嘛，皇甫繼勳大人昨夜一直率兵在兩座館驛之間維持秩序，可以做為證人。」

皇甫繼勳心中「北人強勁，非我南人所能敵」的觀念實是堅定毫不動搖，如今宋人是北人，契丹人也是北人，雙方的大腿都比他粗，哪個也不是他能惹得起的，但是比較起來，宋人是近鄰，威脅更大一些，心理上自然就傾向於宋國多一些，再加上楊浩只是讓他說些持公之言，並非憑空捏造，契丹人也不致遷怒於他。

所以皇甫繼勳忙出班站定，捧笏說道：「國主，臣奉命駐守禮賓院，昨夜太太平平，雙方的確不曾再生什麼糾葛。」

耶律文大怒道：「國主，他們想要洩憤殺人，自然不會堂皇而來，可是本使甫來唐國，在江南除了這位宋使，再未與他人結怨。昨天白日雙方剛生齟齬，夜晚我的人便身遭橫死，不是他們所為更是哪個？我契丹受唐國之邀，遣本使往來，為兩國友好，如今在貴國受到如此對待，國主是否該給敝國一個交代？」

他橫眉立目，大聲咆哮，聲震屋瓦，嚇得李煜面上變色，連忙站起來安撫道：「耶律大人毋須憤怒，關於此事，孤一定會……」

楊浩突然開口道：「耶律大人，請問你那位屬下死在何處？傷在哪裡？」

耶律文冷冷地睨了他一眼，說道：「今日清晨，發現被人遺屍於牆角花圃之中，身上並無傷痕，但我這侍衛豈會無端便死？定是受人暗算，這件事，正要國主詳查。一旦查明真相，本官斷不會放過你！」

楊浩冷哼一聲，說道：「貴國使節團中死了人，與我宋人何干？無端攀咬，本官也正要國主還我一個清白。你那逝者在哪裡？且抬上來看看，本官光明磊落，不做虧心事，豈會怕你查證。」

耶律文濃眉一挑，大聲道：「好！屍體如今就在殿外，請國主派人抬上來看個究竟。」

兩個金瓜武士放下兵器，下殿把那倒楣鬼抬了上來，耶律文手指屍體，大聲說道：「國主，我這侍衛身體素來健壯，無端橫死，定是受人暗算，而這兇手，必是宋人無疑。」

楊浩繞著屍體轉悠了兩圈，那屍體被他的人做了手腳，衣衫凌亂，頭髮蓬鬆，已換了尋常衣服，而非那身夜行服，耶律文自然也不會給他再換上一身夜行衣，給自己找麻煩。反正他無事也要生事的，何況如今確有一個死人。

楊浩蹲下去仔細嗅了嗅，說道：「國主，此人身上隱隱泛出酒氣，想來是飲過酒的。」

耶律文怔了怔，他只聽說被自己派去的栽贓人變成了一具冰冷的屍體送了回來，令下人檢索一遍，渾身上下全無傷痕，想著雖不能在宋國館驛中搜出一個自己人來那麼有利，多少也算一個攻擊的道具，有利於自己占住道義，便帶了他的屍首來了，契丹人的尊卑階級之嚴明更甚於宋，他堂堂皇族，自然不會去親自搜查這具屍體。

一聽楊浩說這屍體上隱隱有些酒味，耶律文心中不禁暗惱：「這個混帳，令他去做事的時候，他居然還敢飲酒！是了，我叫他有意被宋人發覺以便囚禁，未等宋人告狀，我便先發制人，強搜宋人居處，讓他們抵賴不得，這個混帳本就是去被人發現的，自然不會多麼謹慎。」

耶律文便強辯道：「我契丹人好酒，一日三餐，都少不得烈酒，喝酒有什麼奇怪？」

楊浩笑了笑，他抬頭看看，向皇甫繼勳一招手，皇甫繼勳看了李煜一眼，李煜不置可否，皇甫繼勳忙捧笏過來，問道：「楊左使，什麼事？」

楊浩伸手取過他的笏板，扳著那死屍沾滿泥巴和花草碎葉的臉左右動了動，向皇甫繼勳道：「大人請仔細聞聞，有什麼味道？」

皇甫繼勳嗅了嗅，說道：「唔……隱約有些酒氣。」

楊浩道：「屍體已然僵硬，死了大半夜了，依然有酒氣溢出，看來沒少喝啊。」

其實那酒味並不濃，若不細聞，實不易察覺，可是皇甫繼勳也不知道人死了這麼久，如果生前喝的很多，身上應該有多少酒氣，只得點頭應道：「楊左使所言有理，此人真的沒少喝酒。」

耶律文怒道：「你們到底在幹什麼？」

楊浩不理他，對皇甫繼勳道：「你再仔細聞聞，還有些什麼味道？」

皇甫繼勳又聞了聞，沒有聞到什麼味道，他又湊近了些，鼻子幾乎貼到那死屍臉上，再仔細嗅了嗅，皇甫繼勳的臉上便露出些古怪的神氣。

「如何？皇甫大人覺得這是什麼味道？」

「呃……這個，不太好說，似乎……好像……應該是……是尿臊味？」

「著哇！」楊浩大力一拍他的肩膀，讚道：「英雄所見略同，我聞著也是尿味。」

「呸呸呸！」皇甫繼勳想想自己剛剛還貼著那死屍的臉嗅個不停，不禁一陣噁心。

楊浩起身向李煜道：「國主，這個契丹武士身材魁梧有力，如果有人試圖對他不利，身上不可能全無反抗留下的傷痕，所以，不可能是他殺。」

耶律文咬著牙冷笑道：「不是他殺，難道還是自殺？」

楊浩像一個訟師似的，踹到那死屍面前，侃侃而談：「此人嗜酒，又是深夜倒斃於牆角花圃之中，臉上沾有泥土和花葉，經過皇甫大人仔細檢查，他的臉上、頸上還隱隱傳出尿臊味，據此，本官可以得出結論，這位契丹武士，不是死於他殺，也不是死於誤殺，而是死於一樁意外。」

李煜聽得雲山霧罩，連忙問道：「意外？請楊左使說得明白些，這位契丹武士如何死於意外？」

楊浩一本正經地拱手道：「經過本官與皇甫將軍的仔細勘察，發現死者身上有很濃的酒氣，而且臉上還有尿臊味。根據這些蛛絲馬跡，本官推測……這位契丹武士喝得酩酊大醉，深夜起身，到僻靜處方便，因為酒力不勝，方便之後一跤跌倒，就地沉睡過去，因為口鼻壓在自己的尿上，所以窒息而死，這是最合乎情理、也最接近事實的死因。」

楊浩一語說罷，滿朝文武嘩然，耶律文氣得一佛出世、二佛生天，大聲咆哮道：「人不可以無恥到這種地步，無恥之恥，無恥矣！顛倒黑白，指鹿為馬，巧言亂德，鮮廉寡恥之言，居然……居然出自你這宋國使節之口！」

這耶律文的漢學造詣也不淺，一句罵人話，老子、孔子都全了，楊浩卻哂然一笑道：「別跟老子扯什麼仁義道德，《道德經》都是老子寫的。」

耶律文暴跳如雷，一把搶過金瓜武士的兵器，擺出個橫槍躍馬的姿勢，楊浩一見，趕緊拉開架勢，把笏板斜斜一舉如執寶劍，左手捏個劍訣，大聲喝道：「理屈詞窮，就要動武嗎？」

李煜一見雙方又要大打出手，不禁心中暗喜，面上卻是一片惶急之急，站起身道：

「快快拉開兩位貴使，有話好說，切勿傷了彼此間的和氣。」

眼見雙方要大打出手，李煜連忙使人拉開，好言說和，居中調停，然後又大擺酒宴，讓這兩位使者一左一右陪自己同席，又以地主身分向耶律文那位被尿淹死的部下饋贈許多撫恤，暫且把這事壓了下去。

待到酒宴已罷，李煜又道：「兩位貴使遠來唐國，都是孤的客人，孤不希望你們因為些許誤會，壞了宋與契丹兩國的友好關係，兩位大使都是深明大義的人，希望能以國事為重，化干戈為玉帛，明日孤要去『雞鳴寺』禮佛上香，還請二位貴使與孤同往，希望佛寺莊嚴清淨之地，我佛慈悲祥和之心，能化解兩位尊使心中的火氣。」

楊浩和耶律文對視一眼，一齊冷哼一聲，齊齊拱手道：「國主請了，外臣告辭！」說罷二人同時返身便走。

李煜望著二人背影，嘴邊溢出一絲笑意，招手喚過一個內侍，低聲吩咐道：「去，窺個機會把耶律文給孤截下來，請他到清涼殿與孤一晤！」

此時，陳喬正靜靜地候在清涼殿中……

* * *

耶律文回到館驛，丁承業立即迎了上來：「大人，上京來信了。」

「哦？」耶律文動容道：「父王來信了？說些什麼？」

「小人怎敢開啟老王爺的親筆書信？書信在此，大人請看。」

耶律文急忙接過蠟丸，回到內室當中，捏碎蠟丸，取出薄薄一片帛書，仔細看了半晌，將帛書團起，在室中徐徐踱起步來。

丁承業急不可耐地問道：「大人，老王爺怎麼說？」

耶律文冷冷一笑，道：「不出我所料，我這裡前腳離京，蕭綽後腳就開始剪除我在宮衛軍中的羽翼了。」

丁承業大吃一驚：「她先動手了？那該如何是好？」

耶律文道：「無妨，蕭綽只敢在直接由皇帝控制的宮衛軍中動手腳，我的族帳軍，她還不敢把手伸進來。父王信上說，娘娘欲拔除我在宮衛軍中安插的親信，恐會激起我部的反彈，所以已加強了上京的戒備，此時不宜施行先除其首腦、再揮軍攻占上京之策。

「父王的意思是，將欲取之，則先予之，不妨示弱於她，任由她把我在宮衛軍中的親信調離，使她自以為得計，放鬆戒心。待『放偷日』那天，各部貴族大臣俱赴上京，皇帝出宮與民同樂時便發動襲擊，將耶律賢、韓德讓、耶律休哥、蕭拓智等人一舉消滅，再調族帳軍兵圍上京。然後由我這裡發動，激宋軍北伐，內外交迫，逼蕭皇后妥協，頒皇后旨意，尊我為帝，嫁我為后。」

丁承業失望地道：「『放偷日』？那是正月十三、十四、十五三天。還有一個半月的時間……」

耶律文莞爾笑道：「不錯，還有一個半月的時間，嗯？你怎比我還要性急，這是做皇帝，可不是做新郎官那麼簡單，一個半月還算長久嗎？」

丁承業掩飾道：「喔，並非如此，只是……那宋使楊浩如此羞辱大人，小人也是憤憤不平，真想馬上把他千刀萬剮，為大人洩憤。」

耶律文得了上京的消息，心中大悅，聽了嘿嘿一笑道：「你對我倒是忠心，哼！如此戲弄羞辱於我，我是絕不會讓他活過『放偷日』這一天的，如今嘛，不妨暫且忍耐，一個半月，很快……就會過去的。」

* * *

翌日，宋國與契丹使節陪同江南國主李煜出宮赴「雞鳴寺」禮佛。

菜園子裡，新鮮的蔬菜裝到了小車上，德行大師大剌剌地揮手道：「行了，你們去各院把要縫補換洗的僧衣都取來，一會兒送去靜心庵，」

「是，小師叔。」幾個大和尚稽首離去，壁宿回頭看看他們已經走遠，急忙一拉靜水月，把她拉到一棵樹下，從懷裡掏出一顆黃澄澄的梨子，獻寶似地道：「喏，很新鮮的，我都洗過了，給妳吃。」

靜水月甜甜地笑著，輕輕擺手，壁宿把水果硬塞給她，拉她在樹下青石上坐下，說道：「這是我一番心意，就是給妳留的，嘗嘗看嘛，很甜的，吃呀，嘗一口就行。」

靜水月遲疑了一下，拿起兜在僧衣上的一顆梨子，小小地咬了一口。

「好不好吃？」

靜水月抿著小嘴，輕輕點點頭，壁宿大受鼓舞，一把握住她的小手道：「妳覺得好吃，回頭我給妳弄一筐捎去，讓妳天天有得吃。」

靜水月被他拉住了小手，臉蛋頓時羞紅起來，她趕緊縮回手，指了指自己胸前掛著的念珠，又指了指側後方的禪院，嗔怪地瞪了他一眼。

壁宿嘿嘿笑道：「我出家就是為了妳啊，佛祖知道我是真心喜歡妳，他也不會怪罪我們的。」

靜水月慌了，趕緊撂下梨子，雙手合十，嘴脣翕動，似乎在向佛祖懺悔。

「水月，德行以前是個人所不恥的偷兒，也是個偷香竊玉的浪子，就算跟了我家大人，也只是想圖個正途出身，並非真心向善，直到遇見了妳。水月，妳就是我心中的活菩薩，我離妳越近，離佛就越近，佛家不是講要普渡眾生的嗎？妳就大發慈悲，超渡了我吧，只要妳嫁給我，就是把一個惡人變成了好人，這是多大的功德呀？比妳念一輩子的經還要好。」

壁宿的甜言蜜語聽得靜水月心慌慌的，她長這麼大，還沒聽人這麼跟她說過話，她想聽，卻又怕聽，想逃開，卻又不忍讓他傷心，於是便用兩根手指塞住了耳朵，閉上眼睛，一副可愛的駝鳥模樣。

「我說過，我話很多的嘛，就算妳不說話，咱們成了親，家裡也不嫌寂寞的。」壁宿拉下她的小手：「好水月，小師太，聽誰念經不是念呢，妳要是喜歡，以後咱們家裡可以布置成佛堂的模樣，每天為妳念經，《金剛經》、《法華經》、《楞嚴經》……妳想聽多久，我就給妳念多久，咱家再掛一口大鐘，我做一天妳的官人，就為妳敲一天鐘，等咱們有了孩子，就給他剃了頭髮做小沙彌，我是方丈、妳做住持……」

靜水月聽得張大眼睛，使勁搖了搖頭，壁宿便笑道：「怎麼？妳不捨得咱們的孩子一出生就做和尚？嗯……說的也是，咱們兩個生的寶寶，一定俊俏的不得了，怎麼捨得讓他剃了頭髮。」

靜水月大羞，臉蛋紅得像熟透的石榴，壁宿柔聲道：「水月，妳知不知道，妳是天下間最美的女子，等妳長出了頭髮，一定會更美、更美……」

靜水月窘得再也坐不下去了，把梨子往壁宿手中一塞，跳起來便跑。

「喂！」壁宿叫了一聲，望著她的背影，微笑地道：「我的小師太笑起來都像菩薩那樣迷人。」他抓起梨子，在靜水月咬過的地方狠狠地啃了一大口，便向水月逃走的方向追去。

＊　　＊　　＊

雞鳴寺，佛堂中，身披大紅袈裟的寶鏡大師和首座等一眾大師畢恭畢敬地陪侍在李煜身邊，剛剛敬奉了萬金香油錢的這位江南國主，此刻正與一幫灰袍和尚坐在一起，用小刀親自為和尚們削「廁簡」。廁簡就是入廁時的「手紙」，那時用得起紙張入廁的畢竟還是少數，和尚們是用小竹片來清潔的，對這東西的需求量很大。

耶律文和楊浩兩個人則分別由監院和都監陪同，一個在左，一個在右，正在觀賞壁上壁畫，聽那和尚講解壁畫中的佛家故事，看見李煜坐在和尚堆裡削簡的模樣，耶律文暗暗露出鄙夷之色：「這樣的紈褲子，也配做一國之主，也配享受這錦繡江山？真是一個廢物。昨日他把我留下，言語之間，大有與我國結盟，互為倚助的意思，還願為此每年納貢數十萬兩以保江南安危。這個廢物大有可資利用之處，我且不急著答應他，且待我做了契丹皇帝，那時再與他締盟，南北夾攻，滅了宋國，到那時，江南也是囊中之物，這萬里錦繡，便都是我的了。」

李煜又削好一枝刷簡，在頰上刮了刮，試了試光滑無比，沒有毛刺，不禁滿意地一笑，站起身道：「呵呵，孤雖不常削此物，可是削出的廁簡比起諸位大師來，似乎也不遜色呀。」

寶鏡大師趕緊躬身讚美：「國主天姿聰穎，世間萬事，哪有能難住國主的？」

楊浩聽在耳中，不由微微一哂：「堂堂一國君主，放著正事不幹，居然幫和尚們製造手紙，還要以頰測試一番，生怕刮傷了這些只受供養的大和尚們的菊花，親民也不是這麼個親法呀，金陵街頭許多乞兒，卻不見你去管，唉，合該你國破家亡，你這皇帝，若非有一手好詩詞傳世，稍掩你的汙名，否則還真是昏庸懦弱到了極致。」

李煜笑吟吟地道：「不打擾各位大師了，咱們到寺院中走走，兩位尊使，兩位尊使……」

耶律文和楊浩聽了，忙到了他的身邊，李煜笑道：「我江南寺院，『雞鳴寺』堪稱第一，兩位國使還不曾遊覽過此處吧，來，孤便做一回知客僧，陪同兩位尊使同遊『雞鳴寺』。」

「雞鳴寺」是李煜常來的地方，寺中僧侶已然見慣不驚，寺廟中一切如常，前殿中還在正常接待遊客和進香禮佛的信徒，李煜帶著楊浩和耶律文，在寶鏡大師陪同下參觀各處佛寺，一路所經之處，李煜信口道來，對佛門規矩、佛卷經典，信口說來俱有獨到之處，聽得方丈寶鏡也是頻頻點頭。

幾人一路談佛論道，到了西偏殿一處院落，再往外去就是雞鳴寺佛田菜地了，李煜駐足正欲繞向後殿，忽見兩個僧人正站在一棵樹下，不禁向他們瞧去，寶鏡正欲頭前引路，一見這情形也扭頭看去。

雖然那兩個人都穿著肥大的僧袍，可是男女總還認得出的，其中一個俊俏的和尚正是他新收的弟子德行，而另一個，卻是一個明眸皓齒的妙齡尼姑。一個和尚、一個尼姑，跑到這偏僻殿閣中來能有什麼好事？偏偏還讓國主親眼見到，住持方丈不禁攸然變色。

《步步生蓮》卷十三蓮紅水綠完